EOIN DEMPSEY
FINDING REBECCA

寻找丽贝卡

〔爱尔兰〕欧文·邓普西 著

舒及 译

上海人民出版社

谨以此文

献给我的妻子，吉儿

第一章

1943 年 9 月·奥斯威辛集中营

轿车在一片仓库前停了下来。这片区域由三十个、每个大约四十英尺宽，两百英尺长，排成三行十列的仓库组成。司机为营区主管助理弗里德里希打开车门，克里斯托弗跟着下了车。

"这里就是你将完成大多数工作的地方。"弗里德里希说着，从自己胳膊下夹的账本里抽出一张纸放在最上面，从下往上看，"我看到，你是因为你的会计学背景，才被录用。"

克里斯托弗点了点头。绷紧的带刺铁丝网高耸在几排仓库的尽头和他背后。

"我很高兴看到有专业人士来帮忙，战前我在法兰克福当律师。简历上写你虽然是德国人，却是从被占领地加入我们的？"

"是的，在泽西岛被解放前我住在那儿。"

"那一定是被祝福的一天。"弗里德里希把那张纸夹回账本中，交给司机，"作为一名党卫军军官，我相信你比任何人都明白这里工作的重要性。"

"当然，主管助理先生。"

"奇怪的发音。"

这是9月温暖的一天，克里斯托弗感觉汗珠沿着他的背脊滑落。新制服勒得他肩膀很不舒服。不知何处的乐队正在演奏，巴哈贝尔D大调卡农的曲调飘扬在风中。

"在欧洲有太多的种族，太多的不同，太多会引发冲突和战争的潜在因素。只要回顾下欧洲历史就能知道这些不同造成的影响。你研究历史吗？哦，你当然研究。我想这就是为什么你会要求来这里任职的原因，想要站在历史的中心？我自己也是这么觉得的。我们有很多相似的地方。"

"是的，弗里德里希先生。"

"这些种族中最糟糕的就是犹太人，他们必须为这场战争负责。一些必要的设施，像是这里，就是为了确保这样的事情不再发生。你能理解这点，是吧，席勒先生？"

"是的，当然，主管助理先生。"

巨大的混凝土建筑矗立在四百英尺外的地方，二十英尺高的烟囱耸入天空，吐出乌黑厚重的烟雾来。

弗里德里希又开始说了。

"我想要强调的是，我们必须像花岗岩一样坚硬。我对每个新来的军官都这么说，这里的工作太重要了，所以绝不能沾染丝毫的同情和怜悯。"他唾了下，"任何的软弱，尤其是针对那些囚犯的，都不能被容忍。我只需要无情的、热情的、忠诚的党卫军军人。你明白我的意思吧？中尉先生。"

"当然，主管助理先生，我非常明白。"

"犹太人就像害虫一样善于改变自己来习惯环境，并且不得不说他们的做法取得了巨大的成功。他们知道如何读取我们的情绪，利用我们的恐惧。这就是为什么这里的工作只有最坚强的、不会被犹太人卑鄙行为所动摇的人才可以胜任。你必须知道，你接受的所有命令都是对德意志帝国有益的，所以你不能质疑任何命令。"

"我时刻准备着，主管助理先生。"

"很好，很好，我就知道你会这么说。你的任务是十分重要的。随着我们这里活动的扩大，我们必须需要一个军官专门负责分配资金和储备。"

两人沿仓库而行，他们面前的门开着。从门里看过去，可以看到大概二十个看上去尚且称得上是健康的女人正在用粉笔标记、整理行李箱。当他们走近的时候，没有一个人抬头看向门口。每过几秒，就有人上前把一抱衣物扔进衣物堆里，或者把珠宝送到在旁抱着手臂监视着的党卫军守卫面前的长桌子上。

"你将监视这些犹太人特遣队，也就是这里的犹太人劳工。他们的工作就是整理这些货物，挑出里面有价值的，我们能够回收的东西，之后你将它们整理后再送回帝国，把这些货物安全地送抵是你的责任。我能理解你可能要花些时间来建立一个运作体系，不过记得要有效率。营地的需求太大，无法容忍任何懒惰和低效。"

弗里德里希示意克里斯托弗跟上他。

"你将负责这里。"弗里德里希指了指前方的仓库，"现在，不用说，贪污是不能容忍的。管好你自己，也管好其他人。审查部门的人无处不在，你知道，他们有权力随时调查任何人，并且时常关注是否有人和囚犯有不当接触。如果你被抓到中饱私囊，或者——按你们会计人员喜欢说的——侵吞公款，你将面临严厉的惩罚。不过我相信这种事一定不会发生的。"

"当然，主管助理先生。"

"席勒先生，我很好奇，你晋升的速度非常快，一般新招募的军官很少可以成为中尉。"

"我是一个会计，主管助理先生。这个军衔可以让其他的簿记员认可我的权威性。"

"即便如此，我原本以为你的职务会由一位功勋老兵担任。很难相信没有上过战场、来自英国的年轻人可以加入党卫军并这么快得到这个职位。"

"帝国在战争中失去了许多勇敢的战士，这无疑让我这样居住在国外的人更容易加入党卫军。现在每个人都有机会为元首效力，无论是国内的还是国外的都一样。能够实现成为党卫军军官这个梦想让我感到振奋。而且，归根究底，主管助理先生，我是在柏林出生的。"

克里斯托弗并没有提及叔叔为他谋求这个职位进行的贿赂，当然，还有他来到这里的真实意图。谎言经过练习之后就变得容易说出口了，而弗里德里希看上去也很高兴听到他这样的回答。

"跟我来。"弗里德里希走到两个仓库中间，克里斯托弗快走几步跟上他的步伐。四周安静得有些怪异。克里斯托弗有些奇怪，囚犯都去哪儿了，他听说这里关押了成千上万的人。

"所以，你在来这儿之前听说过我们？"

"是的，我叔叔曾经告诉过我。他是国防军军官，现在驻守在东部战线。"

"他是怎么听说这个营地的？"

"我叔叔知道我渴望能够为帝国效力，所以为我查找了一下哪里可能适合我。"

"我们这里的工作，的确非常重要，但是并不能宣之于口。我想，不需要提醒你曾经宣誓过忠诚吧？"

"我一刻也不曾忘记，主管助理先生。"

"很高兴听到你这么说，席勒先生。有你这样的年轻人，我们一定会让元首感到骄傲的。"

他们从第三排仓库里走出，来到一座大型砖头建筑前，它看上去像是一个巨大的农舍，绵延了数百英尺。

"这些楼都是新的，才落成两个月。这里就是你以后收集物资的地方。等东西送到之后，楼里就会忙乱不堪，趁现在还空着的时候带新同事转转是个不错的主意。"弗里德里希领着克里斯托弗从入口走进房子,和几个囚犯擦肩而过。这些囚犯看上去非常健壮,似乎伙食不错,他们都拿着工具,或者推着空的手推车。

两人穿过一个狭小的前厅,来到一间很大的更衣室。更衣室沿墙的两边和正中间各有一排长凳,沿着长凳每隔几尺墙上就有一个挂钩,挂钩都标上了数字。整个房间空荡荡的,没有窗,空气浑浊。克里斯托弗在踏入房间的那一瞬间只想立刻转身离开。

"你将在这里负责管理、收集,并销毁那些不需要的。"

"销毁"这个词回荡着穿过克里斯托弗的身体,他想到了丽贝卡。他感觉到自己的腿上发软,所以他立刻坐到了离自己最近的长凳上。

"现在可没有时间休息,还有许多工作等着我们做呢。"

克里斯托弗跟着弗里德里希原路返回,穿过前厅,路过一扇有窥视孔的巨大铁门,铁门上有一个指示牌:"危险气体!禁止入内!"

来到室外之后,克里斯托弗深深地吸了气。弗里德里希早就走到了前头,克里斯托弗不得不小跑跟上,他尝试平稳呼吸、控制心跳。

"我相信你看得出我们这儿工作的性质，以及为何这么敏感。"

　　克里斯托弗并没有立刻回答，直到几秒后他回过神来："是的，主管助理先生。既敏感，又重要。"

　　"是的，的确是这样。那是你之后提取物资的地方之一，另外还有三个，以后可能会有更多，看起来我们这儿的活永远干不完。"弗里德里希带着克里斯托弗回到车边，"你的办公室在最后一排，不过可能随时会换。"司机在弗里德里希走近时敬了个礼，并为两人打开车门。克里斯托弗看到自己的手在发抖，于是将手藏进了口袋。他的心脏在胸腔里轰鸣，上车的时候脑袋甚至撞上了车顶，不过弗里德里希似乎并没有注意到这一点。司机把车开到办公室只用了一小会，在这点时间里弗里德里希一直在说些关于责任和荣誉的话，但是克里斯托弗没有听进去。

　　轿车停了下来，他们走了进去。弗里德里希带克里斯托弗到一扇有玻璃窗户的木门前，这段路上他依旧一个劲滔滔不绝。克里斯托弗上前打开门让弗里德里希走进房间。

　　房间里有三个人，在两人走进的时候都抬头看了过来。弗里德里希和克里斯托弗穿过房间，来到一间单人办

　　　　　　　　　　　Finding Rebecca

公室。办公室墙边的书架上放满了文件和分类账；还有一个窗户，看出去是一个荒凉的庭院。办公桌是木制的，桌上除了一个电话和桌角摆放着的一沓纸张以外没有其他东西；办公桌后面立着一个巨大的保险柜。

"这就是你的办公室，不过我希望你花更多的时间在仓库和更衣室。"弗里德里希和克里斯托弗又走回那三人所在的地方，"让我给你介绍一下你的助手。"

另外三人站了起来。

"首先，这位是卡尔·弗里克。"一个戴着眼镜的肥胖男人上前一步和克里斯托弗握了握手，他的手心冰冷而潮湿。

"这位是沃尔芬·布雷特内。"布雷特内上前一步，这是一个矮小但是有个大鼻子的男人，和克里斯托弗打招呼时笑了笑。

"这位是托尼·穆勒。"一个高个子，看上去非常严肃的人和克里斯托弗握了手。

"欢迎，中尉先生。我们非常期待和您一起工作。"穆勒说道，"我相信您对于重新组织这里的审计程序有很多好主意。"

"是的。"克里斯托弗尽量调整自己的声音让人听不出他的战栗来，"今天看起来非常安静，我们应该为下一趟到来的货物做准备。它们什么时候会到，主管助理先生？"

"明天，我相信。"弗里德里希说，看了看手表，"我得离开了，他们下班之后会告诉你宿舍在哪里。欢迎来到奥斯威辛，席勒先生。"

弗里德里希关上了他身后的门。克里斯托弗看向他的新同事，他的下属们，他们早就各自坐回去了，正在仔细审读手上的报告和账目。克里斯托弗离开房间，走到了大厅尽头的盥洗室，把自己锁在最里面的单间。他蜷起腿抱着膝盖坐到马桶上，直到他觉得可以出来。

回到办公室前克里斯托弗倒数了十分钟。他把办公桌上的报告铺开审阅了起来：账目上显示，来到这个集中营的人数字庞大，每周都有成千上万，但是当地工厂只需要三万左右的工人，主营地的棚屋不可能容纳更多的人。克里斯托弗弄不明白，这些数字不合情理。在抽屉里，有一些从囚犯那获得的"遣还"帝国的物资的账目，账目上有马克、美元、英镑、里拉、比塞塔、法郎、卢布等等所有他曾听说过的货币。有一条金钱的河流穿过集中营，而他现在是管理者。

同事在工作结束之后带他去了食堂，食堂里的饭分量很大，而且不像党卫军训练营，这里的伙食着实不错。克里斯托弗和来自雷根斯堡的年轻党卫军少尉拉姆住同一宿舍，他试图说服克里斯托弗一起与其他党卫军军官去电影院、剧院，甚至还有对守卫们开放的妓院溜达溜达。

"哦，拜托了，来和我们一起喝一杯吧。如果因为第二天有新货物送到你就要早睡的话，你就永远没机会和我们一起找乐子了。"

"你去吧，今天是我来这儿的第一天，明天一定和你去见见大家，我保证。"

拉姆直到夜里三点才回来，他被房间中央的桌子绊倒在地，然后就在那里直接睡着了，瞬间，他的呼噜声就充斥了整个房间。克里斯托弗被弄醒了，但是他一动不动，一片漆黑中，他疑惑自己如何才能在这一片混乱和死亡中找到丽贝卡。

第二章

"席勒先生，您该起床了，货物很快就要到了。我们必须在半小时内下楼去火车站。"弗里克说道。

因为睡眠不足，克里斯托弗的眼皮非常沉重。拉姆似乎早就离开了，他的备用军服挂在衣柜门上，袖口上有些细小的血迹。克里斯托弗立刻瑟缩了一下，不过他感觉到弗里克正在看着他，所以他赶紧起床换上了制服。他看着镜子里的自己做了一个深呼吸，胸腔打开又收缩。他理了理自己的衣领后走进走廊，弗里克已经在等他了，并向他点了点头，然后带他走进了昏沉的晨曦中。弗里克递给克里斯托弗一本分类账，账本上的日期用黑色字体写在第一行。待会儿会有一列列车来自罗兹，账本上的数字写的是1200。

"波兰人，"弗里克说，"他们的状态应该都不错，旅途不长。你以前参加过甄别吗？"

"不，没有。"

"我们只需要站在最后，然后确保行李被照顾好就行。犹太人特遣队将会负责搬运工作，非常简单。"弗里克从他厚厚的镜片后看着克里斯托弗，"不用担心。他们知道这是你的第一天，一切都很简单。我们的正式工作在这之后。"

"谢谢你，我应该可以处理好这些问题。"把账目还给弗里克之后，克里斯托弗把手背到了身后。

火车站看上去和其他任何地方的一模一样，指示牌和时间表钉在站台上方的墙上。警卫室里黑乎乎的，门也锁着。其他的党卫军军官们在站台外集合，还有几个穿白大褂的医生。许多比克里斯托弗昨天见到的明显更瘦弱和病态憔悴的囚犯正到处跑动，推着活动梯或者手推车到指定地点。有个人看上去非常萎靡，以至于他在推着推车的时候胸口几乎就要碰到车上了。克里斯托弗不敢相信这些半饥半饱的囚犯可以跑得这么快。到处都是党卫军士兵，大多数都在冲囚犯大喊大叫，他们的吼声和军犬的吠声混合在一起，嘈杂不堪。军犬拼命向前扑去，牵着它们的士兵几乎快要拉不住它们。

火车到站了，当它从站台驶过的时候克里斯托弗数了车厢。数字是错的：一千二百人怎样才能被塞进这些狭小的、用来运输牲口的车厢？火车停下来的时候，车门下落打开，党卫军军官的叫声更响了，将其他所有声音都淹没，除了军犬的嗥叫。囚犯们跑着上前把栅栏打开，帮助车上的人下来。不知所措的男人和女人爬出车厢，在东逃西窜之前疑惑地环顾四周，他们看上去虚弱而消瘦，嘴巴紧紧闭着。党卫军士兵很快就把他们抓住了。孩子和老人被聚集在车站的砂砾地上，有一个老人甚至需要人把他抬下车。许多女人抱着婴儿。这些人下车之后，很快就被分开，组成了两条队伍，男人一队，女人和孩子另一队。

火车在几分钟之内就把"货物"全部倒了出来。很难忽视那些女人被迫和自己的孩子们分开时发出的痛哭声；军犬可怕的狂吠声，还有来自党卫军士兵不间断的德语和波兰语的喊叫。克里斯托弗深深吸了一口气，控制住了用手捂住脸的冲动。弗里克还站在他的身后，他看起来似乎很无聊。

士兵们爬上货车，枪声响起。尸体从车厢里被扔了出来，他们躺在地上就像是散开包装的松木棍，跌落时骨头

Finding Rebecca

发出了撞击的声音，鲜血从他们的伤口里流出来渗入棕色泥土里。又是一声枪响，一个年轻女孩的尸体被扔到了地上。克里斯托弗的血液冻结了，而后无助的惊恐包围了他。党卫军士兵还在冲排成队的人们吼叫着，即便甄选已经结束。现在多出了两条队列，一队是年轻的，看上去很匀称的人们，还有一队是老人和孩子。年轻人的队伍可能最多只有两百人，他们很快就向奥斯威辛出发了。其他人被聚集到了一起，多达一千人，党卫军士兵的喊叫声渐渐歇了下来。

克里斯托弗转向弗里克："这样的运输，大约多久来一次？"

"这得看情况，有的时候一周来好几趟，有的时候一天就会来好几趟，那才是工作真正开始的时候，有一次……"

克里斯托弗没有继续听下去。他不能看清任何一个在人群中的人。他向前走得更近一些，完全无视了弗里克，完全无视了所有其他的东西除了这一大群正等着被带走的人们。他看到一个中年妇女，戴着漂亮的蓝色头巾，看上去好像和这样的地方没有任何关系，她紧紧地把孩子抱在胸口，低声哭泣，可是孩子却很安静。布雷特内和穆勒正在翻看留下的手提箱，囚犯们正在将这些箱子从他们的手推车里装上卡车。克里斯托弗向布雷特内和穆勒走去之前和弗里克打了个招呼。党卫军士兵站在等待出发的人群旁，不再叫嚣。人们眼中的恐惧并没有消失，如果队列里有人想要踏出一步，军犬依旧会扑过去。队伍很快向比克瑙进发了。

又一声枪响在克里斯托弗身后响起，他转身看去，发现好几个士兵正在一堆衣物中翻找着。

"啊，找到了，每次至少会有一个。"一个士兵揭开一件大衣，发现下面颤抖、哭泣着要妈妈的小男孩时说道。

克里斯托弗向小男孩走去，想把他带到队伍里。而党卫军士兵举起了来复枪，对着孩子的脸扣动扳机。克里斯托弗的脚被钉在了原地，士兵把枪背回肩上，拽住小男孩的脚把他从衣服堆里拖了出来，然后把他柔软的身体扔到了火车前的尸体堆里。克里斯托弗睁大眼睛环顾四周的守卫，期待着什么。不过所有人都按部就班地做着自己的事，就像什么都没发生过一样。

克里斯托弗转身，再次走向布雷特内和穆勒，他们在他走过来时看向了他。他在离两人大约十英尺的地方站定，这是个安全的距离，可以让他此时的情绪不被他们发现。

他们在等一个指示，克里斯托弗对自己说，那我就给他们一个。

　　"我要这些手提箱在十分钟内全部送上卡车，还有这些衣服，都整理好了吗？这些囚犯会把他们的随身物品带到营地吗？"

　　穆勒在回答克里斯托弗之前看了布雷特内一眼："不，所有的行李都会留在这。等他们消过毒后，我们会收集剩下的随身物品。"

　　克里斯托弗尝试平复心跳，让自己冷静下来。最后一个囚犯也离开了。

　　"中尉先生，您或许应该去更衣室看看，我想他们是去了三号更衣室。"穆勒说。

　　"是的，当然。布雷特内先生，请您和我一起来。我觉得我能把剩下的事儿留给你办，穆勒先生。"

　　"好的，中尉先生，所有的事都会在一小时内完成。"

　　克里斯托弗没有再说什么。布雷特内示意他走向一边等着的轿车，克里斯托弗坐上了后座，布雷特内开车跟着前方的队伍直到比克瑙。有一瞬间，克里斯托弗又看到了那个戴着蓝色头巾的女人，不过她很快消失在人群之中。

　　党卫军守卫和犹太人特遣队——后者本身也是囚

犯——一起排队等在院子的一边。弗里德里希昨天带克里斯托弗参观的建筑在人群后影影绰绰。所有党卫军士兵都带着警棍，在他们身后，隐匿在背景中的，是军官们，包括弗里德里希也在。人群来到了院子的硬地广场上。他们大多数都穿着黑色衣服，带着黄色大卫王之星的徽章。高塔上的警卫俯瞰着院子，并调整他们的机关枪转向人群。

"中尉先生，您应该见一见犹太人特遣队的队长。他们会执行您的命令。"克里斯托弗跟着布雷特内穿过人群聚集的院子，人群里传出波兰语和意第绪语。来到院子之后，人们的紧张情绪被党卫军士兵所表现出的礼貌和安抚行为缓解，士兵们微笑着迎接他们，有些甚至还和他们说笑。他们指挥人群穿过院子，就像交警一样。一个党卫军士兵轻拍一位老人的后背，并扶着他走过去。人们喃喃低语着，似乎对现在的情况依旧有些担忧和怀疑。弗里德里希和其他的军官不见了。布雷特内带着克里斯托弗来到大概差不多十二个人排成一排的犹太人特遣队员面前。一个高个子，长相英俊的男人站在队列最前面。

"这是简·舒尔茨，在焚烧室工作的犹太人特遣队的头儿。"布雷特内介绍道。克里斯托弗知道，不能和他握手，"他们会先整理囚犯留下的随身物品，之后再交给我们。"

"很好。"克里斯托弗打量整条列队，他们大多数脸上有淤青，所有人都目不斜视，"好好干，你们就会得到奖赏。"他补充道。

有人开始向人群发表讲话，人们安静了下来。所有人的眼睛都看向了弗里德里希，和另外两个军官，他们正站在卡车的后斗平台上。

"你们来到这里——奥斯威辛-比克瑙——帝国战争工厂的一个重要齿轮，"弗里德里希开始了他的讲话，"你们必须在这里工作。你们的职务几乎和前线身先士卒的勇敢士兵们一样重要，每一位愿意工作的人，安全和食物都会得到保障。"弗里德里希用德语向人们演讲，看上去很多人都听不懂，所以有一个犹太人特遣队队员将他的话翻译成波兰语。

弗里德里希左手边的军官继续说了下去："你们经历了艰难的旅途来到了这里，你们对营地和帝国来说都非常有价值。第一点，也是最重要的一点，我们希望确保你们安全、健康，并且愿意参与工作。为了这个目的，我们需要你们洗个澡，并且进行消毒。这对于你们未来的健康非常重要，我们不能接受传染病在我们的工人间传播。"人们露出了笑容，把自己怀中的孩子拥抱得更紧了些，生命力回到了他们的脸上，怀疑被希望所替代。军官继续说了下去："等你们洗完澡，会有一碗热汤等着你们。"

第三个军官上前一步说话，他指了指人群前排的一个男人："你，对，就是你，你的职业是什么？"

这个男人是个木匠。

"哦，非常棒，我们需要木匠。"军官回答道，"你会非常有用的。还有你，你的职业是什么？"

"我是个医生。"男人答道。

"非常好，我们的营地医院非常需要医生。"他停了停，看向人群，"如果你们里面还有医生、护士的话，请务必在洗完澡之后告诉我们，我保证你们每一个人都会找到最适合你们技能的工作。"

弗里德里希再次上前一步："我们需要医生、牙医、护士、机械工、水管工、电工还有手工艺人等等，但是我们同样也需要没有特定技能的工人。所有人都会得到一个薪水不菲的工作，所有人对于我们帝国，对于我们目前和布尔什维克的战斗都非常重要。现在请大家都跟着守卫的指示去更衣室。一旦进了更衣室，请务必看清、记住自己衣物的挂钩号码。我们只有一个更衣设施，所以大家必须共用一个——无论男女——请允许我对此表示歉意，我们也正在改善这个情况。"人们走入这栋平顶建筑的更衣室时脸上都带着微笑和安心的表情。克里斯托弗再次看见了那个戴着蓝色头巾的女人，和其他人不一样，她的表情充满了悲哀和顺从。

当他们走进去之后，犹太人特遣队和克里斯托弗跟着他们也走了进去。人们换下衣服，把大衣挂在编号的钩子上，将其他衣服整齐地叠成一堆，放在大衣下方。犹太人特遣队员在楼上向人群重复刚才军官所说的话，这次是用了他们自己的语言。人群没有任何抱怨或是反抗。克里斯托弗走过一排换衣服的人，离开了更衣室，他不想让囚犯因为在其他人面前换衣服而感到更为尴尬。他放松了下来：甄别就像是一场梦魇，在火车站的谋杀简直恐怖到令人无法接受，不过至少一切都结束了。一边这么想着，他走进了变得空荡荡的院子。

克里斯托弗站在院子里深深呼出一口气。然后他发现军官们已经离开，剩下的党卫军士兵们站在平顶的屋顶上，手里拿着金属罐，脸上戴着防毒面具。他的血液凝固了：他们不能这么做，至少不是现在，不是在他们说了这样的话之后。克里斯托弗努力克制自己想要跑回更衣室，提醒囚犯们的冲动。但是现在他无能为力，没有任何办法可以阻止这样的事发生。恐惧支配了他。他环视院子，确认没有人在看着他。

党卫军士兵持续着训练有素的动作，戴着面具的他们看上去像是某种昆虫类的生物，在屋顶上就像嗡嗡作响的雄蜂一样有效率。他们把焚烧室顶部金属细烟囱上的盖子移开，将金属罐里的东西倒了下去。接着尖叫就开始了——上百个声音分开着、一起响起来——并没有被混凝土和砖块所阻挡。卡车重新开回了院子里。司机们发动着引擎，似乎引擎的转动声能够淹没更衣室中的哭喊声。

克里斯托弗还是能够听见。

一个党卫军士兵走过的时候脸上带着笑容。"冲澡的热水一定是太烫了，"他说道，"犹太人不太喜欢。"

这个士兵离开了，而克里斯托弗除了站在原地什么都做不了，光是让自己不要崩溃就用尽了他全身力气。他觉得他的制服就好像是第二层皮肤，手掌不自主地摩挲着袖管。他的帽子在他低头的时候掉了下来，尖叫仍在持续，不过低沉了很多。他尝试去回忆泽西岛，回忆丽贝卡，回忆他们第一次相遇的时候，摒弃所有其他的思绪。他怀疑自己是不是来得太晚了，如果她像今天这些人一样已经死去。

如果她死了，在这地方，他还剩下什么呢？

第三章

1924 年 6 月，泽西岛

　　他可能是在到泽西岛上的第一周或者第一天时认识她的。

　　克里斯托弗离开房子，将父亲和从德国来帮他们搬家的叔叔尤里留在那里，亚莉珊德拉在楼上睡觉。克里斯托弗推开前门然后沿着煤渣路——这条路延伸到海边的沙滩，大约有五百码——跑了过去。他捡起一块光滑的灰色石头，用尽全力把它远远扔到蓝色的海里；接着他捡起了另外一块石头，冲向在岸边休息的海鸥，海鸥惊起时，用石头扔向它们，看它们飞向天空。他坐到原本海鸥栖着的石头上，把玩着手里的卵石，听它们互相碰撞发出的脆响声。天气很热，克里斯托弗感觉身上的绿色法兰绒短裤有点厚重。他脱了鞋袜，赤脚走进浅浅的海水中。父亲不让他独自游泳，即便现在他能感受的最美妙的事就是纵身海中，克里斯托弗还是听从了父亲的告诫。他低头看着脚趾间穿过的海浪，感受着冰凉的海水拍打着他的脚踝。父亲告诉过他，这片蓝色海洋的对面——不到二十英里——就是法国。

　　一开始他并不知道那是什么声音——似乎是从对面、和沙滩并行的一条篱笆后传来的。他把袜子穿到还湿漉漉的脚上，套上鞋子，穿过沙滩，跑向声音传来的地方。当他靠近的时候，他确信那是一只受伤的小猫，或许这次他可以问问父亲能不能让他养着它。沿着海岸线的灰色道路粗糙而邋遢，路的对面有一条树篱，克里斯托弗看了看路的两头确定没有车子经过后快速过了马路，循着绿篱后的哭声走了一段。他先是用德语呼唤了几声，后来他想起父亲和他说过让他用英语——这是他母亲的母语。第一个词说出来的时候声音很轻，甚至他自己都很难听清。

　　哭声停止了。

　　他再次呼唤了一声，然后他听到面前的灌木丛沙沙作响。灌木丛很高，他看不清另一边，于是他努力翻过去，摔倒在了另一边的草丛上。

那并不如他所想是一只小猫，而是一个女孩在哭。她的脑袋因为哭泣而在她的手臂中上下抽动，她的脸颊上有一道很大的擦伤。他站在她面前沉默了一会，对自己的英语并不是很自信，但是他还是开口了："你为什么在哭？"

她把头埋到自己膝盖中。

他在脑中回忆自己母亲的声音，寻找着可以使用的词语："我的名字叫克里斯托弗，我六岁了，你呢？"

"我也六岁。"一个细小的声音从紧紧抱住的双臂和深金色的头发下传来，"我叫丽贝卡。"

"你为什么一个人在这里？"

"你会和我一起离家出走吗？"

"我不是很确定，可能吧……"

对她来说这句话似乎足够了，丽贝卡站了起来抓住他的手。在大约一百码外有一栋小房子，她向那边走了几步，又停了下来。

"我们去哪里？"她问。

克里斯托弗尝试想出什么地方，当他看向她的时候，她也在看着他。他除了自己家和海滩外，想不出还有什么其他地方。他带着丽贝卡穿过灌木丛，来到马路对面，然后确认附近没有任何人之后两人一起沿着马路向大海的方向奔了起来。她问他他们要去哪，但是他没有回答，只是拉着丽贝卡的手奔跑。

当他们来到海边的时候，他转向她："你的脸怎么了？"

她没有回答。

她捡起一块石头把它扔进了海里。克里斯托弗开始找可以打水漂的石头，就像尤里叔叔教他的那样。他捡起一些平滑的石头，捏在手里，想象它们从海上跳跃过去的样子。

"你玩过打水漂吗？"

"不，没有。"

"给你。"他一边说着，一边把石头放到她手里，让她的手和面前的水面平行，"试着这样把石头扔到水面上，这样它就会从海面上跳过去了。"

丽贝卡扬起手臂，石头大约飞出了三英尺远，最后落在了向海岸拍打而来的白色水花里。他又把另外一块扁平的石头放到她手心里，她像刚才那样把它扔出去，这回和上回一样，石头落进了水花里。

克里斯托弗再给了她一块石头，然后又一块，直到她扔了将近三十块石头在他们面前的海里，看样子他还得再去多找些石头来。

"这好玩吗？"丽贝卡说。

他们在海滩又玩了一个多小时，直到克里斯托弗听到了他父亲的声音。

他让她先躲起来，他过一会儿会再来找她。于是丽贝卡躲到了一块石头背后。

克里斯托弗父亲的声音越来越近，接着他熟悉的身影出现在克里斯托弗视线里。父亲让他回去吃晚饭，说完便转身回家。曾经，父亲会在海滩上追逐他，把他抱起来，和他一起大笑，然后让他骑在自己脖子上带他回家；但是自从母亲死后，父亲再也不这么做了。

丽贝卡从自己躲着的地方看着克里斯托弗，他跟在父亲身后，每走一步都离他父亲更远一点。等到他离父亲够远的时候，他转头跑向丽贝卡。

"跟我来。"他向她伸出手，"不要担心，你不会有事的。"

等克里斯托弗回到家的时候，晚饭已经摆在桌上了。尤里叔叔把他抱起来，让他坐在了自己和亚莉珊德拉中间。他父亲并没有看他一眼，正专心在自己面前的那盘食物上。晚餐的时候他们说着德文，即便克里斯托弗的父亲希望从现在开始他们能一直使用英语交流。

"今天你在海滩上玩得开心吗？"尤里叔叔问道，"你在那儿待了很久。"

"挺开心的。"

"我们今天粉刷房子还挺见成效的,是吧,斯蒂芬?"

"是的。"克里斯托弗的父亲回答道。

尤里伸手越过克里斯托弗,捏了捏亚莉珊德拉的脸颊。并没有人接话,所以他们就这么安静地用餐——直到楼上传来了什么东西破碎的声音。

"什么声音?"克里斯托弗的父亲问,"你知道那是怎么回事吗,克里斯托弗?"

"我不知道。"他耸了耸肩,埋头吃饭。

他们头顶上的地板又传来了一声重击,紧接着就是轻微的脚步移动的声音。

"克里斯托弗,你有什么要告诉我们的吗?"尤里叔叔问道,"你是不是又把猫捡回家了?上次你这么做的时候你父亲告诉你,这是不可以的。"

"不,不。什么都没有,那可能只是一阵风。"

"我们很快就知道了。"他父亲这么说着,把他的椅子向后拉了出来,"过来吧。最近你给我带来这么多麻烦,现在最好如你所愿那只是一阵风。"

"不,父亲,别这样。楼上什么都没有。我们不能先吃完晚饭吗?"

克里斯托弗的父亲拉住他的手臂把他从座位上拖了下来。尤里说了什么，但是他的兄弟完全无视了他。

亚莉珊德拉跟着他们走出厨房，走过光秃秃的地板然后走上满是沙子的楼梯。

又一声撞击声从楼上传来，亚莉珊德拉咯咯笑了。

克里斯托弗扭动身子试图挣脱，不过他父亲抓得很紧所以他没有成功。

他父亲强迫他上楼，直接来到了他的房间，"啪"地一下撞开房门。

丽贝卡坐在房间地板中央，克里斯托弗母亲的珍珠项链缠在她的脖子上，还有他母亲的帽子斜盖在她脑袋上，几乎完全挡住了她的两只眼睛。克里斯托弗在看到她的时候做了个鬼脸：他告诉过她待在衣柜里直到他回来为止的。不过她现在出来了，还打翻了床柜上的一个玻璃水瓶。

尤里叔叔在他们背后大笑出声，可克里斯托弗的父亲没有半点笑意。

"这位是谁，克里斯托弗？"他的父亲用英文问道。

"她是我朋友，丽贝卡。"

"那么丽贝卡住在哪儿？"

"我不知道。"

克里斯托弗的父亲松开了自己儿子的手臂，蹲下身子看向坐在地上、戴着他亡妻项链和帽子的小女孩："你没弄伤你自己吧？"他伸手摸了摸她脸侧深色的伤痕。

她没有回答。

"你住在哪儿，丽贝卡？"

她脱掉了帽子，指了指窗外。

克里斯托弗的父亲接过她手上的帽子，帮助她拿掉了脖子上的项链："你住在那儿是吗？离这里远吗？"

小女孩摇了摇头，然后站了起来。

"你父母知道你在这里吗？"

女孩又摇了摇头。

"好吧，你不觉得你父母会为你担心吗？"

"不。"

"他们当然会担心。"克里斯托弗的父亲说道，捋了捋头发。

而女孩则走到了窗户边。

克里斯托弗知道他肯定躲不过去，无论这个小女孩有多可爱，所以几秒钟之后他问："你饿了吗？要吃点什么吗？"

丽贝卡点了点头，满脸沮丧。

她为什么不待在衣柜里呢？现在后悔也没用了，她离家出走的计划到此为止了。

尤里叔叔带着大家一起下了楼，克里斯托弗的父亲想要弄清楚丽贝卡到底住在哪里，和谁住在一起，可是她并不说话。他为她在桌边搬了张椅子，然后所有人都坐下再次回到餐桌上开始吃晚饭。

尤里叔叔是第一个说话的，他开口的时候还带着微笑："克里斯托弗，你在哪里认识的新朋友？为什么把她带回家里？"

克里斯托弗用叉子刺进面前盆子里的土豆：他怎么能告诉他们丽贝卡其实是想要尝试离家出走，而他则只是单纯想要帮助她？

"我在沙滩边遇到她的，她正在哭，所以我想她可能需要点帮助。"

"带她回家并把她塞在你房间的衣柜里可算不上是帮助。"克里斯托弗的父亲说道。

尤里叔叔再次笑出了声。

"拜托，尤里，我现在正在和我儿子说话。"他瞥了一眼自己弟弟。

尤里用手捂住了嘴，但是他还是在笑。

克里斯托弗的父亲摇了摇头，再次将注意力放回自己那似乎想把身子溜到桌子底下去的儿子身上："这小姑娘住哪儿？她的脸怎么了？"

"我不知道，我听到她在沙滩附近的草地上哭。我想她能在这儿待上一段时间。"他希望丽贝卡听不懂德语，不能理解他们在说什么。

"哦，是吗？你打算把她藏在你的房间里是吗？你打算让她在这儿待多久？"

克里斯托弗看着面前的盘子，这时候他的眼睛已经和桌子在一条水平线上了："我不知道，我没想过这个问题。"

"这可真令人惊讶。"他的父亲回道，"你从来没有想过是吗？"

丽贝卡停下了吃饭的动作。

夏日的太阳虽然依旧高悬在空中，但其实现在已经是晚上七点，亚莉珊德拉必须得去睡觉了。她比克里斯托弗小了两岁，现在还不到四岁，她不能像克里斯托弗那样待到那么晚才睡。尤里抱起了她，然后带她到她父亲身边让她亲吻父亲，父亲也亲吻了她的脸颊。亚莉珊德拉向丽贝卡挥手，而丽贝卡则努力回了她一个微笑。

尤里带着亚莉珊德拉上了楼，在离开的时候他还在笑。

"丽贝卡，"克里斯托弗的父亲压低了声音，"你必须告诉我们你住在哪。如果我知道克里斯托弗或亚莉珊德拉晚上的这个时候还在外面，我会很担心的。你现在并不希望有人为你感到担心，对吗？"

丽贝卡摇了摇头。

克里斯托弗的父亲还想说什么的时候，她回答了："我住在两栋房子之外。我把茶洒了出来，我妈妈就打了我。等她睡下之后我就跑出来了。"

克里斯托弗的父亲从桌边站了起来："我想我该见见你的父母，丽贝卡，现在该带你回家了。"

当她蠕动着想从他身边逃开的时候，克里斯托弗的父亲把她抱了起来，向正门走去，并转头对刚下楼的尤里大声喊："尤里，我带她回家。"

克里斯托弗跟着父亲一起出了门。

当他父亲注意到他也跟出来之后说道："你见见丽贝卡的父母也好，他们可能担心得都快晕倒了。"

等到了街上之后，他把丽贝卡放到了地上："现在答应我不要闹，拉着我的手。"

丽贝卡虽然照做了，但是她用恳求的眼光看了克里斯托弗一眼。

他们沿着马路出发，克里斯托弗落在两人几英尺之后。

"这可能是拜访邻居的一种方法。"他的父亲自言自语道。

没人说话，他们安静地沿着街道走了一段路，直到丽贝卡开口："那栋房子是我家的。"她指着路尽头的一栋破旧、饱经风霜的小房子——看上去和克里斯托弗他们刚到这儿来看到的、还没有开始油漆打理的自家房子很像。

丽贝卡每走一步都变得更慢，到最后克里斯托弗的父亲几乎是拖着她在走了。克里斯托弗小跑追上了两人，牵起了丽贝卡另外一只手一起走向房子。

眼泪无声地从丽贝卡变红的脸颊上滚落。

克里斯托弗的父亲走上前敲了敲门，门上油漆剥落斑驳。门边上的窗户是灰色的，应该有很长时间没有清洁了，透过玻璃可以看到窗上结了一层蜘蛛网。

我们不能就这样回家吗？克里斯托弗心想。

房子里静悄悄的，没半点声响。克里斯托弗的父亲低头看了一眼丽贝卡，又再次敲了敲门。

"你的父母可能已经睡下了。"他说道，与其说是说给丽贝卡听的，不如说是说给自己听的，"你有兄弟姐妹吗？"

"不，我没有。"

克里斯托弗的父亲这回更用力地敲了门，结果门就这样自己半开了。

"您好，请问有人在吗？"他的询问没有人回答，于是他推开房门走进房间。

房子里有一股老旧、发霉的味道，他们走进过道看到了左手边是厨房。地板上的地毯非常陈旧，上面还有虫蛀的痕迹。克里斯托弗感觉到有个钉子猛地扎入了他的鞋底，不过他没有说。

事实上没有一个人说话。

某扇开着的窗户透出的一束光亮引导他们走到了过道尽头的客厅，客厅的墙上挂着本地风景画。地板上有一个打碎的瓶子，但是房间里并没有人。接着便听到了他们身后传来了磕磕碰碰的声音。

他们一起转身，丽贝卡躲到了克里斯托弗父亲的身后。

"该死的，你到底跑到哪儿去了？"一个男人穿着褪色的外套，正站在门口。他看起来比克里斯托弗的父亲年纪更大一些，不过克里斯托弗猜不出他具体的年龄——他棕色的头发看上去像年轻人，可他脸上的皱纹并不让人这么觉得。他那双黑色的眼珠左右打着转："你们是谁？在我家里做什么？为什么我女儿会和你们在一起？"

克里斯托弗的父亲上前一步，伸出了手。那男人握了握那只手，但是并没有说话。

"我是斯蒂芬·席勒。"克里斯托弗的父亲说道，他的语调缓慢而慎重，"我儿子今天早些时候在海滩边见到了丽贝卡，她看上去似乎很难受。"

那男人的表情在听到克里斯托弗父亲浓重的德国口音之后变了，他双目凸起："你是德国人。"他说这话时有着法国的口音。

克里斯托弗的父亲点了点头。

男人说了下去："她总是笨手笨脚的，会把自己卷入麻烦中……你知道现在的孩子。"他这么说的时候身体轻微向后摇晃。

克里斯托弗看着他的父亲，看到他的下颚绷紧了。

"克里斯托弗，你可以先带着丽贝卡出去一会吗？"

"没有这个必要。谢谢你把我的女儿带回来，但是你们现在，必须在我妻子回来之前离开了。"

克里斯托弗的父亲低头看了看紧紧抓住自己裤腿的小女孩，又看了看自己儿子："来吧，克里斯托弗，我们回去。"

他蹲下身子看着丽贝卡："我们得走了，但是你要知道你一直……"

"再见，席勒先生。"丽贝卡的父亲走上前来，一把抓住了丽贝卡的手臂，把她带进了里面的房间。

克里斯托弗和他的父亲两个人被留在了原地。

第四章

丽贝卡第二天一早又来到了克里斯托弗家。她坐在后院的树屋里，这是尤里叔叔为克里斯托弗和亚莉珊德拉做的。当克里斯托弗离开房子跑向她的时候，她冲他微笑。亚莉克丝也跟着他的哥哥跑了出来。

"丽贝卡，你回来啦。"她点头致意。

"你怎么知道这里有树屋？"

"我自己找到的。"丽贝卡的手里有个旧娃娃，虽然娃娃的一只眼睛不见了，但是它的头发被打理得很漂亮，她把它紧紧抱在胸口，"这是苏珊。"

"亚莉珊德拉也有洋娃娃，不是吗，亚莉克丝？"克里斯托弗这么说的时候，他父亲也到了。

"孩子们，我得和丽贝卡说上几句。"

"你好，席勒先生。"

"你好，漂亮的小姑娘。"他微笑着，"丽贝卡，你有没有问过你的父母你可不可以到这里来玩？"

她低头把玩自己手里的洋娃娃，并不回答问题。

"他们知道你在这儿吗？"

"他们还在睡觉。"

"你今天早上离开的时候他们都还在睡觉？你不觉得你应该告诉他们你要去哪儿吗？"

"我不知道，他们昨天很晚才睡，我能听到他们一直在说话。"

"如果你父母不在身边的话你会想他们吗？"

丽贝卡耸了耸肩。

"丽贝卡可以和我们待在一起吗，父亲？"克里斯托弗问。而他父亲的表情让他知道需要保持安静。他走到丽贝卡身边，牵住了她的手，感觉到她紧紧抓住了他。

"好吧，丽贝卡，你可以在这儿玩一会。尤里叔叔会照看你们，我很快就回来，在这之后我们再看你能不能过来玩。"

几个孩子在树屋里玩了一会，然后尤里叔叔带着他们去了海边浅水区的潮水潭，他们把袜子和鞋子提在手里踩着水潭里冰凉的海水，太阳照在他们脸上暖洋洋的。他们想去游泳，可是发现都忘了带泳衣，于是他们便留在水潭边扔石子。尤里教他们如何才能让石子飞得更快，他们看着石子丁零作响地跳过水面而留下的涟漪。

他们在海边待了一上午。等尤里把他们带回家的时候，克里斯托弗的父亲已经在等着他们了。

"你们好，孩子们，在海滩和尤里一起玩得开心吗？"

孩子们点头。

"尤里，你可以带亚莉珊德拉先去树屋吗？"

"当然可以，过来吧我的小太阳。"尤里抱起亚莉珊德拉，带她离开了院子。

"坐下吧，孩子们。"克里斯托弗的父亲这么开头，"丽贝卡，你喜欢过来玩是吗？"

"是的，我希望我能一直待在这儿。"

克里斯托弗在听到她的回答之后感觉自己的心脏跳了起来。

"我和你的父母谈过了，无论是父亲还是母亲。"

丽贝卡在听到克里斯托弗的父亲这么说的时候表情变得很僵硬。

"在见过你的父母之后，我又去了警察局和希金斯警官聊了聊，他是个很优秀的警官，对这一带的事情知道得很清楚。我必须告诉你，丽贝卡，你的父亲一点都不希望你到这里来，他不希望你去树屋，也不希望你和克里斯托弗或者亚莉珊德拉一起玩。"

"但是，父亲……"

"安静，克里斯托弗，让我说完。"克里斯托弗从来没见过自己父亲这样，"不过我和你的母亲谈了谈，然后我决定允许你到我们这儿来玩。"

丽贝卡倒抽一口冷气，克里斯托弗高兴地一边拍手一边跳上跳下。

"我想了很久，我并不希望违背你父亲的愿望，但是我认为这是目前最好的做法。"

"哦，谢谢你，席勒先生。"

"不过如果你惹出什么麻烦，我会直接去告诉你的母亲，然后你就再也不要想到这里来玩了，明白吗？"

"好的，当然，我会乖乖听话的。"

丽贝卡在这待了一个下午，克里斯托弗的父亲留她吃了晚饭。

第二天她又来了，接着一整个夏天她都在克里斯托弗家度过。他们用自己的画作一起装饰了树屋，在书架上铺上了桌布。每一天都过得很开心，每天都有新发现。克里斯托弗以前也交过朋友，不过没有一个像丽贝卡这样，他第一次知道有人可以将每件事做得都像去冒险，从平凡的日子里找出不同的乐趣。

在夏天结束的时候尤里回了德国。

克里斯托弗、亚莉克丝和丽贝卡希望他能一直和他们在一起，不过他不能。孩子们在圣赫利尔看到他上渡轮的时候都哭了，克里斯托弗的父亲非常用力地拥抱了他，以至于克里斯托弗认为尤里可能会透不过气来。

学校开学了。

丽贝卡去了一个在克罗瓦的女子学校，不过不在同一个学校并不是什么大问题，因为丽贝卡几乎还是每天都来克里斯托弗家。她母亲很少做饭，即使做了，丽贝卡也说那些食物难以下咽，所以她开始和他们一起用晚餐。她还经常询问是否能留下来过夜，不过克里斯托弗的父亲从来都不同意。克里斯托弗每个晚上都送她回去，一路走到灌木丛倾倒的地方，从那里可以看到丽贝卡家的房子。

等他们长大一些，写信成了他们互相约定如何见面的方式——他们的父亲永远不会理解信上的内容，因为他们创造了属于自己的语言。

他们被语言围绕着。

那时候克里斯托弗十二岁，他已经会流利地使用英语和德语，还能明白法语，甚至是泽西诺曼的对话。丽贝卡对德语知之甚少，但是精通法语。不过他们使用的语言和这些都不一样。

贡德签证箱子狮子鬃暗礁的意思是下午四点他们会在狮子鬃见面，最后的数字是用德文写的，不过拼写上倒了过来。这是只有他们自己知道的语言，除了他们，只有亚莉珊德拉知道这种语言的存在。他们给每一个悬崖，每一个被海浪拍打、暴露在阳光下的悬崖和海岬都起了名字。他们会约好在那些地方见面，在狮子鬃，在蝴蝶矶，或在怒马岩。当他们两人见面，他们就会在一起说些令人费解的话，好像那些话语就是全部。他们会因为对方的嘴里冒出愚蠢的发音而一起发笑，任何一个正好和他们在一起的人都会被他们弄得满脸疑惑，无论那人是亚莉珊德拉，还是珀西·霍华德，或者珀西的兄弟汤姆——总是有孩子可以一起玩的。

第五章

　　1934年，克里斯托弗十五岁。学校放学回家之后，看到丽贝卡正坐在厨房的桌子边。在这里见到她很正常，但是今天有点不一样，她在哭，左脸上有一道明显的瘀伤。克里斯托弗的父亲陪她一起坐在餐桌边，他愤怒地阴沉着脸。这种愤怒克里斯托弗在丽贝卡父亲打她的时候也经常感受得到。他在她身边坐下，他希望他才是那个安慰她的人，为着是父亲、而不是自己第一个来到她身边而感到嫉妒。

　　"丽贝卡已经来了半小时。"克里斯托弗的父亲用英语悄声说，"我们帮她清理了一下，但她还是很难受，不肯多说。"

“我再也忍受不下去了。”她说，“我要离开，我没有办法继续在这里生活。”

“你在说什么？”克里斯托弗诧异道，“你不能离开，你能去哪儿呢？”

“我不能再住在这儿了，至少不是和他，和他们在一起。”她把脑袋埋进了搁在餐桌上的手臂中。

“先别那么着急，昨天晚上发生什么了？这都是为什么？”克里斯托弗的父亲这么说的时候摸着她的头。

“他这次又做了什么？丽贝卡？”克里斯托弗问。

她把头从手臂里抬了起来，眼睛红红的。她把散落下来的头发拨开，在椅子上重新坐直：“我可以要一杯水吗？”

“当然可以，亚莉克丝，拜托你给她倒杯水。”

“好的，父亲。”亚莉珊德拉回答。

丽贝卡接过水杯后小小地抿了一口。

“我父亲希望我辍学，他希望我能早点找个工作。”丽贝卡双手拿着杯子，再次把它举到了唇边。

“你母亲怎么说？”克里斯托弗问。

“她也同意他的意见，她说我们需要更多的钱。”

“或许她该先给自己去找个工作。”克里斯托弗说。

“自从纺织厂倒闭之后她就再也没有工作过。”丽贝卡的声音越来越轻，几乎可以说是耳语，"她现在几乎很难离开那栋房子了。"

"你父亲打你的时候她没有来阻止吗？"克里斯托弗问。

"一开始她阻止了，可是父亲告诉她这是为我好。"

"难受吗？"亚莉克丝问。

"不，我现在很少会受到打击了。"

有那么一会，没人说话，似乎没人知道接下来该说什么。

"你的头发弄得真好看。"亚莉克丝夸奖道。

"我母亲帮我梳的，就像我还小的时候，不过她梳得乱七八糟的，我还得自己再弄一遍，之后我听到她走进洗手间然后撞到什么东西。"

"发生什么了，她又喝醉了吗？"

丽贝卡点了点头："我只想逃离那个房子，到这儿来或者随便到哪里去，除了那里。我不想留在家，可是我得帮她，她是我母亲。"

"这是当然的。"克里斯托弗的父亲这么说。

克里斯托弗尝试回忆了一下自己的母亲，但是很难想起什么来："她还好吗？"

"她还好，就是有些擦伤和瘀伤。我把她扶了起来，帮她清理好，让她躺到床上去。我父亲晚些回来之后，责怪我没有照看好母亲。"说到这里她停了停，她再次开口之前没有人说话，"我从没见过他这么生气。他从火盆里拿起拨火钳向我冲了过来。"

"什么……他拿了……?"

"让她继续说下去，克里斯托弗。"他的父亲说。

"他打在我的手臂上，我摔倒了，他就站在那儿继续用拨火钳打我，所以我捡起煤块扔到了他的头上。"

克里斯托弗紧握住丽贝卡的手。亚莉克丝哭了起来，她的抽泣声打破了傍晚的安静。

丽贝卡看起来没有注意到他们："他把拨火钳扔到一边，说要给我一个永远忘不掉的教训，然后我看到母亲站在父亲身后，拿着他的猎枪，她说如果他再碰我一下，这就会是他在世上做的最后一件事。"

"他冷静下来了吗?"克里斯托弗问。

丽贝卡缓缓点了点头，她抬起手撑住太阳穴。

克里斯托弗的父亲深深呼了一口气，站起身。亚莉珊德拉走过去，拥抱他，把自己的脑袋搁在他的肩头。

"没事的，父亲，"她说，"我们会照顾好她的。"

他的嘴巴动了动，似乎想说什么来作答，但是没能说出来。他把杯子装满水，再次回到位子上，说："抱歉，丽贝卡，请继续说。"

　　"我告诉他，这是他最后一次打我；我告诉他我要离开，他无论怎样都不能阻止我。"

　　"你真的要离开？"克里斯托弗父亲问，不过丽贝卡无视了他。

　　"昨晚我把行李打包，我甚至没有说'再见'，连和我母亲也没有说。"

　　"你现在住在哪？"亚莉克丝问。

　　"我现在住在我朋友莎拉·斯玛特家里，她没有告诉家里我是逃出来的。"

　　"我知道斯玛特家，他们都是好人。"克里斯托弗的父亲说道。

　　"我今天早上去看我父母，我父亲非常生气，说我母亲反对他都是因为我的错，他说是我毁了这个家。"她最后一个词说得非常缥缈，好像她在很远的地方，而不是坐在离他们很近的椅子上。

　　"你今天晚上打算住哪里？"克里斯托弗问。

　　"住家里。我母亲和他谈了，让他允许我回家。"

他们在那儿坐了一会。接下来的生活将失去丽贝卡的恐惧爬过克里斯托弗的全身，她怎么可以离开他？他们是注定在一起的——永远。她坐在那儿他甚至不能直视她，他把视线投向窗外。对她父母的愤怒折磨着他，让他浑身僵硬，就连呼吸都是生硬的。

克里斯托弗的父亲似乎不知道该说什么好，最终只是低语道："我为你骄傲，丽贝卡。"他站起身，走到厨房灶台边，案板上放着还没人动过的晚餐食材。他拿起菜刀，开始将胡萝卜切片，刀刃敲击木质砧板的声音非常响亮。

"我可以留下来吃晚饭吗，席勒先生？"

"当然可以，丽贝卡，当然可以。"他的话语就像窗外的尘土一样低沉，"克里斯托弗，在晚饭前你为什么不带丽贝卡和亚莉克丝去沙滩边走走呢？"

他们把克里斯托弗的父亲留在了厨房。他们推门离开，一直走到前院，菜刀和砧板发出的声音还在他们耳边回响。在离开房子之后，丽贝卡就不说话了。三个孩子的对话在他们走向沙滩、经过丽贝卡家的时候放缓了。克里斯托弗知道去海滩的时候自己不应该和丽贝卡一起经过她家，不过现在也无所谓了。当他们脚步沉重地走过这段路的时候，甚至没有人提起他们已经打破了的一直心照不宣的约定。

　　他们继续走向海滨，走过沙滩，沿着海岸线坐成一排，丽贝卡坐在中间，看着灰色的海浪拍打礁石。克里斯托弗想着丽贝卡说的关于要离开的事，但并没有开口。他还没有准备好，可能会什么也说不清。

　　他们又开始说前天晚上的事，但没什么新鲜话，该说的之前都已经说了。他们看着浪起浪退，海浪像白色的桌布铺开，然后又收了回去。他们默默无言地在那坐了大约有二十分钟，或许更久，直到夜晚的冷风将他们赶回房子的时候，晚饭已经准备好了。丽贝卡坐在她一直坐的位子上，克里斯托弗的父亲这次让她待到了十点以后，比平时更晚一些。

　　在她离开的时候克里斯托弗的父亲拥抱了她："克里斯托弗会送你回去。照顾好她，克里斯托弗。"

　　"我会的，父亲。"离开时他说。

　　3月寒冷的空气钻进他的脖子里，于是他竖起了外套的衣领。灯光变得苍白，他们能看到的只有隐隐约约的房子轮廓和高悬于夜空中、晕染于海面上的月亮以及在他们头顶上无数闪耀的星辰。

　　月色落在丽贝卡身上留下了灰白的光，也在她颧骨下的瘀伤上落下了阴影。她棕色的头发随风飘动。

"我根本一点儿都不想回去。"她嘴里这么说着，但是脚步并没有停下来。

"我知道，我……我希望我能做些什么。我希望我能找到一个工作，然后带你离开这儿……然后……"

"你已经做得够多了。"

"你真的觉得你会离开吗？"

"我只能离开这里，我已经没法继续待下去了。"

"你准备去哪里？"

"我给我表姐梅维斯写了信，她在伦敦，她说她能带我过去。"

"你为什么不告诉我？"

"有些事我不能告诉任何人，即便是你。"

克里斯托弗的心脏用力地跳着，他甚至觉得它快从他的胸腔和皮肤里蹦出来了。但她似乎并没有察觉。他伸手想去牵她的手，可是在碰到她之前又收了回来："所以你会永远待在伦敦吗？"

"我不知道。'永远'可是很长一段时间。我得照顾好我自己。"她说。

"我可以照顾你，还有我的父亲，我的妹妹，我们都会的。"他们走得很慢，比平时慢很多。

"我知道你会的，但是你不可能一直都在。在很多次我需要你的时候，你没法在我身边。我必须得自己照顾自己。"她伸手，拉住他的手。

"我不知道如果你不在了我该怎么办，我只是不知道如果你离开了我该怎么办。我希望无论在什么时候，当你需要我的时候我都能在你身边。"

"你可以和我一起来。"

"我父亲绝对不会同意的。"他不假思索地回答了。

"那没准等你再长大些。"

话语在他的舌头上打转，他想，要不和她一起离开，不过这些想法在冒出头的同时就消散了。当他们可以看到丽贝卡家的灯光之后，他说："我不希望你离开。"

她转向他，把他的两只手都牵了起来。两人面对面，就离了几尺远。他的眼睛已经习惯了昏暗的光线，所以现在他可以看到她脸上的每一个表情，可以看到她的长发落在肩头。

"我想告诉你……"她停顿了一下，然后低头，他觉得他的心脏跟着她的视线沉了下去，"我只是想谢谢你，你是我最喜欢的男孩，是我能够遇到最好……"

他凑过去，嘴唇触到了她的，他觉得就像是羽毛触碰到了自己，有点笨拙，但是感觉很好，他抬手到她脖子后，温柔地扶住了她的头。她微笑着躲开了他。他的身体像是被电到了，他不知道该说什么。

她松开他的手，动了动脚："我最好还是先回去了。"

"好。"

"我这几天会再和你说的，我需要等事情都处理好。"

"海滩的石头下，我会给你留纸条。"

"好的，晚安，克里斯托弗。"她向前倚了过来，轻轻啄了他的双唇。

五天后，丽贝卡离开了。

克里斯托弗给她留了纸条，但是她并没有出现。他知道丽贝卡说到做到：她的父亲，的确，再也不能打她了。

第六章

1937 年 5 月，克里斯托弗十九岁生日的时候，尤里来到了泽西岛。他看上去还是老样子，只是头发里出现了一些银丝。尤里坐在后院的躺椅上，在亚莉珊德拉准备晚饭的时候喝着冰啤酒。

"你有很长时间没有说这么多德语了吧？"尤里问。

"不完全是，我们在家的时候会说一些。父亲不希望我们忘记从哪里来。"

"是的。"

"从你上次来之后，已经过了四年了，真不敢相信。"克里斯托弗的父亲说道，"我已经六年没有去德国了，自从 1931 年母亲的葬礼之后。我想回去，可是现在谁有这个闲钱呢？"

"哪里的日子都不好过，德国是最糟糕的。"在尤里再次开口之前，大家都没有说话，"那么，克里斯托弗，你最近怎么样？替自家老爹干活自在吗？你喜欢做会计？我希望他没有让你做得太辛苦。"

"帮我父亲做事还是很轻松的。他每天都会让我早点走，我很快就会变得有钱，成为一位悠闲的绅士。"

"我的确给了你休息时间，那是周末。"克里斯托弗的父亲和他的兄弟一起大笑。

"为他工作的确不赖。我学到了很多，总有一天我会自己开张做生意。"

"你应该回德国，克里斯托弗，那里现在有很多机会。"

"他在泽西岛做得挺好。"

"我只是想说，现在德国有很多激动人心的机会适合克里斯托弗这样的年轻人……"

"我们可以下次再讨论这个问题。"斯蒂芬说。

"好吧，大哥，没必要这么紧张。我看到那个旧树屋还在，你们还住里面吗？"尤里转换了话题。

"树屋现在空着。"

"那个可爱的小女孩怎么样了？丽贝卡？我知道她去

英国有段时间了，后来她回来过吗？"

"不，她从没回来过。在那之后我们就再也没有听过她的消息了。"克里斯托弗的父亲说。

"她也从来不写信吗？你们俩以前那么亲密。"

"不，她没有写信，而且也没有告诉我们她的地址。"

"我很抱歉，克里斯托弗。失去这样一位朋友你一定很难过。"尤里说。

在把啤酒送到嘴边之前，克里斯托弗先把啤酒瓶从左手换到右手。

"这些事已经过去了，他甚至还交到了一个新的女朋友，不是吗？"

"不，我没有，"克里斯托弗说，"每次只要我提到某个女孩，我父亲就觉得她是我女朋友。"

"不用担心，我已经三十六岁了，也还是单身。"

"你提醒我了，你打算什么时候结婚，尤里？你和那个女孩，安吉拉，怎么样了？"克里斯托弗的父亲问。

"她太喜欢问问题了。听着兄弟，只要你结婚，我就结婚，行吗？"

"我结过婚。"

"是的，可是你单身已经十三年了。你父亲的感情生活怎么样？有没有在早餐的时候发现陌生女人？"

"他一定在我和亚莉克丝起床前偷偷摸摸把她们送走了。"

亚莉珊德拉从房子里走了出来，她立刻就向尤里走去。

"小太阳，你长大了，已经不能坐在我的腿上了，你十六岁了。"

"我还是可以试试。"她说着，然后坐到了尤里的腿上。尤里发出嘟哝和呼噜声，假装好像自己被她撞到了。

"好了，亚莉珊德拉，够了。"她的父亲指着另外一张空椅子说，"过来坐吧。"

"我们刚才正说到你父亲的感情生活，或者他根本没有。那么你怎么样呢，亚莉克丝？像你这么漂亮的年轻姑娘应该有成千上万的男孩子追在后面吧？"

克里斯托弗和他的父亲同时向前坐了一些。

"太多人可以选了，我没法做决定呢。"

"我敢打赌。你和你母亲长得那么像，金色的卷发还有苍蓝色的眼睛。但是千万别像你母亲这样最后找了这种男人。"

克里斯托弗的父亲撅起了嘴，抓了抓自己后脑勺，假装很烦恼："晚饭好了吗？"他问。

于是他们走进房子坐到桌边，亚莉珊德拉把烤牛肉和土豆放到桌上。

克里斯托弗有段时间没有去想关于丽贝卡的事了，但是提到她的名字使他变得沉默，晚饭的时候他一直没有说话，只是心不在焉地看着他们。尤里在和亚莉珊德拉讨论关于她以后读大学的事，而他的父亲打断了他们："克里斯托弗，你整理一下桌子好吗？"

他拿起盘子，把它们放进水池，把没有吃完的食物收起来后走进花园，从口袋里拿出了一包香烟，抽出一根。

"你确定要在外面抽烟吗？"他父亲问。

"是的。"

"好吧，如果你坚持要沉迷于这种肮脏的嗜好，就到院子那头去，至少这样我们闻不到烟味。"

克里斯托弗没有回答，缓慢地走过草地。夜色蔓延开来，天光变得灰白，沉重而厚实，他好像能在自己的指尖中感受到它们。他走到树屋边，伸手抚过木质的墙面。他和丽贝卡在树屋里漆的油漆已经剥落，但是还是能看出炫目的红色，这是丽贝卡当时坚持要涂的。他点燃香烟，看灰色的烟向上升起然后消散成为夜空中的一部分。他有些好奇她现在变成什么样了，他想起了当时的那个吻，然后很快又摒除了这个想法。他们那时候都还是孩子，现在他不再是个孩子了。

"你知道德国政府之前证明了吸烟和癌症有关吗？希特勒元首自己就公开反对吸烟。"尤里在他身后说道。

"是真的吗？"克里斯托弗回道。

"是的，政府现在发起了一个全国范围的活动，阻止人们吸烟。他们说这会引起心脏病，还会使女性不孕。"

"好吧，那如果我什么时候准备怀孕了，我就戒烟。"

尤里笑了起来，伸手摸了摸树屋的窗户框架："这东西可不好做。"

"我记得第一次看到树屋的时候，湿油漆沾在手指上、迫不及待地等油漆干，我太想进树屋了。在那之后就很少有这样的感觉了。"

"很高兴听你这么说，不过你可能应该多出去走走，不要这么努力工作，嗯？"他们一起笑了出来。克里斯托弗扔掉烟蒂，跟着他的叔叔一起回到了主屋。

啤酒瓶堆在厨房的桌子上，克里斯托弗的父亲开了一瓶他存了很久的白兰地。这是第一次克里斯托弗看到妹妹喝酒超过两杯，这些白色果酒对她的影响很快就显现出来。当她开始问她父亲打算什么时候再婚，并且央求他出去找个人约会的时候，克里斯托弗的父亲说道，"我很感谢你的关心，但是现在你应该去睡觉了。"

"好吧，"她站了起来，"爸爸，你会抱我上楼吗？就像小时候那样？"她这么说的时候举起了双臂。

"你已经长大了，而我老了。"克里斯托弗的父亲挠了挠头，"我觉得那些果酒让你有些上头了。"

"哦，拜托了，爸爸，你能的，我知道你可以。"

"你听到女孩这么说了，斯蒂芬，抱她上楼吧。"尤里说。

"既然这样，过来。"他伸手抱起了她。亚莉克丝挥手道了晚安，然后便消失在了门后，在她父亲双臂中上了楼。

五分钟后，克里斯托弗的父亲回到了厨房，作势擦了擦额头上根本不存在的汗珠："在我把她抱上床之后她希望我给她讲故事，不过我得守住底线。"

他坐下之后，尤里又开口说道："你在这里过得很好。是的，这是一个漂亮的岛，非常漂亮的地方。但是你在这儿永远是个外来者，不是吗？你们一直都会是一个住在英格兰的德国家庭。"

"这个岛不是英格兰的一部分。"

"拜托，斯蒂芬，你知道我指的是什么。"

"我们刚来这里时，确实有一些麻烦，但是这已经是很久以前的事了，现在很少遇到问题。"克里斯托弗的父亲说着，看向窗外黑漆漆的夜色，"我花了一些时间去说服某些人战争已经结束了。"

"我记得的。"尤里说，他举起自己那杯白兰地。他把这些棕色液体在杯子中摇晃了一会之后才抿了一口，"到这里来你后悔过吗？"

"没有。至少在我们来的时候，尤其是我们到了这里之后德国发生的那些事，不会让我后悔。"

"但是德国现在已经变了。和你离开的时候比起来，已经是一个不一样的地方了。"

克里斯托弗有些疑惑自己现在该不该插话。

"不一样了？更好还是更坏？"

"哦，好多了，比以前好多了，"尤里说，"你不看报纸吗？"

"我当然看报纸，亲爱的弟弟，我每天都看。"

"那你应该会看到我们国家正在发生些什么。自从希特勒掌权之后的这几年，是那么长一段时间里最好的日子了。"

"我看到希特勒先生禁止了其他所有党派，除了他的纳粹党。"

"是的，但是民主给我们带来了什么好处呢？斯蒂芬？在希特勒上台之前，那简直是德国历史上最糟糕的时候，完全混乱。你离开得非常是时候，不过不是每一个人都这么幸运，我很高兴你那段时间不在德国，很高兴孩子们成长的时候不在德国。不过现在德国对他们来说会是一个美妙的地方。"

"泽西岛对于他们来说就是个很好的地方。"

"是的，这里对于还是孩子的他们来说是个很好的地方，但是看看你的儿子，他已经不是个小男孩了。这是一个岛，一个非常小的岛，这里不可能给他们提供德国可以提供的那种机会。"

"我永远不会去挡孩子们想走的路，那是他们的选择，不是我的。"

"好吧，那么，"尤里转向克里斯托弗，"你觉得到德国来这个主意怎么样？"

"这是你的生活，克里斯托弗，我不能告诉你要怎么做。你已经是个男人了。"

克里斯托弗感觉到自己的眼睛在脑袋里飞来转去就像

被放在玻璃瓶中的蝌蚪一样。两个人都在等他的回答，他不知道自己说什么好。机会听上去很吸引人，让人激动，但是离开泽西岛？

"我当然觉得去德国会是不错的经历。我的意思是，我喜欢泽西岛，但是住在慕尼黑或者柏林？那一定会很棒！但我该在哪儿工作呢？"

"我想我肯定可以给你在银行找到一份工作，我自己就在那里工作了七年。"尤里说。

"去德国一定会是令人惊奇的体验。我以前从没认真考虑过离开泽西岛。"

"你知道其他一些人，一些像丽贝卡·卡辛这样的人，在德国可能永远不会拥有同样的机会？"他的父亲说道。

"什么？你说什么？"克里斯托弗一时没有反应过来。

尤里重重向后靠去，喝了一大口啤酒："她不是德国人。"

"想想吧，克里斯托弗，这不是因为她不是德国人，而是因为她是犹太人。"

"我从来不知道。"尤里说，"不过这之间有什么区别呢？他已经好多年没有见到她或者听到她的消息了。"

克里斯托弗的父亲侧向他的弟弟："我看报纸，尤里。

我每天都看，所以我知道犹太人完全被剥夺了权利，完全被社会所抛弃。这就是新德国，克里斯托弗，一个对大多数人来说有机会的地方，"他转向自己的儿子，"他们在制定新的法律，规定犹太人成为德国市民，或者和非犹太裔结婚，又或者自己经营生意拥有财产将是非法的。所以你现在决定吧，不过要做个聪明的决定。"

"我从来不知道丽贝卡是犹太人。这对我来说没什么关系。"尤里说。

"但是在德国就对她有关系，并且，这对你来说应该也有很大关系，克里斯托弗。"

"或许你应该去德国，可能这是让你忘掉丽贝卡的唯一方法。"尤里说着，笑了起来。

克里斯托弗想辩解，其实自己早就已经不在意丽贝卡了——她已经离开三年了——不过他们看穿了他，就好像他们能看透玻璃杯里的啤酒一样。有关丽贝卡的种种不受控制地在他脑海里盘旋。

"我已经很久没有见过丽贝卡了。"这是他能想到的最好的回答。

"如果你有和她在一起的想法，至少在德国，你们永远不可能。在泽西岛这里，我们可能没像德国有那么多的机会，但是我们有些其他的东西。”

“我也不太同意纳粹党针对犹太人的那些政策，”尤里说，“但是我能做什么呢？他们说，正是犹太人，我们输掉了战争，他们是德国的敌人，是布尔什维克的同盟。”

“那你相信哪边呢，尤里？”

“我记得我们还小时，住在街另一边的罗森鲍姆太太常对我们微笑，给我们糖吃。最近关于犹太人的话题实在太多了，我从没认真去考虑过。我不知道这对他们每个人有多重要。”

克里斯托弗的父亲站了起来，在回到椅子上之前再给自己倒了一杯啤酒：“我读了希特勒关于世界大战的那些言论，有关‘十一月罪犯’和‘犹太复国主义阴谋’那部分，让我笑掉大牙，尤里，真的。我们在自己后背捅了一刀，并没有什么犹太人阴谋。在那该死的战争中和我并肩作战的很多都是犹太裔，他们是不折不扣的德国人。恩斯特·赫普纳、汉斯·布克斯鲍姆、弗兰兹·巴赫纳，都死了。”

“纳粹并不完美，甚至可以说离完美还差很远，但是现在德国的一切变得比以前好了。你坐在泽西岛，评价我们德国当然很容易，但在一切变糟糕的时候你并不在，你离开了。”

"是的，尤里，坐在这里评价德国、评价纳粹的确很容易。这就是我为什么不回去、也不鼓励克里斯托弗和亚莉珊德拉回德国的原因，即使那是他们出生的地方。"

沉默在房间里扩散开来。

克里斯托弗想说些什么来继续话题，但是他没法思考。他举起酒杯又喝了一大口啤酒。父亲的呼吸非常沉重，他看了看自己的手表说："我想现在你该去睡觉了，克里斯托弗。"

克里斯托弗想找个理由不上楼，但是并没有想到好的借口，他已经有好几年没有被强行要求去睡觉了。他再次看向他的父亲，他明白了，于是他站起来。尤里也站了起来，给了他一个有力的拥抱，就好像要把他摁死一样。

"两位晚安。"克里斯托弗离开时这么说，"千万别把对方杀了。"

父亲和尤里都笑了起来。

克里斯托弗转身离开了厨房，拖着沉重的脚步走过客厅上了楼梯，似乎每一步都是一个小小的胜利。他的脑袋像个充气筏，正漂浮在沸腾的海水上，上楼之后他感到了一种从未有过的恶心。他挣扎着走进卫生间然后坐到马桶上，没有脱裤子，只是用手撑着头，他的眼皮变得沉重，睡意向他袭来。

当他醒来的时候，他看了眼手表，已经过去两个多钟头，他的双腿因为坐在马桶上而麻木。丽贝卡的倩影不知从哪儿游荡到了他的眼前。他打开水龙头，用冷水泼了泼脸。父亲和尤里的对话还在持续，他能听到楼下厨房里有声响，克里斯托弗想回到楼下。

毛巾又冷又硬，他用它随便抹了抹脸，然后在走向卫生间门口时在腋窝下把手擦干。他听着房子里的声音，就像他在晚上经常会做的那样。寂静的夜里除了轻柔吹过的风声和楼下的细语声外，并没有其他声音。他应该下楼去，哪怕只是再说一句其实早就说过了的晚安。

灯光从楼梯处透了上来，他顺着灯光下楼，每一步都走得很慢。克里斯托弗听到了父亲和尤里的对话，所以最后一步走得非常轻，他不想打扰他们。他听到，两人的话题转向了六年前去世的奶奶、在克里斯托弗出生前就已经去世的爷爷，还有克里斯托弗的母亲。

"都离开了。"尤里如此说道。

克里斯托弗在楼梯扶手边探出头，门开的角度正好可以让他看见坐在椅子上尤里的背影，他的父亲应该在尤里的对面，不过因为被墙挡住了，克里斯托弗看不到他。

"我已经不太记得第一次见到汉娜时候的事了，那时候我太年轻。"父亲没接话，"她一直都对我那么好，而且就连父亲也喜欢她，就连我们那位父亲也喜欢她。"尤里的声音越来越小，他拿起面前的玻璃杯，喝下了一口红褐色的液体。

"她是我在这个世界上唯一确认的人。人们总对我说应该向前看，我没有看到这样做的必要性。"

克里斯托弗的整个身体都僵硬了。

"或许是时候该放她走了，已经十三年过去了，哥哥，你还没老，还有好长一段日子要过。"

"或许吧。不过可能我只是不想过没有她的日子。"

沉默了大约三十秒，克里斯托弗的父亲再次开口："无论怎么说，我也没有再遇到过和她一样出色的人，而且要把女性带回来介绍给孩子们……虽然他们也已经不再是孩子了，可是我就是没法这么做。你知道我遇到汉娜的时候比刚搬到这儿来的克里斯托弗大不了几岁。她的爷爷是个德国人，虽然这些你早就知道。"

"是的，我知道。"

"你知道我也记不太清第一次遇到她时的事了。就好像她其实一直都在，在我身边，甚至从我出生之前就在了。"

"我从没遇见过一个这样的人，从没遇见过你这样的情况。"

"你会遇到的，一定会有和你相配的人。"

"你也会再遇到你合适的人。"

"克里斯托弗和亚莉珊德拉对我来说已经足够了，克里斯托弗是……"

克里斯托弗挪动了下自己的身子以便有个更好的视野。

"我们有很多相似的地方。"他的父亲继续说了下去，"有的时候太过相似了。所以关于丽贝卡的事，我下定了决心……我指她离开之后。"

克里斯托弗惊呆了。

"因为那些信？"

克里斯托弗的身体变得麻木，就好像他被人扔进了冬天冰冷的海水里。

"是的。我知道克里斯托弗对她的感情让他盲目，有的时候我为她感到难过，她到现在也不知道自己写给克里斯托弗的信他都没有看过。我稍微看过其中几封，我知道我的决定是对的，她说的那些……只会让他心烦意乱。克里斯托弗头脑一热，谁知道他能做出什么事情来。"

"我相信你是对的，我知道你做这个决定不容易。"

"或许有一天我会把这些信给克里斯托弗看，等他准备好的时候。"克里斯托弗的父亲说到这里停了下来，他的声音变得有些虚弱："我爱她就像爱自己的女儿，我只想看到她有一天能回来，如果她准备好了和克里斯托弗在一起，那当然很好。"

"如果我们的父亲这么对你，你会怎么样？比如阻止你去见汉娜。"

"他并没有这么做的理由。"

"如果他有呢？"

"我不知道，尤里，我真的不知道。我想我可能会找到一个办法，我想……"

"你还给她寄钱吗？"

"我没法给她寄了，她搬家了，没有告诉我搬去哪里，我和她失去了联系。我大概给她写了五封信，都没有回复，她走了。我希望知道她去了哪儿。她的离开让我感觉很糟糕。一想到我可能再也见不到她，就有点受不了。她之前计划回来，但我知道她不可能回来。如果她能回来的话，我就不用把她的信藏起来不给克里斯托弗看了。"

他们还在厨房里说着话，可是克里斯托弗却没有再听进去一个字，他只能感觉到自己静脉中狂奔的血液和加速的脉搏。他起身上楼，回到了楼上的洗手间。他蜷缩成一个球，双臂紧紧抱住自己，他想到丽贝卡，想到丽贝卡需要自己的时候，自己却不在；想到丽贝卡想联系他的时候，他却没有回答。这时候他听到了敲门声。

"克里斯托弗，你在里面吗？"

克里斯托弗有那么几秒并不知道自己要怎么回答，但是糟糕的情绪再次涌了上来："让我一个人待着！"

"克里斯托弗，"他父亲的声音比平时听起来更加遥远、虚弱，"你还好吗？"

克里斯托弗一跃而起猛地一把拉开门，父亲站在门口，脸色看起来并不好。

"那些信在哪？"克里斯托弗喊道，用手指指着父亲的脸，父亲的头向后仰开，"丽贝卡的信在哪？"

父亲很震惊，他做了一个深呼吸，张嘴想说什么，但是什么都没说出来。

"那些信在哪？"克里斯托弗径直面对他的父亲。他现在比父亲高一点，并没有高很多，但是足够让他俯视自己的父亲了。

尤里在这时候上了楼。

"我在问你，那些信在哪？它们是我的……"克里斯托弗抓住了父亲的领子。

"别碰我。"他父亲从牙齿缝里挤出了这几个字。

克里斯托弗松开了手。

这时候亚莉珊德拉的房门打开了，她从房间里走了出来，睡眼惺忪，头发乱糟糟的："怎么了？"

"你怎么可以这么做？"克里斯托弗咆哮道，"你怎么可以把丽贝卡给我的信藏起来？她需要我，我却不在！我答应过她，无论什么时候都会陪着她的！"

"这对我来说也不容易……我很抱歉。我觉得你会忘掉她，我们的生活会继续下去。我原本准备等你……之后再把它们给你的……"

"我的信在哪，父亲？我的信在哪？"

"给我一个机会让我解释，我要尽力为你们做最好的选择，你知道我对她视如己出，我也从来不想失去她。"

"那些信在哪？"

"我们都喝得有点多了，我想我们现在最好……"

"如果你保管了他的信，那就把它们给他，父亲。"亚莉珊德拉说。

"斯蒂芬，把信给他。"尤里说。

克里斯托弗僵立着，他的脸离他父亲的脸只有几英寸。他从来没有和他父亲站得这么近过。

"跟我来吧。"克里斯托弗的父亲说，推开挡在楼梯口的尤里，下楼来到书房。他走进书房，停在书桌后的书架前，从克里斯托弗母亲照片背后拿出一个皮革包边的盒子。他打开抽屉，从抽屉里拿出一把钥匙把盒子打开，那些信就在盒子的最上层，"我得打开这些信了解她是否过得还好，还有得拿到她的地址，我得看看……"

"把信给我，父亲，"克里斯托弗说。现在他心里的愤怒已经被一种更糟糕的什么东西取代，他伸出手，然后他的父亲把一沓——大约五封——信，交到了他的手中。

"去睡觉吧，克里斯托弗，现在已经很晚了……"

"不，父亲，不，你不用再告诉我该怎么做。"

他把父亲一个人留在了书房，从还站在楼梯口的尤里身边走过，然后回到了自己的卧室。他把灯打开，坐到了床上，把信放在被子上，这时他听到有人轻轻敲了敲门。

"你还好吗？"亚莉珊德拉站在那儿问道。

"是的，我没事。我现在不能和你聊天，亚莉克丝，我们明天再说吧。"他听到她轻声说了句晚安之后离开了。他拿起第一封信，是丽贝卡大约三年前寄出的。他把信纸从信封里抽出来，看了信最开头的几个词之后便快速扫过了后面的内容，想找到信中的重点，几乎迫不及待想读完，然后看下一封。

信中的话句句跃然眼前。她说正在为她的表姐梅维斯做保姆，她会想起父母，但是她从没联系过他们，她现在过得很开心，虽然她希望自己能回泽西岛，但是她可能不会再回来了。这封信并没有留下地址，邮戳显示信是从伦敦寄出的。

他把信放回床上，然后拿起第二封，这封信写于1934年的圣诞节。他快速扫过信中的内容，发现她留了地址，是伦敦某处他从没听说过的地方。她向亚莉珊德拉和他的父亲问好，说她非常想念他们，当然其中她最想念的是他。他把她写的这些文字，这精致的书信在手里攥得皱巴巴的。在看下一封落款时间为1935年2月的信之前，他又看了一眼那个地址。她信中开头的第一句话，是问他为什么没有给她回信，她猜想他可能是太忙了，也可能是因为投递的时候信件丢失了，所以她再次附上了地址，这次她把地址写得很显眼，还用彩色铅笔在字母周围画了装饰，甚至用一行蓝色小花作为下划线。信很短，除了说她在伦敦过得很好以外，她在信的最后问他什么时候可以给她回信，如果有可能的话，到了夏天，他可以去伦敦看她。

他躺回床上，盯着天花板，想着她写这封信时的样子。克里斯托弗打开了下一个信封，信里只有短短几行。

1935 年 5 月 12 日
亲爱的克里斯托弗：

请回复我的信，我现在很担心。虽然我希望我可以，但是我不能回来看你。你父亲告诉我你正尝试走出来，可我希望知道你现在一切都好，并且没有讨厌我。

爱你的，
丽贝卡。

他打开了最后一封信，这封信是距上一封一年半之后写的。

1936 年 11 月 13 日
亲爱的克里斯托弗：

我从没想过我会写这封信，因为在这之前，我从没有想象过没有你的生活。我想，即使自己离开了泽西岛，即使现在一个人在伦敦，你也会一直陪着我的想法，可能太过幼稚了。我知道你可能会因为我离开前没有告别，又过了这么久才给你写信而生气，可是我从没想过你会那么生气，甚至不愿意回我的信，或者不愿意再见到我。不过我可以理解，你的父亲把一切都解释给我听了，我知道我一直不是一个特别容易相处的人。我还记得我们第一次相遇，你在灌木丛后找到我的时候，我正在哭。如果你现在看到我，你就会知道我和那时候一样，只是地方不同。不过我会没事的，你知道的，我不会被困难打倒，我现在只是在经历我生命中必须要经历的事而已。我会回来的，那个时候我们就可以再见面了。

想念你，我会一直都想念你。

爱你的，

丽贝卡。

信纸飘落到地板上，克里斯托弗在最终决定起身前呆坐了好几分钟。

窗外的夜一片晦涩。

第七章

　　1938 年 4 月一个晴朗的早晨，克里斯托弗、亚莉珊德拉和他们的父亲一起到达柏林的莱赫特斯塔德巴霍夫车站。三天之后就是尤里的婚礼，克里斯托弗原本以为他这辈子也等不到这一天了。尤里在三个月前认识了一个二十四岁的女教师，卡洛琳娜。这个婚礼出乎所有人意料，除了斯蒂芬，他的兄弟无论做什么都不会让他再感到惊讶了。

　　克里斯托弗和亚莉珊德拉奶奶的葬礼已经过去七年了，克里斯托弗的父亲在回到他出生的城市时没有流露出任何感情。"感觉我们现在回家了，真的。"亚莉珊德拉在他们下火车时说。

　　"我爱柏林，"克里斯托弗的父亲这么说的时候轻声叹了口气，"但这不是我认识的柏林。"一群穿着浅棕色希特勒青年团制服的学生穿过月台，他们站着目送孩子们从身边走过。

亚莉珊德拉耸耸肩："这和童子军没什么区别。"斯蒂芬没有回答，只是提起行李箱，克里斯托弗和他妹妹跟着他一起走出火车站去等电车，没等多久，电车就到了，他们坐上车去旅馆。新的德国国旗，红色背景上白色圆圈中的黑色卍字记号，随处可见。车站外沿路可以看到二十面或者更多的旗帜随风飘荡。

电车上挤满了人，他们站着，脚边放着他们的行李，紧紧地抓住电车上的圆环把手。"这太令人兴奋了。"亚莉克丝说。克里斯托弗打量着车上上班族的表情。一个年轻人漫不经心地靠在窗户上看报纸，报纸上画了一个不健康的、明显是犹太人的家伙想要谋杀一个惊慌失措的孩子，在报纸的底部有一个标题："犹太人是我们的不幸。"电车行驶的时候，克里斯托弗站在自己妹妹面前，挡在她和报纸之间。

当他们到达酒店的时候，尤里和卡洛琳娜已经在大堂等候多时了。卡洛琳娜依次拥抱他们，之前他们只在褪色的黑白照片上见过她，当然，都是和尤里的合影——她和尤里在一家餐厅举着啤酒杯冲着镜头微笑或者是两人一起在万湖的湖滨。她个子不高，一头金色的长发，一双明亮的蓝眼睛，年轻漂亮，只比克里斯托弗大五岁。克里斯托弗的父亲看起来可以做她的父亲。克里斯托弗拥抱了尤里，猛拍他的肩膀，直到他的叔叔让他站回去。尤里抱起亚莉珊德拉，把她举到空中。

"终于见到你们真是太好了，"卡洛琳娜说，"下午我们安排得满满当当，要带你们参观。恐怕没时间让你们休息了。把包放到楼上，然后我们就准备出发。好吗，斯蒂芬？"

"当然，卡洛琳娜。我们都快等不及了。"

他们把包放到楼上，五分钟后全部上了尤里的车。克里斯托弗的父亲和尤里坐在前面。

"我从来没有去过泽西岛，"卡洛琳娜在汽车开动时说，"我一直很想去，那里听起来令人向往，和这里一定完全不同。"

"非常不同。"克里斯托弗回答。

"这儿太好了，"亚莉克丝说，"我从没想过会有像伦敦那样的地方，但这里更出乎我的想象。"

克里斯托弗没有听他们说话，只是盯着窗外，看着这座他原本可以在此长大的非凡城市，他可能早就对那些满是汽车、电车和火车的大道了如指掌，而不是像游客一样惊讶地琢磨着。他们停下车来，走向柏林城市宫，一座曾经的皇家宫殿。

"我想说，这里和你的白金汉宫比起来应该还不差吧？"尤里开玩笑说。亚莉珊德拉和卡洛琳娜手挽手站在一起。

"太不可思议了。"克里斯托弗说。

他们去了菩提树大街和勃兰登堡门，尤里为他们充当导游。

"那个就是女神四铜马，"尤里指着城门上巨大的由四匹马牵着的战车雕像说，"这就是帝国的中心，新德国的中心。"他把卡洛琳娜拉近自己，"这象征着我们的新起点，"卡洛琳娜紧紧地拥抱着他，"回头看看这条东西轴，它延伸到我们目力所及的所有地方。"

绿树成荫，点缀着纳粹党的旗帜，绵延数英里。

"看，"卡洛琳娜说，"卫兵换岗了，我们很幸运。"身穿灰色制服的士兵肩上扛着步枪，步调划一。

克里斯托弗的父亲说："我不认为我真的想看到这个。"

"好吧，斯蒂芬，反正要到晚饭时间了。我们要带你去一个特别的地方。"

晚上的天气暖和又清爽，他们去一家户外咖啡馆吃晚饭。当他们用餐时，乐队现场演奏的音乐在他们身边飘荡，人们纷纷站起来到露台上跳舞。丽贝卡突然侵入了克里斯托弗的脑海。他们永远不可能在这个奇怪而美妙的地方在一起，这座城市虽然对他热情友好，但对她充满敌意。不是说我们现在在一起，或者说我们以后会在一起。他不知道怎么描述这种感觉。

晚饭后，尤里请亚莉克丝跳舞，虽然她拒绝了，但他还是把她从座位上拉了起来。卡洛琳娜问克里斯托弗是否介意她和他父亲跳舞。

"当然不会。这对他有好处。"

克里斯托弗的父亲牵起卡洛琳娜的手，把她带到露台上。舞步伴随着灯光。

夜色令人沉醉。

婚礼前一天的晚上，举行了尤里的单身派对。亚莉珊德拉和卡洛琳娜的家人待在一起，其他人陪着尤里和他的朋友沉浸于夜色中的柏林，按尤里自己的话说是"最后的狂欢"。尤里的朋友，三十七岁的男人们，似乎对谈论他们的孩子或是第二天的婚礼更感兴趣，而不是所谓的"狂欢"，至少在一开始是这样。

当尤里走过来时，克里斯托弗正一个人待着。

"和上了年纪的人一起玩还开心吗？"

"当然，"克里斯托弗回答，他们碰了碰啤酒杯，"他似乎也玩得很开心。"他指着自己父亲，现在正和尤里的两个朋友坐在角落里。

"很高兴看到他放松了些。"尤里凑近，"在伦敦发生了什么？你从没告诉过我。没有找到她吗？"

"没有，我给她写信几周后我们就出发去了伦敦。此前几个月，父亲和她就已经失去联系。"克里斯托弗转过身，把啤酒杯放在他身后的吧台上，"她不在那里。我们去了她以前住的地方。丽贝卡的表姐梅维斯在六个月前突然去世，她的丈夫回了苏格兰，没有留下任何新的地址。"

"丽贝卡呢？"

"没有线索，好像她从未存在过，似乎没有人认识她。"

克里斯托弗的父亲听不到他们谈话。坐在他身边的人说了什么引得他放声大笑。

"他呢？"尤里问，"你们现在好点了吗？"

"好多了，虽然花了点时间。他向我承认，他犯了一个错误，他不应该把那些信藏起来。"

"他想改正自己的错误，并不是所有人都能做到这点。"

"是的，的确，像他这样的人不多。"

"我想是时候忘记丽贝卡·卡辛了。"

"是的，我一直这么和自己说。"

晚餐的时候，克里斯托弗发现自己坐在他父亲——似乎真的想好好放松一下——和尤里的朋友沃纳，一位来自德累斯顿的律师之间。

"你觉得柏林怎么样？这是一个相当不错的城市，不是吗？"沃纳戴着的纳粹徽章表明他是纳粹党的一员。餐桌上不少人都戴着这个徽章。

"太不可思议了，"克里斯托弗说，"我从未见过这样的地方。"

"就在几年前，情况还和现在非常不同。那会布尔什维克的威胁还在，纳粹还没掌权，那可真是糟糕。我很高兴你没有见到那些，我明白你父亲为什么要你离开德国。"

"我们在泽西岛过得不错。"

"我早些时候和你父亲谈过——听起来确实是个很美的地方——但你不觉得这座城市的改变和这里的生活会让人忘乎所以吗？"

"是的，的确。"

"这是德国最不可思议的时刻。你应该回来参加这次革命，纳粹党——我们正在努力改变世界，为更美好的未来而努力。"他举起自己的酒杯喝了一大口啤酒，"不是每个人都需要入党。你叔叔说他不会入党，但他是你见过最自豪的德国人。"

"我知道。"

沃纳看起来几乎没有在听他说话："这是一场革命，一场精彩的、无血的革命。看看这个城市，变得干净、井井有条，人们开始回到自己的工作岗位上。现在可以再一次为自己身为德国人感到骄傲了。"沃纳看着他，很可能是想从他那里找到一个可以继续说下去的话头。克里斯托弗并不觉得自己想和他继续这个话题，他想问为什么不是每个人都能成为这个美好社会的一部分，但他没问。

"你觉得他为什么突然决定结婚？卡洛琳娜有什么特别之处？"

沃纳把一杯啤酒举到嘴边："时间迟早会赶上我们所有人，克里斯托弗。你现在还很年轻，但总有一天你会明白的。我们结婚都有不同的原因：有些是为了爱情，有些是为了金钱或权力，有些是为了不被遗忘或抛弃。"他在点燃自己的烟之前递给克里斯托弗一支，"不过我已经见过卡洛琳娜好几次了。她是个很好的女人，她会让尤里过得幸福。"

尤里连着喝了三杯伏特加。

"你为什么结婚，沃纳？"

"我想每个原因都有一点，我的朋友，每一个原因都有一点。"

第八章

克里斯托弗从无梦的死睡中醒来后立刻感觉到了身边的她,那是他二十岁生日后的早晨。他们俩背对背睡着,脸朝向不同的方向。他掀开床单,看到她背部温柔的曲线,她躺在那里,腿蜷曲着几乎接触到她紧贴在身前的肘部。她柔软的头发散漫凌乱地落在肩上,金发衬着她浅棕色的皮肤,他从来没有意识到她有多么娇小,多么脆弱。他伸手去摸她的头发,但停了下来。他把手缩回去,让它垂落在自己肚子上。她轻轻地踢了踢腿,重重呼吸了一声,这声音有点像用鼻子哼哼。他呆在那,不能离开,这里是他的卧室,公寓是和他的朋友汤姆合租的。他坐在床上,更像是因着一种痛楚,而不是别的什么,桑德里娜

　　　　　　　　　　　　Finding Rebecca

在他身边动了动。她转过身来面对他，用他从未见过的温柔，优雅地睁开眼睛。

"早上好。"她说。

"早上好。"他回答。他咳嗽了一声，转过身去。好几秒钟过去了，两个人都没说话。他回头看了一眼桑德里娜，她背对着他。他希望自己能说些什么，或者她说些什么。他赤身裸体从床上爬起来，用毛巾遮住自己。

"你今天感觉怎么样？"他先开口了。

"很好，你呢？"她的声音平淡，几乎没有感情。

绵绵细雨落在窗户上，扭曲了外面的景色。

"我也很好。"克里斯托弗穿上内裤，不知道为什么拿起梳子，又把它放了回去，这时响起了敲门声。

"我在。"他说。

"你有客人，你妹妹想要见你。"汤姆说，然后关上了门。

"我妹妹，亚莉珊德拉她来了……"

"我听见了。"桑德里娜说，"给我一点时间换衣服，我马上就离开。"

"我出去和她谈谈，马上回来，抱歉。"

她把膝盖抱到胸前，毯子拉到锁骨上，披到身上。他穿上裤子又坐了下来，他向她伸出手，抚上她的脸颊。她的皮肤温暖而光滑，触感很好，她依在他的手掌上。

"桑德里娜，对不起。也许昨晚是个错误，只是现在我也说不清。"

敲门声再次传来，这次更响了："她说有很重要的事。"

他把手抽开，指向门："让我问问到底怎么回事。很快回来。"他穿上衬衫，打开一条足够让自己溜过去的门缝后立刻把门关上。亚莉珊德拉和汤姆坐在厨房的桌子旁，汤姆看上去很紧张，当克里斯托弗坐下时，他立即回了自己的房间。

"怎么了？都还好吗？你看上去……"

"我现在需要你和我一起走，"她回答，"你准备好了吗？我把车开过来……"

"发生什么了？父亲出什么事了吗？"

"他很好。是别的事情，我现在不能告诉你，你得自己去看。拜托了，准备好了就和我一起出发吧。"

他回到自己的房间。桑德里娜已经把衣服穿好了，坐在床上。

"我得走了。"

"出什么事了？"桑德里娜似乎很担心。

"我不知道。她不肯告诉我，但我现在得走了。"克里斯托弗穿上昨晚穿的那双袜子，"对不起，但你可能待会得自己走。"

"我已经好了，可以和你一起走。"

克里斯托弗弄散了鞋带："不，我妹妹在外面。有什么地方不对劲，我不想惹她生气。"

"惹她生气？你在说什么？我让你感到丢脸吗？"

他走到她站着的床边，伸手拉住她正抱着的手肘："不，当然不是，只是我不想把事情复杂化。如果真的有什么严重的问题……"他收回手，"拜托了，我们离开后你再走好吗？"

"或许我应该爬出窗户，沿着排水管走？"

"我没有时间和你争论这个。"他说。她坐回床上，他一只手放在门把手上，转身，"真的很抱歉，我得走了，我们晚点再谈好吗？"

"当然，你走吧。希望一切都好。"她的声音听起来很遥远，好像她在隔壁房间里，隔着墙说话。

"好吧，再见。"他把她留在那里，独自坐在床上。

他领着亚莉珊德拉出了门，下楼来到街上。走到车边的这段路上她撑着一把小伞。

"到底发生了什么，亚莉克丝？"

"我也不知道。父亲让我来找你，他要一起告诉我们，是非常重要的事。我发誓，这就是我所知道的全部。"她把钥匙插进点火器，汽车隆隆地响了起来，"克里斯托弗，你刚才在跟谁说话？你房间里有人和你在一起吗？"

"当然没有。快点，我们回家吧。"

他们在回家的路上没有说话。他想着桑德里娜，一个人在他的房间里，然后她自己走回家，并关上她身后的门。

亚莉克丝停下车时，雨已经小了。克里斯托弗在前门等她，然后推开门，走进安静的屋子。她示意他继续朝大厅尽头，通向厨房那扇紧闭的门走去。丽贝卡坐在桌子旁，她长高了，大概有五英尺七英寸，站起来都到克里斯托弗的肩膀了。他记忆中她的样子远不及她真实的美丽。她穿着一条长裙，戴着女士帽，就像亚莉珊德拉看的那些时尚杂志上那样。

"一个惊喜。"她低声说，吻了吻克里斯托弗的脸颊，把她的手臂搂在他的肩膀和脖子上。有个金发碧眼的年轻男性和她在一起，那张晒黑的脸看起来有点眼熟。那个年轻人一直看着丽贝卡，"克里斯托弗，这是乔纳森。

乔纳森，这是我认识最久，最亲爱的朋友，克里斯托弗·席勒。"

乔纳森站起来，他的握手强劲有力，然后他又一言不发地坐了下来。

"所以，"斯蒂芬问，"你觉得这个惊喜怎么样？"

"太出人意料了。"这个男人是谁？他想到，他在我父亲家干什么？"你怎么会在这？"

"我们昨晚下的渡船。"丽贝卡化了妆，克里斯托弗以前从没见过她化妆，她涂好的指甲泛着粉红色光泽，她的帽子就放在她刚才坐着的椅子旁的厨房桌子上，她小时候常坐的那把椅子就在边上。

"我很高兴见到你，也很高兴见到你，乔纳森。"克里斯托弗说，然后向后退了几步，"我们有多久没见面了？"

"四年，我们有很多旧可以叙。"

"你去哪儿了？我们……"

"我们之前正好去了伦敦，"他父亲打断他的话，"我们试着从你信上留的地址找你，不过你不在。那是一年前，1937 年的 6 月。"

"你们要找我？我 1937 年 2 月搬到了南安普敦，乔纳森帮我找了份工作，找好了住处。"乔纳森伸手搂住她，

"真不敢相信我们错过了，"她继续说，"如果能见到你的话一定很开心！"

"来吧，亚莉克丝，我们让他们三个人留下聊聊。"克里斯托弗的父亲说。

"嗯，我想去散散步，"丽贝卡说，"去海滩，狮子鬃或者怒马岩？"

乔纳森还坐着："这都是哪里，丽贝卡？"

"你来自圣布雷拉德？"克里斯托弗问，虽然他非常清楚泽西岛前法警的儿子乔纳森·达雷尔来自哪里，每个人都知道达雷尔家的豪宅。

"是的，算是吧，"他回答，"不过，离开家大老远跑到伦敦去见一个女孩挺奇怪的，一个马上要和我结婚的女孩，不过我见丽贝卡的第一秒，她就把我迷住了。"

"雨现在不太大，我们可以出去散步。"克里斯托弗说。他觉得很可笑，感受到愤怒、嫉妒像是一把锯子在拉扯着他，真是荒谬。待在这里让人很不好受，但他一直想要见到她。

他领他们出了屋子走进晨色，看着她，克里斯托弗感觉很奇怪，因为她比以往任何时候都漂亮。他们转弯走上通向大海的路，这条路会经过丽贝卡父母的房子。三个人走在一起的时候，丽贝卡在中间，克里斯托弗认为这样会好一些。

"离开这里的日子，我一直很想你。"丽贝卡开始说。

克里斯托弗能感觉到桑德里娜倚着他，看到乔纳森·达雷尔单膝跪在地上："那么你要结婚了？这真是太好了。"

"是的，我们回来结婚。我们会住在家里，直到我工作走上正轨，然后我们会找到我们自己的房子。"乔纳森回答。

"恭喜。"他斟酌着说道，"我为你们感到高兴。"

丽贝卡父母的房子映入眼帘，那扇前门被粉刷一新。"我应该让你们谈谈，我先回屋子去。"说完他又和克里斯托弗握了握手，然后沿着车道离开。

克里斯托弗已经十多年没去过丽贝卡家了："他认识你父母？"

"去年他们见了两次。"

"世事变迁。你和你父母现在相处得好吗？"

"好多了。不和他们一起生活更容易，不用知道……"她吸了一口气继续说，"我庆幸去了英国，我不得不这么做。我的表姐梅维斯，在他们来的时候不会见他们。她说，他们只对他们自己感兴趣，因为乔纳森在追求我，所以他们只是来看看能从中为自己捞到些什么。但当表姐去世后，我搬到南安普敦，一切都变了。"

克里斯托弗没有回答。风鼓吹起来，席卷了整个街道。这种感觉对他来说很熟悉，他不知道她是否还感到熟悉。沙滩上被打湿的沙子在他们脚下变得坚硬："你走后我很想你。"

"你为什么不写信给我？我不明白……"

"我父亲没有把信交给我，他把它们藏起来了。我偶然发现的，一天晚上，我无意中听到他和尤里谈话。"

"什么？"她停下脚步，脸绷紧了，"你没收到我的信？"

"我去年才读到你的信，但那时你已经搬走了。"

"这确实改变了……事情。"她的话很慢，几乎像耳语一样。

"当我发现我父亲一直藏着你的信没给我时，我觉得我会让你失望，因为我说过无论发生什么，我都会陪着你。"

"那时候你十五岁，你已经为我做了这么多。没有你，我走不到这步。"她牵起他的手。这感觉是错误的，但不可否认克里斯托弗感到高兴。思绪涌向他，理智试图告诉他应该关注桑德里娜，而不是丽贝卡，"我之前一直想着你，从没忘记你。乔纳森有很多规划。我从没想过会有这么一天，你和我在这里，回到这个海滩，我和我的父母又住在一起。"

"包括你马上就要和岛上最富有的人的儿子结婚？"

"是的，这有时候好像是个梦。我觉得我随时会醒来，我们会和亚莉珊德拉一起回到树屋里。"

"树屋还在那里，挂得好好的。尤里把树屋做得很结实，你知道他现在结婚了吗？"他渴望她能伸出手来，把他的脸放在她的双手之间，吻他。他们又聊了十分钟左右，直到乔纳森来接她吃午饭。

他一个人站在那里，看着他们走回房子。他呆在海滩上，独自坐着，直到一阵狂风袭过海面，雨又开始下了。

第九章

两天后，一封信从克里斯托弗公寓门缝底下被塞了进来。汤姆想弯腰捡起它的时候被克里斯托弗制止了，折叠的纸张上只写了一个句子：

贡德签证箱子狮子鬃暗礁嘘

这封信没有署名，也不需要署名。克里斯托弗紧紧地攥着信：她马上要结婚了，去和她见面能有什么坏处？汤姆问那封信是谁寄来的，三个手指搓着脸上其实并不存在的胡须。

"是丽贝卡，她想见我。"

"注意点，她订婚了。不是和随随便便的路人甲，是乔纳森·布洛迪·达雷尔。"

"我知道我在做什么。"克里斯托弗回答。

克里斯托弗没有向他父亲提这张纸条，尽管他想。他知道父亲会说什么，他知道父亲是对的。

他提前十分钟到达，她已经在等他了。她穿了一条新裙子，突出了身体的曲线。克里斯托弗向她走过去前，推了推自己的领带。她的脸使他着迷。她的眼睛引诱他靠近，就像塞壬在歌唱。她坐在一块最高的岩石上，俯瞰狮子鬃，这里离她父母家半英里远。

"克里斯托弗，你看起来很好。我不能告诉你回到这儿来和你再见面有多令人高兴。"

"我们为什么把这个地方叫做狮子鬃？现在看起来，这更像是一堆被撒入大海的黑色胡萝卜块。"

"我想狮子鬃是个更好的名字，它很容易发音。"

他们面向看不到尽头的大海，并不知道接下来该说什么，他们想说的话实在是太多了。

"告诉我你在英国的事，你那时候在哪？"

"梅维斯住在肯辛顿，她嫁给了一位律师，我和他们还有他们的儿子阿尔弗雷德住在一起。我在当地餐馆找到工作之前，替他们做保姆的活。她去世的时候太糟糕了，太突然了。很庆幸我没有亲眼见到……是爱德华找到她的。"

"葬礼之后发生了什么？"

"我几个月前遇见乔纳森，然后我们开始约会，虽然其实我还没准备好结婚。""结婚"这个词像剃刀割他，他告诉自己不要表露出情绪，不过即使丽贝卡注意到了，也没有停止说话，"他在那里的游艇俱乐部为我安排了工作，并找到公寓，我和那里工作的其他女孩同住，住了一年多。现在我回来了，和你在一起。"

"你离开这里的时候是什么情况？你那时才十五岁，你一定吓坏了。"

"起初是的，但现在我想我可以应对任何事情了。梅维斯对我很好，对我来说，她比我的父母更像父母，我欠她太多了。"

"你现在又回来和你父母一起生活。"

"我就待到婚礼，"她回答，"不管怎样，他们现在好多了。我父亲不敢碰我，他知道在他的新宠儿达雷尔面前该表现什么样子。我父母恭维巴结他们让我感到恶心，但毕竟他们是我双亲，我不能抛下他们。"她看着面前的水波，6月初的太阳照在粼粼海面，就像撒在一块巨大蛋糕上的金色糖霜，"他们现在不太酗酒了，尽管很难想象事情还能怎么糟，但酒精改变了他们。他们现在看起来更像我的祖父母。他们曾经年轻漂亮，至少我看到的那些老照片上是这样的。"

他坐在她旁边的岩石上，他的手离她只有几英寸："你离开的时候，我真是太震惊了。我以为生活不能继续下去。现在看来，还是孩子时的想法太荒谬了？"

"不，当然不是。"他们仍然没有触碰对方，"不，克里斯托弗，我们是彼此世界的中心。当你回忆起来的时候，会觉得很甜蜜。"

"但那时我们还小。"

"是的，当然，没有什么是一成不变的。"

"真有趣，我以为什么都没变，岛上似乎也一如既往。"

"我回来了，不是吗？"

"是的，你已经准备结婚了，也许你是对的。"他觉得重申她订婚这件事是正确的，大声说出来，定了界限，好让他们两个都谨守，都遵从，"你们是在哪儿，又是怎么认识的？"

"我告诉过你我当时在做服务员，我一个朋友听说他也来自泽西，就把他介绍给我。我不能说一开始就对他有感觉。"感情从她的声音中消失了，好像她现在正在背诵一个重复练习过很多次的故事给他听，"但他最后折服了我。我想，可能每个男人都这样。他找到我住所，给我送花，甚至为了解我，和梅维斯的丈夫爱德华交了朋友。"

"他为人如何？我听说他父母在岛上很受欢迎，我从没见过他们，不过我父亲好像见过。"

"他不像他父母那样好交际，他很害羞，我想可能有点严肃，但他在英国时对我很好，我想他会成为一个好丈夫的。"

"恭喜你。"

"谢谢。你呢？你一定让岛上的每个女孩都在追你，你太帅了。"她说，她的手放上他的肩膀，轻轻碰一下又缩了回去。

"哦，是的，岛上的每个女孩。你知道，不让她们晚上弄醒我的家人很难，毕竟有那么多人在我家外面扎营。"

"不，我是说真的，我听说你和那个红狮酒吧的姑娘在约会，桑德里娜？我没见过她，但听说她很漂亮。"

"'约会'，这可是个有力的词。"

"你现在听起来像尤里，你也要成为永久单身汉吗？"

"他现在结婚了。"

"你知道我的意思，别逃避我的问题，席勒大师。"

"我觉得在被警察审问。就当我还在等合适的女孩吧。桑德里娜很可爱，人很好，但是……她对我来说可能不是对的人，至少现在不是。"阳光消失了，铅云层从海上延伸到陆地。克里斯托弗深吸了一口气，我还能失去什么呢？"我以为你就是那个人……我知道这听起来很蠢，因为你已经找到了真正想要的人。"

"哦，克里斯托弗，你真可爱。任何一个女孩嫁给你都会很幸运，真的。或许事情可能有所不同……"克里斯托弗站了起来，她抓住了他的手腕，"坐下。"

"那么你们哪天举行婚礼？"

"还没有确定日期。"她的声音像耳语一样传来，几乎要消失在呼啸风中，"我没有对你感到抱歉，因为没有必要。我爱你那么久，但我从没想过我会再回到这里。你没有回信给我……我试图忘记你。我觉得这是最好的，尤其对你来说，这样你就不用被我扯后腿。你父亲做得对。"

"你从没有扯我后腿。"

"我离开了，克里斯托弗。我不想你为了我把自己从你的家、你的家人那里连根拔起。我还没为那些准备好，当时真是糟透了。"

"我明白。"再没有比这更好的理由离开这里了，"我父亲和我之间的关系现在好多了。花了点时间。"

"我很高兴。"雨滴落下，最开始是溅落在他们身上，他们站了起来，然后被浇得浑身湿透。当他们回到屋子外时，衣服全粘在身上。丽贝卡脱下高跟鞋，赤脚走在前面。她停在她父母家外面等他。雨还在下，丽贝卡的头发在她说话的时候紧贴在她头皮上，水珠从她光滑的皮肤上流下来，"进来吧，我父母现在不在。相信我，他们出去了。"他还呆站着。她推开前门，消失在房间里。

她为他留了门。

他跟着她走进房子。灯亮着，为外面黑暗的夜晚投下稀疏的光。他从未见过像她那样美丽的存在，不假思索地用手臂环住她，紧紧地搂住她。克里斯托弗感觉到她的手臂也缠着他，能觉出指间她衣服的褶皱湿漉漉的。外面雨下得很大，但在她父母家里很安全。比所有地方都要安全。过了可能三十秒，她才向后退，两人松开了彼此，她咕哝着说："我们应该擦擦干。"

她领着他穿过走廊，墙纸似乎才换过，走上铺着新地毯的楼梯。他在楼梯下停了脚步。她招手示意让他跟着，楼梯上几乎没有灯光，只有他们身后那盏客厅的灯亮着昏沉的光。她站在自己房间门口，手放在门把手上。

他以前从没去过她的卧室。

她推开门，他看到窗下的床，她没有整理被子，床上还保持着她昨晚睡觉时的样子，他还看到了旧梳妆台上的镜子。他们没有说话。她牵起他的手，拉近两人的距离，让他们能互相看清对方的脸。他呼吸急促起来，听上去她似乎也是，她把手臂举到空中："你能帮我吗？"她低声问。

他帮她解开裙子后面的扣子，依次一个一个解开。她一言不发地站在那里，他先是解开扣子，而后又是皮带。他试图把衣服拉下来，但她用一种温柔的方式重新引导他："不是那样的。"于是他把裙子从她头上脱了下来。她放下手臂，向他伸出手，她现在只穿着内衣。她把他的领带粗暴地扯下来，开始精心地把他衬衫纽扣一颗颗解开，纽扣全部解开后，衬衫被她从他腰带里拉出来，衣服散开露出他赤裸的胸膛。她从身后的椅子上拿了一条毛巾，擦干他的身体和手臂，还有头发。她离他很近，然后把毛巾递给他。他先擦了她的手臂，然后是头发，最后是她的胸部和平坦的腹部。

他把毛巾还给她，她又把毛巾放在她身后的椅子上。他们在那里站了几秒钟。他想知道下一步该怎么办。她伸手解开他腰间的皮带，让它"啪"的一声掉到地上，帮他把裤子褪到脚踝上，他两只脚依次抬起来，她提起裤子扔过房间。她脱掉他的内裤，现在他全身赤裸。她解开胸罩上的钩子，脱下内裤，同样赤裸地站在他面前，她双腿微微交叉，膝盖碰着膝盖。他向她伸手，把手放在她肩膀上，感受到她的体温。她的手放在他身上，他又朝她走了一步，另一只手搂住她的腰。他们互相亲吻对方，他感觉到她的舌头滑进了他的口中。在这几秒钟的时间里，能听到的只有窗外雨水声和海潮声。

车子发动机的声音传来时，他们还站在床边。他退开："你刚才好像说他们不会回来？"

"我以为他们不会回来。现在你得马上离开，不能让他们在这里抓到你。"她已经把内裤穿回去了。

人声现在屋子门口，门打开了，有两个人或者更多人走进房子。

"我该怎么回去？我不能大摇大摆下楼从他们身边走过去。"

"嗯，窗户，你顺着窗外排水管下去。"

克里斯托弗走到窗户前看了一眼，排水管应该不到二十英尺。楼下传来对话声，有她父母的和乔纳森的。他很快就把衣服全部套上。她走到门口，对楼下喊，告诉他们她一分钟后就会下去。

他打开窗户，刚伸出一条腿，又爬了回来。

"你在干什么，你得赶紧走，拜托了。"

他大步穿过房间，又吻了吻她："我得说一声再见。"

他打开窗户，让自己顺着排水管摔进后花园潮湿的稀泥里。她没有出现在窗前，没有挥手告别。

克里斯托弗穿过灌木丛，冒着大雨跑回父亲的家。

第十章

　　克里斯托弗换衣服上床，关掉灯，钻到被子下面。但他已经下定决心要见她。他从床上跳了起来，伸手去拿叠在床边椅子上的衣服。在三十秒内他就已经整装待发。月光将公寓笼罩在一层轻薄的浅色光晕中，足够他借着光亮找到方向。

　　他骑车经过镇上有灯光的地方后，自行车上的车灯便在他面前投射出一条白色光柱，照亮了狭窄的道路和灌木丛。夏日的高温让晚上的空气变得沉滞。他骑到父亲家，下车，握过的车把手湿漉漉黏糊糊的。克里斯托弗将自行车靠在灌木丛上，开始向丽贝卡的父母家走去。

　　除了星月，再无光亮。

　　克里斯托弗停下脚步，从口袋里掏出一包香烟，抽出一支叼在嘴里，他手里拿着一盒火柴，是桑德里娜酒吧里的。他把火柴放回口袋，扔掉了香烟。他明白丽贝卡承受着压力，但最好的方法肯定是最终拒绝乔纳森·达雷尔和他的求婚。他的朋友们都知道发生了什么。克里斯托弗摸着脖子，无意识地拉住自己一缕头发，疼痛使他回到现实，路上一片漆黑。他继续往前走，丽贝卡家的房子和围在四周的黑绿色灌木丛映入眼帘。

克里斯托弗从房子后树篱上的一个洞钻进院子，树枝上的刺擦伤了他的耳朵和脖子，但是他毫不在意。他蹲在花园后面杂草丛生的草地上，寻找是否有合适的石头扔向丽贝卡的窗户，就像他曾经经常做的那样。底楼有一盏昏暗的灯。不过这并不一定意味有人醒着。现在已经过了午夜。她不知道他今晚会来，所以他需要找到一些足够大的东西来叫醒她，但只有她，而不包括她的父母。他向前摸索过草地和粗糙的土壤寻找石头，花了好些时间才找到两三个差不多的。第一个他扔到二楼她卧室窗户上，投得很准，他蹲下，等待她出现。三十秒过去了。通常她在他扔第一块石头的时候就会醒来。他又扔出一块，这次完全偏了。在扔第三块石头前他低声咒骂了一声，这一次传来了巨大的声响，他再次弯下腰，希望自己没有打碎玻璃。他等着一张愤怒的脸迎接他，但是并没有任何应答。

他的手掘进了那片花园松软的泥土里。他起身准备穿过灌木丛回父亲的家。丽贝卡家房子的后门突然打开了，大约十五英尺远，双筒猎枪出现在门口。克里斯托弗跑向灌木丛。枪声响起，他被冻在了原地。

"你，停下。"皮埃尔·卡辛说，"转过身来。我警告你，不然下一枪就瞄准你的头。"

继续跑，别停下来。卡辛喝醉了，从他嘴里吐出含糊不清的词就听得出来，他只差一枪了。克里斯托弗举起双手转过身来，皮埃尔·卡辛身后敞开的门里透出的光照亮了他的脸。

"啊哈，德国人。"

克里斯托弗在那里站了几秒钟，等着卡辛说话。但是他没有等到，所以只能自己先开口："卡辛先生，我很抱歉在你的后花园里偷偷摸摸的，我只是来看丽贝卡。"

"哦，我明白。"卡辛说，然后大笑了起来，"知道这世上还有爱情，而且就在我家后花园里，真是振奋人心。"克里斯托弗没有退缩，他没有动，他的手仍然举在头顶上，风吹进他的脖子里，"我猜你在想我接下来会把你怎么样？我应该现在就抓住你。"

"对不起，卡辛先生，我不会再这样了。"

"你不会再来看我女儿了，就因为我现在用猎枪指着你？"

克里斯托弗看着卡辛，后者的脸仿佛是一个黑色的空洞，只有脑袋周围扭曲着光线。他拿猎枪指向克里斯托弗胸部的手似乎不太平稳。

"丽贝卡在哪儿？她在家吗？"风猛烈地吹着房子。

"不，她不在这儿。进来吧，我告诉你她在哪里。"他说，用猎枪示意他走进房子。克里斯托弗听到门在他身后关上，卡辛叫他继续往前走，直到客厅。

"我已经很多年没在这房子里见到你了，但我相信你对这儿和我一样了解。"卡辛说道。客厅四周都有一盏昏暗的灯，房间里光斑闪烁，角落里漆黑一片。曾经气派的家具已经褪色和磨损，墙壁被卡辛那幅夏天风中婆娑的树叶的绘画所覆盖。克里斯托弗只能在昏暗的光线下辨认出模糊的形状。卡辛示意他坐在壁炉旁的椅子上，自己则坐在对面的一张扶手椅上，拿起威士忌酒杯。卡辛坐着的时候，肩膀塌了下来，他那老旧的长袍像破布一样披在身上。丽贝卡曾经说到她父亲年轻的时候多么英俊，她母亲又是如何对他一见钟情的。现在很难相信卡辛曾经有多英俊。他透过火光盯着克里斯托弗。

"你要喝一杯吗？"他举起酒杯说。

"不，不，谢谢。"

"噢，现在，当一个男人在他自己的家里邀请你喝一杯的时候，你不能拒绝。你想喝一杯吗，年轻人？"

克里斯托弗犹豫了一下："是的，请。"

"好，我讨厌一个人喝酒。"卡辛的法国口音仍然很重。他说话的时候，让人觉得好像他刚要清嗓子，却从没有真的清过。他从旁边的柜子里，拿出一个威士忌酒杯，斟满，递给克里斯托弗。

"谢谢你，卡辛先生。"克里斯托弗说，棕色的液体从酒杯里洒出。卡辛示意他喝一口，他把它放在嘴边抿了一下。

"就这？喝光它。"

"卡辛先生，这有点多……"

"我说喝！"

克里斯托弗看着他和在他腿上摇摇晃晃的猎枪。他把酒杯举到唇边，喝下一大口，威士忌顺着他的喉咙流下去，感觉糟糕透顶，就像喝燃烧的砾石，但克里斯托弗没有退缩。

"那么，让我们聊聊你为什么在这里，尽管你——好吧，我该怎么说——并不受欢迎。"

"对不起，卡辛先生——"

"你别再道歉了，孩子！"他喊道，"你别再道歉了！你并不感到抱歉，不，你并不感到抱歉。如果是丽贝卡走进花园，而不是我，你会道歉吗？"

"不会。"

"很好，那就别再给我说什么'对不起'，我听腻了，它贬低了我们俩。"

"我不知道你想让我说什么。"克里斯托弗把杯子举起来，然后又放下，卡辛眯起眼睛，示意他喝酒，于是他又抿了一口，"好吧，你说得对。我并不感到抱歉。"

"对，这才是一个男人该说的话。"卡辛的脸僵硬而固执，他喝完了一杯酒，又倒了一杯，"那么，你喜欢我女儿吗？还是说你爱她？"卡辛说着，点了支烟。当他再次开口时，空气里的烟味又浓又重，"那么，你知道什么是爱？孩子，告诉我，什么是爱。"

克里斯托弗又喝了一口玻璃杯里的廉价威士忌："我不想假装自己是个专家。"他说的时候做了个怪脸。

"让我告诉你一点关于爱的事，"卡辛唾了一口，"爱就是一个货真价实的谎言，女人用它来控制这个世界上的男人。我知道你怎么想的，这让我发笑，孩子。你和丽贝卡两人相爱？你知道她今晚在哪吗？你知道在哪里吗？"克里斯托弗摇了摇头。"她在达雷尔勋爵府邸的欢迎会上。你知道的，达雷尔少爷很喜欢丽贝卡。"克里斯托弗的心像石头一样掉了下来，"现在，你刚才说了什么，孩子？"

克里斯托弗盯着壁炉黑色的炉灰。

"她并不想要你。所以你不要再绕着我的后花园爬了。很快，她就会嫁给岛上最富有的家族。"

"她并不爱他，她怎么可以……？"

"你又在说那些废话了。没有爱，孩子，没有爱。只有这个，"卡辛说，捶着胸口，"还有这个。"他把酒杯举到空中，又喝了一口，"没有比金钱更好的结婚理由了，没有更好的理由，来照顾上了年纪的家人。"他的声音逐渐低沉，再次喝了一大口威士忌。

"你要放我走吗？"

"我还没决定呢。"他拿起猎枪，把它抱在膝盖上，"现在，告诉我，你认为我为什么不让你见我女儿？"

"我不知道。"

"噢，拜托，你非要让我每个问题问两次吗？你到底是不是男人？回答我，你以为我为什么不让你见我女儿？"

"因为我父亲，因为你讨厌德国人。"

"好，好。这是个不错的开场。还有一个事实，你是一个肮脏的小坏蛋，在我的后花园里像一只老鼠一样四处游荡。我为什么要让你这样的人看到我女儿？我为什么要把她交给你？”

“她不是你可以给的。”

卡辛笑起来，点了第二支烟：“你几岁，二十吗？你真是个天真的傻瓜，不是吗？你所说的爱，我猜丽贝卡告诉你她爱你，她只想要和你在一起？”微笑回到了克里斯托弗脸上，他正要说话，卡辛继续说了下去，“直到今天，她还和她的母亲谈起她对婚礼有多么期待，以及她多么想做乔纳森·达雷尔的太太。”

这些话像子弹一样击中了克里斯托弗。卡辛在撒谎，一定是。上钩只会让他得意。然而，这些话像漂在池塘上的浮渣一样难以忽视：“你呢，卡辛先生？你已经得到了一切，是吗？”

“我知道什么是存在的，什么是不存在的。”他又点了一支烟，身体向前倾，“当我像你这么大的时候，我离开家，去巴黎学习。我见过莫奈先生和雷·诺阿先生，和他们一起工作，那是一段美好的时光，一段……探索世界的时间，”他举起酒杯，边说边盯着酒杯，“后来，我发现我永远不会成为他们中的一员。不过，我有我的才能。我的才能是什么呢？孩子，讨女人喜欢是我的天赋。获得女人青睐对我来说很容易，我很快就意识到，凭借我的才能，我自己是否足够好，是否可以变得富有是无关紧要的。巴黎有那么多女人在寻找一个年轻的艺术家来满足自己，我给了她们想要的。作为回报，她们给了我追求艺术的自由。我走遍了整个欧洲，从巴黎到罗马再到维也纳和柏林……总是有女人，有钱的女人。"

克里斯托弗抬头环顾房间，想知道这些钱都去了哪里。角落里的灯闪烁着，在卡辛的脸上投下阴影，很明显他很享受这些回忆。克里斯托弗啜了一口酒，再次看着他。

"我和一位女士住在巴黎，在你出生前很久，在战争之前。她是个很好的女人，很有钱。我的妻子马乔里，丽贝卡的母亲，是她的侄女，"卡辛冷笑道，"她很漂亮，但比她漂亮的有更多。马乔里在排队等着继承家族财产，我开始和她约会。当然，她姑姑从来不知道。"卡辛又抿了一口，低头看着他们之间的地板，"那是一个黄金时代，也许是我一生中最美好的时光。但马乔里搬回了泽西，回到了她的家。"

他简直不敢相信这个人是丽贝卡的父亲。

"她……她走了，我和她姑姑一起留在巴黎。但战争开始了，我尽了我的职责，在佛兰德斯服役，直到子弹击中我的腿后被送回家。我告诉你，我的很多朋友都没那么幸运。你父亲和他的朋友'照顾'了很多……'照顾'了他们中的许多人。"克里斯托弗看着卡辛，眼睛眨也不眨，"现在那个疯子，希特勒……决心摧毁他碰到的一切，你们这群人没完吗？"到最后这些话卡辛几乎是唾出来的。

"我不关心政治。"

"你认为住在这里可以改变你的身份？你就是他们其中之一，你真的认为我会把我女儿嫁给你？一个肮脏的德国佬？"

"我出生在德国，但我在这里长大。我妈妈是泽西人，从6岁起就一直住在这里。"

"哦，那有什么区别？你永远是他们中的一员，你永远不会适应这里，你知道的。"卡辛坐在椅子上，放下酒杯，把猎枪对准克里斯托弗。克里斯托弗在座位上向后蠕动，"你知道我现在可以在你身上开个洞，是吗，孩子？我可以开枪打死你，说我抓到你闯进我家，没有人会知道。"

"拜托，卡辛先生，对不起……"

"我告诉过你别再对我道歉！"卡辛吼道，"我已经告诉过你了。现在，你感到抱歉吗？"

"什么？"

"你感到抱歉吗，你这个纳粹老鼠？"

"不，不，我没有感到抱歉。"

"好吧，至少你承认，至少我们彼此坦诚。现在振作起来，看到你身后梳妆台上的那张纸了吗？是的，就是那张，孩子，把它拿起来，还有那支笔。我们要给丽贝卡写封信，告诉她你的真实感受，我觉得她应该知道，不是吗？"

克里斯托弗拿来了纸和笔，猎枪依旧对准着他。

"现在……"

"闭嘴。我来说，你来写。你知道怎么写，不是吗？是的，垫在那本书上写，我们不想让这个看起来……太匆忙。"卡辛把猎枪放回膝盖上，拿起威士忌酒杯，开始口述，"亲爱的丽贝卡，写吧，孩子，写吧！"

"好吧，好吧。"

"亲爱的丽贝卡，我不敢当面对你说，因为我发现自己被罪恶感压倒了。"卡辛的脸严肃而无情，"我花了很多时间来考虑我们之间的爱情。我很遗憾地告诉你，我再也见不到你了。自从和桑德里娜上床以来，我发现自己充满了内疚。"克里斯托弗抬头看着卡辛，张大了嘴站起来，忘了自己在哪里。卡辛微笑着用猎枪指着他让他坐回去，"我得对自己的行为负责，不能依靠酒精麻痹自己。我想让你幸福，但现在意识到作为一个男人我不够好，不能和你在一起，特别是这个想法一旦出现就不受控制。"克里斯托弗扔下笔，卡辛又举起猎枪，"你写这封信，或者我打电话给警察，告诉他们我刚刚在我家射杀了一个入侵者。你自己选，孩子！"克里斯托弗动弹不得，感到没有力气。卡辛继续下去，"我知道你一直在考虑乔纳森·达雷尔的求婚。这对我来说是一种安慰，因为你找到了一个值得你青睐的追求者，希望如此你和他在未来一切顺利。你的，等等，等等，别耍花招，孩子。签名，如果我看到这封信有什么奇怪的地方，任何一种暗号……"

"没有密码，你自己看，你这个变态的老混蛋！"

"把它给我。"卡辛快速扫过整封信，"好，很好。这对丽贝卡来说将是一个不幸的打击，但至少乔纳森会陪伴安慰她，当然还有她的家人。"

克里斯托弗筋疲力尽，他站了起来："我现在要走了。"他知道他必须做些什么，他不会让卡辛如意。

"是的，出去。"卡辛说。

克里斯托弗在阴影中摸索着走向前门，卡辛的话语回荡着，在他往外走的时候逐渐消失："离我女儿远点，如果我再看到你在她身边，我会杀了你。你听到了吗？听到了吗，孩子？"

克里斯托弗关上了他身后的前门，跑出了花园，弯下腰，深深地吸了一口气。

第十一章

他跌跌撞撞地回到路上,风在他周围翻滚,海浪拍打海滩的声音在他耳边回响。他的视线模糊,威士忌的味道与他喉咙后面的胆汁混合在口腔里。他看不到光,月亮和星星离开了他。他凭记忆走上通往父亲家的路。他狠狠地踢到了什么东西,摔倒在地上,爬起来后,感到膝盖隐隐作痛。走路时,他试图将重心放到左腿上,疼痛加剧,于是他把所有重量放到右边,拖着左腿往前走。一路上他没有停下过脚步。父亲的房子就在前面,他看不见,但他知道它在那里。他向前走,潮水的声音消失了,取而代之的是他自己的呼吸和血液在血管里奔跑的声音。

"我得去找她。"他说,也许说得很大声,也许只是在

Finding Rebecca

脑海里说。道路通向左边，他沿着路走过去，他的眼睛现在已经适应黑暗了。父亲的房子在那里，没有开灯。他看到自行车仍然靠在灌木丛上，现在它对他没用了。

他伸手到额头上，摸到滴落的滚烫汗水。腿上的疼痛传遍了全身，但他忽略了它，或者试图忽略它，然后拖着自己的身体走向房子的前门。屋子里很安静，只有他发出的沉重呼吸声，他双手放在墙上，慢慢摸向厨房。墙面的支撑，让他能够更容易地移动，他小心翼翼确保自己没有发出任何噪音。他坐到厨房的桌子旁，心跳终于放缓。我得去找她，今晚，马上。

肾上腺素的效用消失了，房间里没有动静，就像他坐在一只摇摇晃晃漂浮在海面的木筏上。他的左裤腿摔破了，膝盖上有黑色的血迹。他拿了一块桌布，搭在椅背上，透过裤子的破洞擦拭伤口。桌布掉到地上，他把它留在那里。虽然膝盖刺痛，但似乎没有骨折，楼上没有声响，他沿着墙继续走进书房，拿起书桌上的车钥匙放进口袋。他挣扎着走出前门时，万籁俱寂。

达雷尔家在圣布雷拉德，白天开车过去的话大约需要四十五分钟。他眯着眼看手表上的时间，在黑暗中很难看清，但指针应该指在凌晨一点左右，或者更晚一些。丽贝卡和她的母亲外出的时候很晚，他想到他可以等她们回来。但他在哪里等？他肯定不会再靠近丽贝卡父亲所在的那栋房子了。最好的办法就是开车去达雷尔家，那里一定有个派对。他很可能会毁了这样的场合，但他们会为卡辛找到解释理由的。他转动钥匙发动汽车，发动机发出轰鸣声，他抬头看到他父亲卧室的灯亮了，紧接着窗户打开。

"父亲，车借我！紧急情况！"他喊道，没有等他父亲回答就开车驶入车道。当他开车离开房子时，他确信所做的是正确的，这种正当性使他振作起来。他父亲是否会原谅他或者什么其他的事现在都得暂时靠边站。

车前大灯的光照亮了大约三十或者四十英尺的距离，后视镜里只能看到夜色的延伸，其他什么也看不到。克里斯托弗想到了卡辛，他的猎枪和威士忌。车灯中闪过一头牛的身影，他猛打方向盘想要避开，汽车冲出道路，撞进灌木丛，翻入一条沟渠，他的胸部砸在方向盘上。纷乱的思绪在他脑海中闪过，他想到丽贝卡，想到父亲，在彻底失去意识之前，他跋涉在去往圣布雷拉德的路上。

亚莉珊德拉和他父亲在一起，她在哭，克里斯托弗看到他的父亲骷着背站得更远一点。他左眼似乎闭着，睁不开，紧接着他感到疼痛，像一阵巨浪从脊柱蔓延到全身。他试着拱了拱背，看到盖在身上的白色床单随着起伏。父亲握住了他的手，他能感觉到父亲手指尖传来的温暖。克里斯托弗想说什么却发出了口齿不清的声音，他来回晃动脑袋，他父亲把手放到他额头上，让他安静下来。他想起身，但失败了。他的视力随着疼痛的加剧而变得清晰，他举起手摸了摸自己肿胀的眼睛。

"那辆车，我很抱歉，父亲。"

"不，不，我不在乎车的事，不要担心。"

"我必须这么做……我必须得阻止她。"克里斯托弗又变得看不清了，白色的光模糊了房间里的人和所有其他东西，"是她父亲，是卡辛先生，我不得不……"他的意识再次远离他。

他醒来时视力恢复，身体也没那么疼了。他看到父亲和妹妹，两人都睡在对面的椅子上，他看着他们直到自己睡着。

他再次醒来时看到亚莉珊德拉在他身边。

"父亲在哪里？"克里斯托弗问。

她用手摸了摸他的额头："他有些事必须离开一会，但马上会回来。昨天一整晚我们都在一起陪你，你现在感觉如何？"

"我很好。"他撒谎。他的左臂和左腿都包着厚厚的白色石膏，他的头从来没有这么痛过。

"他为车的事生气了吗？他怎么说？"

"他真的不在乎车的事。我们很担心，你为什么这么做？克里斯托弗，他们找到你的时候，你身上满是威士忌的臭味。"

"我……我必须这么做，虽然这不是我的本意……"他说话时脉搏又加快了，"是谁找到我的？"

"是贝恩斯先生，你差点撞翻他的一头牛。"

他正要让亚莉珊德拉向贝恩斯先生转达他的歉意时，丽贝卡走了进来。她一个人，捧着一束花。

"我想我应该让你们俩谈谈。"亚莉克丝说，然后离开。

丽贝卡看起来很疲惫，眼睛肿着，她坐到床边。他试图坐起来，但没有成功。

"你感觉怎么样？听说你出车祸了，我非常难过。"

"我感觉很好。医生说我很快就会好起来的。你还好吗？"

"我收到了你写的信。"傍晚的阳光透过窗户把房间照成金黄色，每一粒尘埃现在像都是一颗珍贵的银锭。她比任何时候都更漂亮。

他再次想坐起来，但身上传来一阵剧痛，于是他倒回去："我并不想写那封信，我……"

她牵起他的手："不用解释，克里斯托弗，"她低声说，"我知道，我了解你。"她把他的手贴上自己脸颊，放到她的唇边吻了吻，"哦，克里斯托弗，你怎么能觉得我会相信呢？我怎么能相信我父亲说的话？你一直是我生命中最好的人，我一直都知道，只是一时忘了，从我第一次遇见你开始，你就一直在我心里，我一生都爱你。那天晚上我去乔纳森家，告诉他取消婚约，我不爱他，我要和你在一起。"丽贝卡俯身吻了他。

身体还是很痛，但克里斯托弗不在乎。

"我爱你，克里斯托弗，我会永远和你在一起。"

第十二章

丽贝卡无处可去，或者说也没有想去的地方。她搬进了克里斯托弗的公寓，等他康复。他出院后两人一起住了几周，她在当地一家酒店找到了工作，搬到了离克里斯托弗公寓不远的另一间公寓里。不过她只有睡觉的时候会回去，其他时间都和克里斯托弗在一起。

1939 年夏天，恐惧开始侵袭这个岛屿，这种恐惧引起了怨恨，和岛上其他人一样，这座岛也是他的家。克里斯托弗开始被自己出生国家的政治问题所困扰。没人能回避这个问题，在捷克斯洛伐克 3 月陷落之后，就连尤里也承认，国家正在走向战争。他无法理解他叔叔因为夺回德国在世界各国中的地位、让其他国家弥补在第一次世界大战结束时对德国犯下的罪行而激动不已，他也不能像尤里一样，因为希特勒的演讲陷入膨胀的爱国自豪感中。席勒家发现他们已经很难再做德国人，因为要把自己和一群焚书大军联系在一起。他们从哪里来并没有错，不过当克里斯托弗走近时，关于政治的谈话就会停下，仿佛他的朋友们不确定他的忠诚，即便他们认识他很久了。

尤里知道自己该站在哪一边，但克里斯托弗不知道。尤里过去在信中很少会提到政治问题，但随着时间的推移，这些话题越来越难以避免。他似乎真的相信希特勒不想发动战争，一旦德国夺回了一战后被夺走的土地，纳粹就会住手。尤里在信中提到的这些事只是顺带，他更愿意评论克里斯托弗的生活，并讲述他和卡洛琳娜两人如何幸福美满。但是斯蒂芬的看法不同，并明显地被德国现在的情况所困扰。克里斯托弗能感受到充满敌意的目光，在电影院播放纳粹对西方势力的包围和公开羞辱的新闻短片时听到不友好的低语。

只有汤姆，他的老朋友，仍然和他住在一起，会坦率地和他说话。汤姆现在正和亚莉珊德拉约会。起初是小心翼翼的，后来突飞猛进，两人都预感到会发展到这一步，甚至是克里斯托弗也看出来了。汤姆开玩笑说，如果和亚莉珊德拉结婚自己的忠诚就会分裂。他这么说时看着克里斯托弗，好像在试探他的反应，克里斯托弗向他微笑，伸手揽住他的肩膀，没有就这一议题交换进一步意见。两周后，汤姆向亚莉珊德拉求婚，他们在 5 月的一个星期天晚上宣布这个消息。汤姆依次拥抱了斯蒂芬、克里斯托弗和丽贝卡。亚莉克丝似乎从来没有这么高兴过，这是一段美好的时光。

宣战通告是在一个周日发布的，当时他们正在酒吧里。汤姆和亚莉克丝刚结婚，仍然陶醉于他们上周的婚礼中。当酒吧老板宣布这个消息的时候，亚莉克丝正在问克里斯托弗和丽贝卡什么时候结婚。人群安静了几秒后，一些人开始欢呼，喊着"上帝保佑国王"和"上帝保佑可怜的波兰"。克里斯托弗只能想到柏林的尤里和卡洛琳娜，他们怀上第一个孩子了。汤姆似乎开了个玩笑。克里斯托弗没有听清他在说什么，亚莉珊德拉应该听到了，可她没有反应。

"会过去的，"丽贝卡向他保证，"圣诞节前一切都会结束。"

他又喝了一大杯啤酒，酒吧里的顾客他大部分都认识，至少见过。他们干杯，向国王敬酒，祈祷德国人失败。人们大声欢呼，然后有人开始唱"上帝保佑国王"，大多数人都加入进去。汤姆牵着亚莉珊德拉的手站了起来。

"也许我们也该走了。"丽贝卡说。

"不，如果没有什么问题的话我想留下来。"丽贝卡吻了吻他，其他人则告别离开。

他一个人走到吧台。他站在雅克·拉·马克和西德尼·莫里斯旁边，两人都是五十多岁的渔民。

"有些情况，嗯？"克里斯托弗先打招呼，但两个人都没有回答，"希特勒只是不想停手。"

桑德里娜把啤酒推给他。

"免费供应。"她说，"我想你今天可以喝一杯。"

"谢谢。我还没祝贺过你，婚礼是什么时候？"

"明年。"她说，然后走开了。

在他身后，"上帝保佑国王"的声音越发响亮，充满了房间，直到所有的人都加入歌唱——除了克里斯托弗。他想到了柏林的尤里，他会像自己一样，坐在那里，听人群欢呼，唱国歌吗？他对此表示怀疑。

雅克身体前倾，两人都曾在大战中服过役，但是现在他们都上了年纪，不能再参加战斗。

"现在是什么情况？可不能像上一场战争那样。"

"不，不可能。一切很快就会结束的。希特勒将攻占波兰，但英国和法国太强大了，纳粹很快就会明白这点。"

西德尼吸了一口烟："我钦佩你的乐观精神。"

克里斯托弗点了一支烟，保持沉默，尽管他知道这首歌的歌词。他在那里又待了一个小时，然后回家告诉他父亲战争开始了。

这封信在开战六周之后寄到。

1939 年 10 月 12 日

斯蒂芬，克里斯托弗和亚莉珊德拉，

首先祝贺亚莉珊德拉结婚！似乎所有最应该的人都结婚了。你呢，克里斯托弗？难道你不该永远放弃你的自由，让自己屈服于一个女人吗？不，但说真的……亚莉克丝和汤姆，很抱歉我们不能去泽西参加你们的婚礼。看来这些政客的脑子里还有别的东西，而不是我的旅行计划。谢谢你寄给我的信，亚莉珊德拉，以及附上的照片。你父亲竟然生出了如此美丽的女儿，真是不可思议。我有好多问题，但是现在不是最恰当的时候。我期待着再次见到身为亚莉克丝丈夫的汤姆，而不是克里斯托弗的朋友，他过去常常穿着那些不合身的短裤在房子里闲逛。不过至少我们可以知道，当你们有孩子的时候，他们会有一双漂亮的腿。

说到孩子的话题，卡洛琳娜做得很好，成为母亲似乎很适合她。如果这是个男孩，我们正考虑给他起名斯蒂芬，当然，是因为我们最喜欢的小说家斯蒂芬·茨威格。卡洛琳娜想再准备一个女孩的名字，但当我知道我要生一个儿子的时候这个名字有什么意义呢？无论是男孩还是女孩，关键是他们能在一个怎样的世界中长大。这使我必须写到这封信的严肃部分。现在世界上正在发生的一切，我们必须思考什么值得为之奋斗，什么值得为之牺牲。我考虑参军有一段时间了，就像你一样，斯蒂芬。上次国家需要我们的时候是1914年，那时我太年轻了，但现在该轮到我了。一旦德国能收回在上一次战争中那些被夺走的土地，德国人民将过上安全幸福的生活，免受布尔什维克主义的威胁，我们国家也能从世界上取得应有的地位。征兵制度规定凡四十一岁以下身体健全的男子都应参军，这坚定了我的决心。这件事是无法逃避的。我正准备加入国防军，当你收到这封信时，我应该已经在路上了。别担心。我相信这场战争很快就会结束，我们将再次相聚，在一个更美好的世界里，让我们的孩子长大。

尤里

"我们现在该怎么办，父亲？"亚莉珊德拉问道。

"我们什么也不做，我们待在这，我们无处可去，没有可以去的地方，只有这里。"他摸了摸她的头，"我们没有改变，尤里也没有改变。克里斯托弗，你现在要考虑丽贝卡，纳粹很有可能会进攻这里，你得走了。"克里斯托弗没有回答，只是低头盯着他的手指，听着它们敲击木桌的声音。

当克里斯托弗和丽贝卡一起到渡船售票亭的时候，买票的人已经排起了长龙。他受不了离开的念头，这个在德国和英国中间的岛屿对他和他的家人来说是如此完美，他们既不是德国人，也不是英国人，不是这场新战争中的任何一方。但丽贝卡握住他的手安抚了他，留在这里太过危险。当售票员亚瑟·库珀从售票亭走出来，顺着队伍走到他们面前时，他们已经排了大约十分钟的队，这很好地转移了梅斯林夫人关于他们生活安排的话题。库珀示意克里斯托弗来找他。克里斯托弗知道他，亚瑟是个正派的人，但却是个酒鬼。当亚瑟把他拉到一边时，克里斯托弗感到内心紧张，他们俩远离队伍确保没人能听到他们的对话："我猜你买船票是要去英国对吧？"

"是的，没错，"克里斯托弗回答，想弄清楚他要说什么，"有什么问题吗？"

亚瑟犹豫着回答道："嗯，是的。我很遗憾地告诉你，自从宣战以来，国王陛下已经禁止了所有德国公民从任何地方进入或离开这个国家或者它的保护国。"他的胡子在他嘴上抽搐，"所以恐怕我不能让你离开。即使我能让你离开，他们也不会让你进入英国。"

克里斯托弗飞快思考自己有没有能做的事情，但是脑中一片空白："你确定是这样？"

"你和你的家人来这里的那天我就一直在担心，现在整个岛上没人能处理这种情况。对不起。"

"这不是你的错，是没有办法的事情。"丽贝卡还在排队，"那么，我们最好走了。谢谢你把我叫过来告诉我这些。"

他们被困住了。他们无处可去，没有任何地方可以接纳克里斯托弗和他的家人，除了这个岛屿。战争证明了这一点。自从他和丽贝卡走到一起以来，他第一次感到自己好像失去了控制。

到处都在谈论战争，岛上的年轻人都去英国本土参军，加入了和德国佬的战斗。对于那些留在泽西的人来说，战争似乎很遥远，就像海上的风暴，渔民们会在太阳仍然照耀海面时谈论它们。

恐惧无处不在。每个人都很害怕，只是有人把这种恐惧藏起来了，但没有人真正跨过它。两个星期后，德国军队开始进入比利时、法国、卢森堡和荷兰，很快这些国家都投降了。英国军队被逼回敦刻尔克。岛上的气氛发生了变化，有传言说驻扎在泽西的英国部队将撤离。克里斯托弗的父亲已经囤积了几个月的罐头食品，他开始购买尽可能多的汽油。岛上的大多数人都有同样的想法，随着时间的推移，日子变得越来越难熬。当地渔民帮助英国军队从敦刻尔克大规模撤离到英国。汤姆开始考虑参军，他的孪生兄弟珀西几个星期前就和哈利·洛克一起去参军了。唯一让汤姆裹足不前的是他想到自己的妻子不能像很多其他人计划的那样逃到英国。克里斯托弗等着，把尤里寄来的最后一封信读了又读，看着他刚出生的儿子斯蒂芬的照片。尤里在前线，似乎没过多久就能击败法国，推进到海峡群岛和英国本土。比起自己，他更担心丽贝卡。欧洲各地关于纳粹如何对待犹太人的报道令人不寒而栗，甚至无法想象。欧洲的犹太人被纳粹剥夺了他们的财产，他们的家园，甚至他们的公民身份。他还记得1938年在柏林看到的报纸上的头条新闻。现在他们来了。

6月，巴黎沦陷。两周后，新首相温斯顿·丘吉尔宣布，海峡群岛没有战略意义，驻扎在那里的驻军将撤回到英国本土。泽西被宣布为一个开放的城镇，并留给德国人，但是在那天晚上的新闻发布会上，并没有对这件事的报道。克里斯托弗开车回家时看到穿着绿色制服的士兵们在一个个登上卡车。他询问指挥交通的警察后，被告知他们正在撤离，只是现在还没有正式宣布。这个消息传出后，路上挤满了人，本来只要十分钟左右的车程他开了将近一个小时。恐慌蔓延开来，人们像蚂蚁一样四处游荡，把他们的财产藏到了只有上帝知道的地方。他去了杂货店，又去了书报亭，两边都关门了，货架上空空如也。他去找丽贝卡，自从他们上次试图离开没有成功之后，他们就绕开关于如果纳粹入侵泽西会发生什么这个话题。她尤其擅长回避这个问题，直到今天，他们从来没有真正相信纳粹会真的登陆。

"驻军在撤离。"

"我听到这个消息了，"她回答，"我们已经被抛在脑后，只能靠自己来养活自己。"

"你知道我们现在该做什么，岛上所有的犹太人都要走了。"

"我母亲决定要走，尽管我父亲一如既往地固执。"

"我很高兴听到她做了明智的决定，就你父亲的看法……"

"你呢？"丽贝卡说，"我不能离开你。"

"不用担心我，我不会有事的。"

"不，我不会离开你的。我去英国能得到什么？"

"这是什么话，你疯了吗？纳粹要来了，我们都看过新闻。我们都看到了他们是如何剥夺犹太人公民权利的，他们所到的每一个国家的犹太人都不能幸免。"

"所以我应该剥夺自己的权利？你呢？你还没回答我的问题。"

"你知道我不能走。"

"这就是为什么我不走，我不会离开你的。为什么英国本土就是安全的？谁能说德国下个月或下周不会入侵英国？我要逃到哪里去？这是我的家，我为什么要离开？"

"你以前离开过。"这句话是不是喊出来的？他很难分辨，克里斯托弗走到丽贝卡公寓的窗户前，楼下的街道上人们匆忙地跑来跑去，以前没有发生过这样的情况。

"那时我还是个孩子。我告诉你，克里斯托弗，我不走。我们要在一起，没有什么能改变这一点。"

"不，不可能。我想和你在一起，但不是以你的安全、你的生命为代价。"他抽开自己的手，"你去英国，就这么说定了。你要在他们到达之前离开。"

"为什么我要放弃我所爱的一切，去躲躲藏藏？"

"因为他们会抢走你所拥有的一切，他们会夺走你的家，你的身份。"

"我在英国什么也没有。如果我离开，我会失去一切，我唯一的选择就是留在这里。"

第十三章

各式各样的谣言传得到处都是，有的说英国军队回来了，有的说德国人要绕过泽西，还有的说德国会入侵并将驱逐所有居民，利用这些岛屿作为跳板进入英格兰南部海岸。人们谈论应如何逃离，但很少有人真的离开。丽贝卡仍然拒绝讨论她离开的可能性，当她到克里斯托弗父亲家的时候他正好也在。

"丽贝卡，你来这儿干什么？"

"哦，你现在倒是和我说话了？"她反驳道，"我不接受你或任何其他人的指令。"他对将发生的争论持谨慎态度，"我知道你想给我最好的，但是谁知道会发生什么呢？至少如果我待在这里，我能和你在一起。"克里斯托弗的父亲起身准备离开，"请别离开，席勒先生，我希望你留下来。"于是他父亲坐回椅子上。

"你太固执了，你得意识到留下会很危险。"克里斯托弗说。

"我同意，丽贝卡。留在这里太疯狂了，我知道你想和克里斯托弗在一起，但战争结束后你们还有时间。"

"当英国人获胜的时候？"丽贝卡被激怒了，"他们怎么获胜？他们在敦刻尔克被打败了，法国人在几周后也被打败了。"她坐在他们厨房桌子边，"他们一个月后就可能会到英国。如果克里斯托弗能和我一起去，我当然会去。没有他，这几个星期的自由有什么意义？"

克里斯托弗扶住头："你不觉得你应该试试吗？"他这么说的时候，因为手掌遮住了嘴，声音变得消沉，"谁知道如果你留在这里他们会怎么做？我们看到太多这种事了！"

"我们不能强迫你。"克里斯托弗的父亲说道，"但如果你留下来，你就会陷入不合理的危险中。我们会尽力保护你，但纳粹对犹太人的仇恨我们都清楚。他们把一切都归罪于犹太人。我们可能没法保护你不受他们的伤害。"

"丽贝卡，你上船，然后离开这个岛。我告诉过你我在德国看到的那些报纸说了什么。我还能做些什么来说服你？"

"别再跟我吵了。没有你，我不会离开这个岛。"她说，然后离开了。

德国轰炸机于 1940 年 6 月 28 日星期五下午过境，几十个在港口等待撤离的人死于非命。克里斯托弗认识他们中的一些人：希勒太太和她只有十五岁的儿子诺曼；约翰·巴罗，曾在上次大战中服役；老汤姆·弗罗斯特，来自圣萨维奥。第二天，英国派舰队来带走剩余的撤离人员。

克里斯托弗前一天和丽贝卡在他父亲家争论之后就再没见过她。撤离的那天早上，他去她的公寓，原本预计会有另一场争论，但她不在那。两个已经打包好的手提箱躺在房间中央，随时可以出发的样子。他看到那些手提箱时那种空洞的满足感与他以前感受到的任何东西都不同，一种痛苦的解脱席卷了他。

舰船在港口内外等待，像池塘上的树叶一样散落在水面上，等待着岸上的人群。可能有几千人，全家人沿着码头排队，等待轮到他们挤上小艇，把他们带上停泊得更远的大船上。也有决定留下的人。

渐渐人群开始拒绝服从，被强行推到船上的孩子们跳回水里，游泳回到父母身边，父母假装愤怒，在夏天的阳光下用毛巾把他们擦干。

犹太人准备离开。克里斯托弗的父亲在他朋友阿尔伯特·戈尔德和他的家人一起离开时拥抱了他。他们都离开了：福克一家、莱维斯一家、克林一家。卡辛夫人一个人来到港口，她艰难地拿着她的手提箱加入排队的队伍。一个年轻人走到她身边，帮她提行李。她上了船，一声不吭地坐了下来，没有回头。

克里斯托弗在那里等了几个小时。有很多人离开了这个岛，还有很多人决定留下来。但是仍然没有丽贝卡的踪迹。随着时间的推移，港口上的人群减少了，他和他的父亲等着。大多数人都非常担心德国轰炸机会不会再回来，不敢冒险来送他们的邻居离开。汤姆的家人来了，他的父母和妹妹。克里斯托弗和父亲向他们告别，没拖太久亚莉珊德拉和汤姆也到了。汤姆站在一边，握着他母亲的手，她哭了，他把她抱在怀里，然后拥抱他的每个妹妹，和他父亲握了握手，他们就走了。他全家都离开后，他剩下的只有亚莉珊德拉。

丽贝卡一直没有出现。在最后一艘船驶离之后她还在她的公寓里，克里斯托弗推开门看到她坐在沙发上假装看书。她的手提箱还放在她面前的地毯上，从那天早上他看到的时候起就没有动过。他没说话，把门关上。他坐在她身边，沙发吱吱作响，他搂着她，把她的头靠近他的胸口。

"你真的是疯了。"他低声说。

"我爱你。"她低声回答，他们在那里坐了好几分钟没有说话。

第二天，德国人带着两个师，对泽西岛长达五年的占领开始了。

第十四章

看着德军列队从面前走过的时候，丽贝卡握住克里斯托弗的手。街道边挤满了人，却没有任何人说话，只能听到进行曲的歌声。

"他们在唱什么？这些词是什么意思？"丽贝卡问。

"他们在唱'向前，到战场上去'。"他回答。

"大家都盯着我们看。"

"别傻了。"

"也是，跟你碰巧是个德国人比起来这些人有更多其他事需要担心。"她说。

他们又待了五分钟，好奇心得到满足后就离开了。

两周后，一辆车停到克里斯托弗父亲家外面。

"丽贝卡，上楼，关上卧室门。在他们离开之前不要下来。"克里斯托弗的父亲说。

"也许我们选错了拜访的日期。"她走出去时说。

一名德国士兵为他的长官开车门，这位军官下车后先左右观察了一下四处的街道，才上前敲了敲门，又站了回去。克里斯托弗想站起来，但斯蒂芬把手放在他的肩膀上，自己朝门口走去。他们说着德语，军官问他能不能进来。克里斯托弗的父亲带领军官走进厨房，让他在桌边坐下。那位军官笔直地坐在椅子上，把帽子放在面前的桌子上。

"克里斯托弗，这是沃斯上尉，他要见我们两个。"

"很高兴见到你，"沃斯说，伸出手来。克里斯托弗和他握手，眼神被灰色制服上的铁十字吸引住了。

"克里斯托弗，去泡壶茶。您要喝点茶吗，沃斯上尉？"克里斯托弗的父亲问。

"当然。"

"那么，上尉，是什么事情让您大驾光临？"

"直入主题，嗯？"沃斯笑道，"这么说吧，你应该知道，我们打算把泽西岛作为现在帝国控制下的所有其他地区的榜样。"沃斯说到这里顿了顿，希望得到两人的答复，但是没人说话，"我们希望与泽西岛人民有良好的工作关系，因此，我们保留了地方政府，或者你所说的那些州。我的指挥官，冯·施坦因博士，请求泽西岛人民给予理解和配合，我们希望未来能够合作。我们明白现在这种情况下生活会有所不同，战争总是带来艰难的时刻。"

克里斯托弗把茶端过来，放在两人面前。沃斯先为另外两位满上茶杯之后才给自己倒。

"这非常好，上尉先生，但这些事和我们有什么关系？"

克里斯托弗想到尤里，他以前也经常坐在这个位子上，现在他应该也穿着同样的制服。两周前，席勒家是岛上唯一的德国人，但现在岛上有上千德国人，几乎每三个人里就有一个，这是他第一次和其中某个说话。

"我们正在查看岛上居民的记录，很高兴看到至少有一个德国家庭住在这里。冯·施坦因博士认为这是向当地人介绍自己的一种方式。"

"有什么需要我们效劳的吗？"克里斯托弗的父亲问道。

"不是什么特别的事，只是希望你们能够充当中间人，便于我们能够顺利处理每个人的事务。"

"沃斯上尉，我相信你会明白我们已经在这里住了很多年，交了很多朋友，我们已经和我们的邻居融为一体。"

克里斯托弗的父亲拿起那杯茶。

"你在这儿能得到什么？"

"我们可能要拒绝承担这份责任。"克里斯托弗的父亲把茶杯放回茶托上，他没有喝。

"你到底为什么要拒绝？这是一个帮助你的邻居和你的祖国的机会，一个独特的机会。当然，帮助冯·施坦因博士履行职责也会带来一定报酬。"

"我们有其他选择吗？"克里斯托弗问。

"我知道你一生中大部分时间都在这里度过，这一定会使你更加为难。我也了解你的叔叔，尤里·席勒，正在法国第三装甲师服役。"他拿着他面前的那杯茶，喝了一口，"你叔叔肯定毫不怀疑他的忠诚何在，你自己加入国防军也会是一个很好的选择。也许你可以和别人谈谈像你叔叔一样为国家服务的事。"

"我们明天到哪里去报到？"克里斯托弗的父亲问道。

"这里。"他从口袋里拿出一张纸条，"明天早上八点，到了之后可以找我。"他站起来，把帽子戴上，"我希望随着时间的推移，你会更愿意帮助我们。我相信你会明白现在我们做的一切是为了岛上的居民。哦，对了，你们可以开车来。"他大步走出厨房，朝门口走去。克里斯托弗来到门口的时候，丽贝卡刚好下楼，躲在沃斯视线之外。他手里拿着那张纸条，等沃斯的汽车离开后才看，发现地址是圣布莱德的达雷尔豪宅。

第二天早上，克里斯托弗和他的父亲在大约七点五十的时候到达了公馆大门。哨兵举起步枪走近车窗时，克里斯托弗的父亲解释了他们的来意，警卫挥手示意打开大门。这是他们两周来第一次坐进汽车，德军在他们到达几天后，禁止所有平民使用汽车和拖拉机，突然自行车变得非常紧俏。这栋豪宅，是达雷尔家族的故居，现在则是戈特弗里德·冯·施坦因博士、德国占领军在泽西的指挥官的官邸。

克里斯托弗的父亲把车停了下来："记住，这里不是可以造次的地方，把那些话放在你的肚子里。"守卫让他们进了院子，哪里也没有达雷尔勋爵或夫人的踪影，只是德国士兵在美丽的花园里巡逻。哨兵把他们领进门厅，叫他们等着。他们站在抛光的大理石地板上，看着达雷尔勋爵祖先画像和刚挂到他们身旁的希特勒肖像。沃斯上尉下楼迎接他们。

"你们好，先生们，很高兴你们决定加入我们。"他把他们带到楼上一间小办公室安置。他为冯·施坦因先生暂时抽不出时间见他们而道歉，他简短地告诉他们，他们的工作是翻译德国占领者的法令然后发布到各州，即岛上的执行政治委员会。他们只需要翻译这些法令，不需要解释它们。他们将会因为他们的工作得到很好的报酬，并将得到为他们的家庭取得使用一辆汽车的特权。整个会面不到五分钟，沃斯上尉告诉他们，从明天开始起他们将在城里的一栋办公楼里开始工作。

克里斯托弗和他的父亲开始了这个被强安上的工作，除了他们，岛上能流利说德语的人只有亚莉珊德拉，他们都很乐意让她尽可能远离那些德国人。他们开始为德军工作的消息很快就传了出去，有一天下班后的晚上，当地渔民杜威·伦纳德，和其他数百名因德国禁止所有渔船离开港口而失业的人一样，来到酒吧。他喝醉了，醉到神志不清。"叛徒，"他嘶嘶地说，"从岛屿被入侵中获利，你们已经等他们很久了，不是吗？"

克里斯托弗上前一步，但他父亲用一只胳膊拦住了他："我可以向你保证，我们也不高兴，他们越早离开，我们就越早能恢复正常生活。"

没有其他人说话，杜威嘴里咒骂着走开了。

两天后，他们发现停在办公室外的汽车车胎被砍破了。克里斯托弗几天后在街上与清醒的杜威对峙，但他发誓那天他去了他母亲家。他们没有再向别人提起过这事。

达雷尔夫妇还住在他们的房子里，只是他们现在和指挥官以及他的工作人员分享这栋宅子。突然小岛上的每个地方都变得很拥挤。

第十五章

关于犹太人的法令于 1940 年 10 月颁布。岛上的所有犹太人都要到圣赫利尔外侨事务主任办公室登记。克里斯托弗拿到文档，每读一行，心脏就跳得更快。对犹太人的定义为信仰过犹太宗教或者祖上有两个以上的犹太裔。这让岛上许多从不认为自己是犹太人的也被包括在内。意识到将要发生的事情，他指尖发冷。在那之前，克里斯托弗和他的父亲一直在清点岛上的每一只鸡、牛和猪，以及每个农民正在种植的作物，为指挥官翻译来往于岛民的信件，当然，也包括翻译各种冯·施坦因博士当天碰巧想到的法令——那时还没有涉及犹太人的条例，克里斯托弗说服自己和丽贝卡，纳粹会以不同的方式对待泽西的犹太人。克里斯托弗的父亲走到他身边，拿起这个用德语写成，冯·施坦因博士签名的文件看了看，又递还回去。

"至少有一件事可以确定，"他说，"丽贝卡还没有登记。"

他们身后的门被打开，准下士施泰纳走进了纳粹为他们在圣赫利尔提供的办公室。施泰纳来自法兰克福，是一个年轻英俊的男人，只比克里斯托弗大一点。他总是兴致勃勃，这一天也没什么不同。

"今天早上怎么样，先生们？"

"你知道犹太人需要登记是什么情况吗？"克里斯托弗问。

"你有什么好担心的？这只是清查人口过程的一部分。"

"那你觉得会怎么处理岛上的犹太人？"克里斯托弗又问。

"谁知道呢？但就目前而言，重要的是我们要知道他们是谁，这样我们才能看着他们。"他放下了他一直携带的文件，"有德国同胞在这里真好，我们的工作变得轻松多了。英国人是一个高度开化的民族，不像斯拉夫人。我在波兰，你知道的，在入侵时。那里的人……那里的人很不同，他们几乎没有自来水。而那里的犹太人，是我见过最接近野兽的，更像害虫。但英国人就大不相同，要跟他们战斗真是让人遗憾。我相信有一天我们都会站在同一边。别担心犹太人，克里斯托弗，他们肯定不会为你担心，他们是这场战争的起因。"他伸手到口袋里抽出一支烟叼进嘴里，"你还好吗，克里斯托弗？"

"他今天一整天都不舒服，"他父亲说，"如果可以的话可以让他先回家吗？他住得很近。"

"当然，看上去今天需要完成的事已经都完成了。"

克里斯托弗没有等待施泰纳的进一步许可，拿起自己的随身物品便点头离开。他一直等到看不到办公楼后，才在转角跑了起来。

克里斯托弗冲进房间时，丽贝卡正在看书。收音机开着，这很少见：广播电台现在都按规定只能播放纳粹宣传，他们两人一向对这个不感兴趣。岛上的一些人仍然敢听 BBC 广播，尽管被抓住意味着他们得在监狱待上一晚。

"你下班了，"她说，"纳粹竟然让你提前下班？今天是什么日子？匈奴王阿提拉的生日？"

"今天颁布了一项法令，勒令岛上的犹太人都去登记，我亲自翻译的。"

"我要去哪里登记？什么时候？"

"24 号，下星期四。他们在市中心设立了一些办公室，但别担心。你不会去注册，这事不会发生在你身上。"

"我并不为自己是犹太人感到羞耻。"

"我知道，丽贝卡。"克里斯托弗伸手捧住她的脸，"他们有一个……想法，一个关于犹太人是害虫、老鼠之类的变态观念。"

"我父亲呢？他是个犹太人，在表决权名册上，他一定得去登记。"

"我不知道你父亲的事，我不能为他做什么。"

"哦，不。"他把她抱在怀里，她依在他肩膀上，"我要见他，我得告诉他。"

为什么？他不会为你这么做的，他可能喝醉了，拿着那把猎枪。他应该一个人死。自从卡辛强迫他写那封信以来，克里斯托弗一直没有再去过丽贝卡家。他和丽贝卡那天晚上讨论了很多次，虽然她完全相信他，但她不能为此恨她的父亲。自从纳粹到来以后，她已经几个月没见过他了。她说，她经常想起他，一个人在圣马丁的房子里，被她和乔纳森订婚后昙花一现的所得围绕着——他的退休计划失败了。

"我知道我们不欠他什么，但我得告诉他，他是我父亲。"

"好吧，我们今天一起去见你父亲。"

他们骑着自行车向圣马丁出发，一路上到处都是德国士兵，其中有数百人骑着摩托车或开着卡车到处乱跑，他们的武器随便挂在肩上。一旦丽贝卡被认定是犹太人，他将无能为力，但纳粹又怎么会知道呢？岛上没有犹太教堂，她可以假装是别人，可以拿别人的身份，比如桑德里娜·马拉德，她和她的新未婚夫已经去了英国。嗯，或者不是桑德里娜也行，还有很多其他的选择。他骑车经过又一卡车的德国士兵时告诉自己，船到桥头自然直，没有必要惊慌。奶牛们在前面的道路上游荡，卡车停下，士兵们跳了下来。克里斯托弗跨下自行车，走在前面，穿过那些乱糟糟的士兵。丽贝卡跟着他穿过那群士兵时没有低头。

他们到达丽贝卡父母房子时是五点，一层灰色的云幕从海上被吹向海岸，他们把自行车丢在车道上，旁边是一辆崭新的汽车，这是乔纳森·达雷尔送给他"岳母"的礼物。丽贝卡敲了敲门，轻柔的音乐从房间内传出。她又敲了敲门，等了三十秒，两人都没有说话，直到门终于打开。

"嗨，"丽贝卡说，"我们能进来吗？"

"哈，你真的留下来和他在一起？岛上有两万德国人，你现在有的选。"

"我们能进来吗，父亲？"

"我拦不住你。"

走廊很干净，侧桌上方的镜子是全新的，价格标签仍然贴在镜框的角落。丽贝卡把他们领进客厅。克里斯托弗觉得他回到了犯罪现场。桌子周围散落着几个威士忌酒杯，昨晚烧过的灰烬还在壁炉里，但除此之外，房间整理得很好，很干净。丽贝卡坐到了之前卡辛让克里斯托弗坐的、在火炉旁的扶手椅上，她的父亲坐在她对面，克里斯托弗则坐在面对壁炉的沙发上。

"没想到你把家里整理得这么干净。"丽贝卡开始说。

"自从你妈妈离开以后，事情就容易多了。"

"我们这次不是来串门的。"她继续说。

"哦？不是吗？你要说什么说完赶紧滚，我不想再见到你，背叛自己家庭的东西，我一眼都不想看到你。"

"我真的不在乎你怎么看我，因为我知道你一辈子都不关心任何人，既不关心我，也不关心母亲，甚至连你自己都不关心。我今天是来告诉你，德国人将命令岛上所有的犹太人去登记。"

"就这事？"

"行了，丽贝卡，我们走。"

"'就这事'是什么意思？德国人要岛上所有的犹太人都去登记，你不在乎吗？"

卡辛垂下眼帘看着地板，他没说话，只是把手伸进他旁边的柜子里，拿出一个水晶雕花玻璃酒瓶，拔掉盖子，喝了一口。

"我真的觉得是时候走了。"克里斯托弗再次说道。

丽贝卡站起来，好像是在做慢动作。她的眼睛一直没有离开过她的父亲，但他只瞥了她一眼。克里斯托弗牵着她的手。就在他们走出去的时候，他们听到了他的声音。

"丽贝卡……"他说，"我……"他把杯子举到嘴边。克里斯托弗牵着她的手离开了。

几周后，克里斯托弗翻阅了泽西岛上犹太人登记名单，有几个他从来不知道是犹太人，他们经常参加当地的圣公会的礼拜。在名单的顶端，他看到了皮埃尔·卡辛的名字和下面的说明，他的家人在德国入侵之前已经被疏散到英国。

第十六章

　　冯·施坦因博士颁布的法令越来越严厉。宵禁时间提前，更多的自由受到限制。希特勒似乎痴迷于海峡群岛的防御，于1941年开始进行大规模建筑工程。托特劳工，这些来自欧洲大陆的奴隶工人，在海滩上建造了炮台、反坦克墙，以及数百个掩体和排炮，它们从绿色的山丘上探出灰色的脑袋来俯瞰整个岛屿海岸。奴隶工人的实际境遇让克里斯托弗和他父亲在办公室里看到的那些纳粹军官的表面善意也化为虚有。

　　托特劳工，以第一个组建这个劳工组织的创建人弗里茨·托特的名字命名，他们1941年2月抵达泽西岛。第一批大约四十人，是克里斯托弗见过的最接近地狱的可怕情形。工人们没有合适的鞋子，他们破烂的衣服遮不住他们瘦骨嶙峋、长期挨饿的身体，以及肿胀的关节和下垂的皮肤，他们咳嗽着喘息着，仿佛试图吸走周围每一丝空气。丽贝卡拿出一块面包给一个工人，那个年轻人可能不超过 18 岁。当卫兵看到他们的时候，她刚刚设法把那一小块吃的塞进他的手里。他刚把面包塞进嘴里，挨得最近的德国士兵朝他们跑去，用步枪的枪托打他的头。他蜷缩在地上，就像一个空麻袋在人行道上翻滚。丽贝卡尖叫着，警卫用步枪的平侧面用力把她往后推。克里斯托弗试图抓住她，但感到自己被另一个在他身后的士兵往后拉。卫兵把他们俩推开，远离马路。其他工人抱起那个男孩，尽管他们看起来几乎自己都走不动路了。工人们拖拖拉拉地往前走，剩下的只是路面上的一摊血，血迹很快就被雨水冲走了。

在那之后，他们经常站在公寓外面，寻找机会给托特工人一点他们能分出的食物。有时他们能够做到，但更多时候会被警卫逼回去，而工人们则垂头丧气地往前走。

7 月一个炎热的雨夜，克里斯托弗带着父亲给他的一封信回家。他感到自己狼狈不堪，脏衣服混合汗水黏在他的皮肤上。现在肥皂很稀缺，新衣服都成了回忆里的存在。丽贝卡坐在窗边。他走到她跟前，指尖穿过她头发，抚摸她的脖子。

"我没法忍受下去了。"她说。

"忍受什么？"

"这种隔离，这种被遏制的生活。"外面的雨拍打着窗户，"我有目标，我想和你结婚。"

"现在不是讨论婚礼的时候。我们用什么做蛋糕呢，沙子？"

"我知道。我知道在纳粹离开之前这是不可能的。我从没想过他们会在这里待这么久。"

"丽贝卡，你需要耐心。一旦战争结束……"

"我还能再离开这房子吗？"

"你知道我们必须小心。如果纳粹抓到你没有身份证……我们已经讨论过很多次了。"

"我知道，我必须登记为犹太人，但他们会对我做什么？"

"你真的想冒这个险吗？你看过纳粹对待托特劳工的样子，你想变成他们中的一个，一个行走的骨架，一个奴隶吗？"

“纳粹到来后，我的生活似乎停止了。”

“你的生活这么糟糕吗？”

“不，我不是那个意思。我和你在一起比以前更开心，只是你是我现在生命中唯一的美好。我想上大学，我想有工作，有生活和孩子。我想和你生孩子，做你的妻子。”她把他带到沙发上，坐在他的腿上。

“我们可以拥有所有这些东西。总有一天你可以接受教育。我也想要孩子，但现在不是把孩子带到世界上的时候，不是在这里，不是现在。”

“如果我登记了会发生什么？到目前为止，其他犹太人身上什么也没有发生。他们都在继续他们的生活，可以离开他们的公寓……”

“这不是个好主意，丽贝卡。如果我们能等……”

“到底是为了什么？我是否登记是由我做决定，不是你。我不为我的民族感到羞耻。做什么都比只能从我的公寓跑到你的公寓强，我没有工作，我唯一能做的就是躲起来。”也许她是对的，“至少，如果我登记了，我就能有某种正常的生活。”

尤里的信在他的口袋里显得非常沉重。这可能是自纳粹对该岛的强制封锁开始以来，所有岛民收到的第一封信。

"怎么了?"

"没什么。我收到了一封尤里的信,是由一名德国士兵从一艘运输船上偷偷带过来的。"

"看来做德国人确实有好处,信上说什么?"

他把手伸进口袋,把信封递给她。她在打开前把它在手里捏了一小会,当她读到第一行时微笑了起来。

1941 年 6 月 27 日

斯蒂芬,克里斯托弗,亚莉珊德拉,汤姆和丽贝卡(我希望是这样),

我相信每个人都很好。如果和帮我送这封信的人说的一样的话,你们收到这封信的时候我应该已经到了俄国。我们上周收到命令将于明天出港。其他军官们正在谈论这是赢得战争的最后一次努力,一切可能会在圣诞节前结束。俄国人是一群混乱的暴徒,会被帝国轻易击败的,虽然每个人都这么说但我不禁想起另一位过于自信的将军,拿破仑,以及他在攻打俄国时发生了什么。当然,我们很快会看到结果的。

寻找丽贝卡

我比我想象的更想家。我渴望见到卡洛琳娜，把斯蒂芬抱在手里。我一直在想他们，有时我发现自己盯着她寄给我的照片一次看几个小时。现在斯蒂芬应该在到处跑，甚至还能说出几个词。卡洛琳娜告诉我，斯蒂芬看到我的照片知道我是谁，并能指着它们喊"爸爸"。这足以让我的心融化，忘记世界上所有其他东西。

　　我不能说我喜欢在法国的时光。我想这里的人们很难明白我们在这里是为了防止流血和无谓牺牲，而不是想造成这种情况，但我认为他们永远不会理解。也许如果我们真的赢得了这场战争——每个人都说我们会赢——他们会感激我们，我们就可以和平共处。我不知道。我只是个士兵，虽然现在军衔是个少校。如果他们要提拔我的话，肯定是因为没有其他人选。但我会一如既往在子弹飞起来的时候低头跑开，所以请不要为我担心。

　　我希望你们都好，我希望汤姆没有加入英国军队！不，但说真的，有些话我必须得说。在泽西岛被占领前我收到的克里斯托弗的最后一封信中，丽贝卡似乎想留下来和他在一起。虽然这使我充满了喜悦，但我必须提醒你们关于帝国对待犹太人的法律。如果你看到了这里，小心点，丽贝卡。如果有什么事情发生，我会尽可能让我在党卫军的朋友帮忙，他们其中有些人已经高升，但我能做到的只有这点。保持低调，这一切终将结束。

我会尽快再写一封信来，但我不知道俄国的邮政服务情况怎么样。

爱你们的，

尤里

那封信落在她的膝上，她开口前的三十秒很难捱："我不敢相信尤里在为纳粹作战。我不敢相信他就是其中之一，他以前是那么善良的人。"

"他现在仍然是。"

第十七章

1942 年 7 月 19 日，克里斯托弗在泽西见到了德国驻军的新指挥官威廉·卡斯珀博士。那一天克里斯托弗和往常一样在圣赫利尔的办公室工作。自从尤里被派往俄国以来，他们就再没有收到过他的来信，只是通过卡斯珀博士办公室职员的报告才知道他还活着。尤里仍然被列为活跃分子，在东部阵线任职。自从德军占领泽西以来，他们是岛上唯一收到外界消息的人。丽贝卡仍然躲在公寓里，几个月来几乎没有离开，她在现在这种情况下依然保持着乐观。晚上抱着她时，他注意到她的骨头摸上去变明显了。他们都瘦了不少。每个人都是，甚至德国士兵也如此。

施泰纳走进办公室，没有关上门就直接走到克里斯托弗的办公桌前，当时克里斯托弗正在仔细研读当天的法令。

"有什么事吗？"

"卡斯珀博士想见你，马上。"

"为了什么？"克里斯托弗的父亲说。现在他的头发里可以看到清晰的灰白色发丝，他瘦削的脸像海岸上的岩石一样风化了，"我相信卡斯珀博士如果有任何疑问都可以和我一起解决，我每个月都会见他，虽然会面很短暂……"

"命令很明确，他想见那个男孩。"克里斯托弗比施泰纳小六个月。

克里斯托弗站了起来："我马上回来，我相信这只是一件小事。"他用英语说，施泰纳听不懂英语，"对不对，史泰纳？"这么说的时候他又用回了德语。

"什么？你刚才在说什么？"施泰纳说。

施泰纳把他领出了门，他以前从来没有被传唤去见指挥官。他父亲有时会去，但不是这种形式。

施泰纳帮他把车门打开。去圣布莱德达雷尔的豪宅的车程，大约十五分钟。道路上能看到的所有汽车都是德国部队的运输工具。在途中，施泰纳坐在他旁边，但两个人都没有说话。这十五分钟就像几年一样漫长，当汽车终于抵达达雷尔夫妇仍住着的官邸——尽管他们只能住在一个小小的角落里，房子的其他地方都被封锁了——大门时，克里斯托弗已经汗流浃背。自从两年多前岛上大规模撤离那天起他就没见过他们，很少有人能见到他们。大门打开了，汽车慢慢地沿着车道行驶，在房子的正门外面停了下来。施泰纳下车，在他能及时绕到克里斯托弗一边之前克里斯托弗自己打开了车门，踩到了夏日阳光下的砾石上。施泰纳带着他走进房子上楼的路上，他脚底的砾石嘎吱作响。施泰纳让他坐在指挥官的办公室外面，那里曾经是达雷尔家七间客房之一。他坐在柔软的红色天鹅绒沙发上等着，他的衬衫贴在背上。他想象着丽贝卡在家，有警卫冲进去抓她；他想象她住在这所房子里，她本来可以住进来。

办公室门打开了。卡斯珀博士站在门口，向克里斯托弗伸出一只手。他是一个肥胖的、几乎可以说是已经发福的人，有一张圆脸，稀疏的头发落在圆滚滚的头顶上。克里斯托弗握住他的手，可以感受到他的力量。

"席勒先生，很高兴见到你，请进。"他用英语说。

克里斯托弗坐到一张面向大桌子的古董木椅上，希特

　　　　　　　　　　　　　Finding Rebecca

勒的肖像俯瞰着整个房间。"我们非常感谢你和你父亲在岛上为我们做的工作，让居民们知道我们不是来奴役他们或是来做类似的事情，这点非常重要。很幸运，我们有像你们这样的社区支柱，你父亲还有你，愿意与我们一起工作。"

"谢谢。"

"我的前任冯·施坦因博士在岛上建立了一个高效的系统，尽管有一些困难，我认为我们正在实现我们成为德国占领地模范的目标。然而，还是有些问题。你知道帝国关于犹太人的法律，是吗？"

克里斯托弗的血液被冻住了："是的，指挥官先生。"

"请你理解，这不是我的决定，这是我的上级从元首本人那儿传下来的决策。你明白吗？"

"是的。"他觉得自己脖子上的肌肉感觉像钢棒。

"我现在顶着上峰很大的压力，要让岛上的犹太人登记，并控制这里所有的犹太人。不仅仅是其中的一些，你知道，是所有的。你能明白，是吧？"克里斯托弗的腿在颤抖，他可以看到他裤子上的布料像微风中的旗帜一样飘动着，"在这件事上，我们必须得到岛上每个人的充分合作，尤其是像你和你父亲这样的亲密同事，你不这么觉得吗？”

"当然，卡斯珀先——不，我是说，博士。"

"让我们开诚布公，克里斯托弗。我要你把这里的德国占领军当作朋友，毕竟，我们不都是德国人吗？"她一个人在公寓里，我被困在这里了，"不管怎样，有人提示请我注意，岛上有几个犹太人没有在有关办事处登记，这些犹太人必须在认证下登记，这点非常重要。我相信你和各州当地政府一样理解这一点，正是出于这一点，他们在这件事上给予了我们合作。如果之前有人抗议我一点也不会奇怪。他们现在意识到这是一项多么重要的工作了。"卡斯珀站起来走到窗前，他凝视外面几秒钟，然后回头看克里斯托弗，"你有什么要告诉我的吗？我能理解有的时候人会犯错，但为了你和你父亲，为了保住你们的工作和随之而来的特权，我确实期望有一定的忠诚。"卡斯珀又坐在他的办公桌前，克里斯托弗没有动，"我不会再问第二遍，你有什么要对我说的吗？"

"不，我没有，卡斯珀博士。"

"你让我失望了，克里斯托弗，真的。我信任你，赋予你责任，而你却背叛了这种信任。丽贝卡·卡辛今天早上在地方当局登记为犹太人，我听说你很了解她。我故意在她有机会亲自告诉你之前把你叫进来的。"卡斯珀在他面前的桌子上握紧了拳头，"他们有他们的一套，不是吗，那些犹太人？他们有一种观察你的方式，几乎可以看穿你的灵魂，知道你的弱点是什么。我不怪你，克里斯托弗。我为你感到难过。你真的应该由医生治疗她给你带来的疾病。她主动来登记，帮了你一个大忙，就像我不会向我的上级汇报这件事一样。这件不幸的事不会有任何记录，这样就不会成为你将来为帝国服务的阻碍。"

"你要怎样处理丽贝卡？"

"我们要怎么处理丽贝卡·卡辛？什么都不会做，我们只是要确保她已经登记，然后，当然，她将随后受到有关岛上所有犹太人规则的约束。"

"那重新安置呢？你要把她带走吗……"克里斯托弗的所有防线都被击溃。

"够了，席勒先生。不幸的是，我不仅不得不解除你在我们这里的职务，而且还不得不解除你父亲的职务。这令人遗憾，但是必要的。"卡斯珀停了下来，门开了，"就这样，席勒先生。"

卡斯珀让他离开。警卫把他送到车上，施泰纳正等着开车送他回城里。

第十八章

　　他们在一起的最后六个月是一种快乐和害怕、恐惧和
满足的奇怪混合。他们很少谈论他们现在的情况：食物短
缺、遣送安置和丽贝卡失去自由。她已经和他同居了，现
在这样做是安全的。邻居们对那些从来不出门的人并没有
意见。在那段时间，岛上登记的犹太人每天只有下午三点
到四点被允许外出一小时。丽贝卡有一次在宵禁时间过后
还没回家被抓住，在监狱里度过了一夜，这是她最后一次
这么做。克里斯托弗从来没有和她谈论过关于她自己去登
记的事。在当时这么做似乎是一件正确的事情，他看不出
有什么必要为了已经过去的事斤斤计较。相反，他们花了
不少时间梦想着一个光明的未来。他大部分时间都和她在

一起，因为他几乎没有工作可做。克里斯托弗的父亲经常和他们在一起，亚莉珊德拉和汤姆也是。公寓的墙壁和岛屿边界似乎越来越近，虎钳从四面八方收紧。

遣送安置从 1942 年 9 月开始，一些犹太人和数百名非泽西出生的公民被带走。丽贝卡无疑要走，席勒一家作为非泽西岛出生的公民也应该被遣送。但是他们没被移交驱逐出境，也许是他们曾经享受过的一些保护，但也许不是。纳粹似乎在他们的决策中没有什么逻辑。

这封信是 1943 年 1 月 12 日寄来的，语句简短、正式，底部由威廉·卡斯珀博士签名，告知丽贝卡被选为将要遣送到德国的人，船预定于 2 月 13 日离开，她需要收拾一包自己的行李，在出发当天下午两点到萨沃伊电影院。这就是信中的所有内容。克里斯托弗想去找卡斯珀博士，但他拒绝见他或他的父亲。沃斯上尉假装同情，但什么也没答应。他解释说，他也无能为力。没有可以上诉的地方，这个决定无法撤销，这是从元首本人那里下达的指示，谁能质疑元首？

自我蒙蔽是很简单的事，一开始，他们试图假装这一天永远不会到来。随着出发日子越来越近，她的态度改变了……他们制定逃跑的计划，试图去法国或英国，但这是不可能的。他们想在战争期间找个地方让她躲起来，但是谁知道战争会持续多长时间？几个月？还是几年？没有地方，没有人愿意把她藏起来，就连他们自己都没有足够的食物维持生活。他们渐渐地接受了将要发生的事，哀伤笼罩了他们，他们不知道她会怎么样。到处都有关于集中营和奴隶劳动的谣言。他们在当地的电影院里看了营地的电影，看到吃得好、过得好的犹太人围在一起进行户外活动追求健康。一时间丽贝卡充满了短暂的希望，但即使在他最疯狂的梦中，克里斯托弗也不敢相信这是真的。

她哭了两天，只有当他抱着她的时候才高兴。第三天，她不再哭泣。仿佛高烧后恢复了清醒，她开始冒险，正如她所说的，他们还有什么可失去的？他们开始一起离开公寓，去拜访汤姆和亚莉珊德拉，克里斯托弗的父亲，以及他们仍然留在岛上的其他朋友，去一一道别。那些仍然勇敢地听 BBC 的人听说了盟军在斯大林格勒和阿拉曼的胜利，并向她保证战争不久就会结束，她和所有其他被遣送走的人都会很快回来。除此之外似乎没有别的话可说。

1943 年 2 月 12 日星期五清晨，克里斯托弗醒来时她已经醒了，正坐在窗边，看着日出的橙色光芒从海面上升起，淹没了下面的街道。她踮着脚尖踩过几乎没有地毯覆盖的冰冷地板，回到他身边搂住他。他感觉到她吻了他，但他无法回应，当他看进她的眼睛时，内心的痛苦加剧，他听到自己在呜咽。她抱住他，可能有一分钟或更长，然后把他推回去，把他的脸捧在自己掌心，用拇指擦干他的眼泪。

"哦，别哭，别哭。当这一切结束时，我们会再在一起，然后就再也没有什么可以阻隔在我们之间了。"

"这都是我的错。如果不是我，你会离开，现在你在英国就很安全。"

"克里斯托弗，你是我生命中最美好的所在，我为你而活。没有你，我不算活着，你不明白吗？"她俯下身子吻他。他们在被窝里缠绵，房间内清晨的空气寒冷，他们两人彼此温暖。

他们静静地躺在那里几分钟后，彼此拥抱着，她瘦弱的身体靠在他的身上。

"我想出去，"她说着，抬起头来，"我想出去，沿着悬崖走走，想看看岛和大海。如果德国人抓到我们会对我做什么？把我从岛上赶走？"

半个小时后，他们上街，她坐在他自行车的横栏上，他们路过几队德国士兵，从城里到乡下，一路骑向克里斯托弗父亲在圣马丁的房子。天气很冷，他感到风像镰刀一样划破了他的脸。他们到克里斯托弗父亲的房子，他在家，把丽贝卡抱进怀里，吻着她的头顶。四十八年来他看过太多人和事。

没有闲聊。斯蒂芬默默地准备了茶，茶水很淡，几乎没有几片茶叶。

"我是来道别的，明天我就走了……"

"我知道，丽贝卡，我知道你为什么来这里，我只是很抱歉我们做不了什么。"

"是我的错，"克里斯托弗说，"如果我告诉卡斯珀丽贝卡是犹太人，如果我告诉他……"

"你是说，如果你曾经背叛她？"他父亲回答，"这不是某个人的错，而是纳粹的错。丽贝卡，你勇敢些，你一直都是个勇敢的女孩，我认识的最坚强的人。"

她伸手抓住克里斯托弗的父亲，拥抱了他，他流下眼泪。

他们留下来吃午饭，这是克里斯托弗的父亲制作的一种稀薄的萝卜汤。他们谈到了未来，以及席勒一家可能在什么时候被遣送到德国。他们谈到是否可能逃跑或是在小岛上找到藏身之处，当他们藏在那里的时候，又是否有食物来维持他们的生活。

谈话停顿了，直到她又开始微笑。

"我看到老树屋还挂在那。"她说。这座木屋是尤里在

Finding Rebecca

大约二十年前的一个早晨建造的，被他牢牢地钉在树上。树屋已经饱经风霜，原来的油漆都褪色了，露出下面的木灰色。他们聊了一个小时他们小时候的事，然后一起离开去海滩散步。克里斯托弗的父亲留在房子里。

他们的衣服已经陈旧褪色，几乎无法御寒，走到海滩时，他们互相紧紧依靠着。当路过丽贝卡父亲家时她说："在这里等等我，我只要几分钟。"然后从他的手里溜了出去。他走到路的尽头，那里的铁丝网缠在钉在地上的栅栏上。自从这里树立铁丝网，沿着海滩埋设了地雷之后，他们已经有一段时间——可能有一年——没有来过这里了。不知道为什么，克里斯托弗很难想象德军就是在这片海滩上对泽西进行了一次全面的两栖入侵，但事实确实如此。他等了她十分钟。

"有什么情况吗？"克里斯托弗问。

"他和我明天在同一艘船上，我们会被一起遣送走。"

他们沿着海岸线旁的铁丝网蜿蜒而行，跟着它步行了好几英里，这个时候只要两人在一起就足够了。夜幕降临，乌灰色的云笼罩着大海，他们开始向回走。寒风裹着雨水席卷而来，当他们走上通往克里斯托弗父亲家的路时，两人都在瑟瑟发抖。

等他们回到克里斯托弗父亲家时，汤姆和亚莉珊德拉也在。他们热泪盈眶地拥抱着丽贝卡。他们再也不能回到过去了，汤姆很快就会成为唯一留在岛上的人。不知怎么的，克里斯托弗觉得被甩在后面更糟。

　　他们在晚上八点宵禁前回到城里。在回来的路上经过一些部队，克里斯托弗确保他走过的时候看起来尽可能随意，不要把仇恨发泄在他们身上，他觉得自己身上像被烧出了一个洞。

　　他们回到公寓，把自行车锁在公寓外，然后上楼，尽量保持和平时一样。她准备了一些胡萝卜、土豆制成的薄汤，加了点海水以增加风味，因为盐早就用完了。她做饭时，他从身后抱着她，脸埋在她脖子后面。他们一起坐在沙发上盖着毯子吃完了饭。

　　凌晨四点左右他睡着了。沉重的疲倦像枷锁铐住了他，剥夺了他与她最后相处的时间，剥夺了两人最后一次一起看日出的机会。他们大约中午醒来。她收拾了包，他不敢直视她，因为他承受不住。他把她带到萨沃伊，在那里，她的父亲和其他犹太人被德国士兵们聚集在一起，等待着。他们到达时，士兵们一言不发地站在后面，正瞪视着犹太人。这里一共有十三个犹太人，丽贝卡是第十三名。克里斯托弗向她父亲示意，卡辛向他走去。他看起来很苍老，还喝醉了。"照顾好丽贝卡。她仍然是你的女儿。这是你弥补过去的机会。"卡辛和他握了握手。克里斯托弗转向丽贝卡，这是他近二十年前在海滩上发现的那个受惊的女孩。他把她抱在怀里。德国军官走了过来，是沃斯。他瞥了克里斯托弗一眼，没有向他打招呼。

"好了。"沃斯说，"我们必须得走了。"他把她从他身边拉开。她示意克里斯托弗过去，他靠近她。

"下次我见到你，我们就要结婚。下一次……"一个德国士兵打断了她，强迫她向前走，她又说了一遍，"你听见了吗，克里斯托弗？下次见面的时候。"

十三人被押送到港口，克里斯托弗和他们一起走。他想为她坚强，但这超出了他能忍受的范围。他们径直走出去，上了船。她转向独自站在码头上的他，站在舷梯上向他喊了些什么，那些话在风中迷失了。在她消失在船上之前，他看到她的脸，最后一次看到她的眼泪，他自己也哭了。他站在原地看着船起航。

再没有别人。

他一个人在码头上，眺望船越行越远，直到它消失在灰色的海平线。

第十九章

奥斯威辛-比克瑙 1943 年

更衣室里传来的尖叫声渐渐沉寂下来。克里斯托弗在来回踱步，试图控制他身体的战栗。院子里现在空无一人。他硬着头皮，尽量不去回想他刚刚目睹的恐怖场景。他不知道在这里事情是这样进行的，或者他不知道会在这里看到这样一幕。他听到穆勒的声音指挥着犹太人特遣队，看到他看了过来。克里斯托弗做了一个深呼吸，尝试平复心跳，他被刚才看到的场景吞噬了。他感到一只手搭在他肩膀上，弗里德里希说："这可能需要慢慢习惯，席勒先生，这些方式比过去更加人道。"

"对囚犯更人道？"

"你说什么？不，不，那是无关紧要的，是对负责这项重要任务的党卫军来说更人道。早期，在我们精简这一程序之前，麻烦的事太多了。你会习惯的，席勒先生。我可以看到你的能量，所有见你的人都能感觉到。使用它，你将在这里为帝国做出突出贡献。"

"好的，主管助理先生。"

"好极了，现在开始工作吧，更衣室里需要你。确保所有收集到的贵重物品都放到它们该放的地方，最重要的是，确保它们都能顺利回到帝国，而不是落入囚犯肮脏的手中。"

他行了个礼，找到了回更衣室的力气，顺着几分钟前，人们走过的路前行。穆勒和布雷特内已经在里面指挥着犹太人特遣队整理成堆的衣服。弗里克带着几个手里拿着盒子的囚犯到达。布雷特内提醒犹太人特遣队检查所有衣服的口袋，检查每件外套的衬里，把每个手提箱都翻出来，货币放在一个盒子里，黄金和珠宝放在一个盒子里，手表放进另一个盒子里。克里斯托弗走过他们，边走边观察每一个人，力图让自己看起来既专横又可怕。他们把主人留在钩子上的外套一一取下，原本折叠整齐的衣服被扔成一堆。克里斯托弗拿起一个孩子的洋娃娃，这个娃娃衣衫褴褛，丢了一只眼睛，金色头发上沾满了泥土，他把它放回了那个已经离开它的小女孩的衣服上。党卫军士兵进进出出地走着，冲囚犯们叫喊，让他们整理物品，驱赶他们走得快点、更快点。这一切都完成得非常快速和高效：鞋子、外套、内衣、钱包、眼镜、黄金、珠宝、瓶子、药品、食物，当然，还有现金，都放在手推车上，准备运回他要监管的仓库。这一早上收获颇丰，党卫军军官们非常满意。克里斯托弗穿过警卫和囚犯，穿过现在清理完毕的更衣室，看到门口装满玩偶的盒子，收集和整理其他一切物品，等待"重新分配给帝国"。没什么是不能偷的。

当更多的党卫军进来时，他走到院子。犹太人特遣队在毒气更衣室，把守卫指给他们的尸体运送到楼上去焚烧。克里斯托弗想到这一千具刚被谋杀的尸体，并不想等待看接下来会发生什么。他催促每一个推车向仓库小跑去的囚犯，每辆手推车上都装满了分好类的箱子。他看着他们把车推向仓库，一共大约有二十车。一个声音从他身后传来："你知道他们怎么称呼我们分类的那一部分货物吗？你现在负责的部分。"布雷特内说。

"不知道。"

"他们称之为'加拿大'，这是一个拥有无数财富的地方。"布雷特内冷笑着，露出褐色的、有缺口的牙齿。

"谢谢你，布雷特内先生。"克里斯托弗回答，跟着最后一辆离开毒气更衣室的推车向"加拿大"走去。

仓库上没有标记。门上方没有任何指示表明仓库里放的是那些刚被谋杀的可怜人的眼镜或鞋子，但犹太人特遣队似乎几乎本能地知道每一堆赃物要运到哪个仓库。他们从不犯错。他在仓库里走来走去时想起了丽贝卡，每一次他停下来看向仓库里面，向值班的党卫军警卫做手势，或者对里面工作的囚犯皱眉的时候都会想起她。他们不可能在她到集中营的时候就杀了她，不是吗？他把这些想法甩出脑海，迫使自己回到当下，他告诉自己，她还活着，我会找到她的。他不会让她和那些人遭受同样的命运。他越想她，就越惊慌，所以他试图把有关她的一切思绪擦干净，只有在这里获得了政府的信任，他才能做他想做的任何事。

他转身沿着一排仓库走进一个囚犯们正在整理眼镜、瓶子和似乎是药品之类东西的库房。值班警卫向他敬礼，木桌上散落着一堆棕色和白色的小瓶子。在仓库里工作的二十几个女人都没有抬头看他。他走过去，竭力想引起在木桌旁工作的犯人的注意。"加拿大"的大多数囚犯似乎都是妇女，比他在主营中看到的其他囚犯吃得更好，毫无疑问，她们满足于避免更艰巨和危险的工作。他拿起一个瓶子。白色标签上的文字是捷克语。他发现另一个瓶子上的标签用德语写着"每天服用一次，治疗类风湿关节炎"，他用颤抖的手把瓶子放回原处。它没有站稳，从桌子上滚下来，落在混凝土地板上，碎成玻璃片。角落里的守卫转身冲向这里，开始喊着什么。克里斯托弗抬起手："不用担心，那是我的错。"桌边的女人盯着他，棕色的眼睛里有恐惧游动，她有一头浓密的棕色卷发，她饱经风霜的脸可能曾经很漂亮，"你叫什么名字？"他问道。

女人似乎很惊讶被这么问："卡特琳娜·勒赫兹卡。"她用浓重的捷克口音回答。

"努力工作，注意安全，卡特琳娜。我是负责这里的新任党卫军二级突击中队长。你可以告诉其他工人，这里的情况将发生变化。"他说完后立即感到后悔，一阵恐惧像冰柱滑下了他的脊椎。卡特琳娜看起来很困惑，她的眼睛看向地板上破碎的瓶子。他忍住了亲自把碎片捡起来的冲动，朝门口走回去。这时一声枪响划破了空气，他急忙朝着声音传来的方向走去。布雷特内站在外面抽烟。

"怎么回事？"

布雷特内耸了耸肩。克里斯托弗从他身边走过，进入传来枪声的仓库。一个三十多岁女人的尸体倒在混凝土地板上，她的脑袋里流出了丑陋、黑色的血液。

"这里发生了什么？"

一个党卫军士兵上前，把手枪放回枪套里。

"我看见她口袋里放了一枚戒指，中尉先生。"士兵神气活现地说，就好像一个员工向他的老板吹嘘他工作做得多好。

克里斯托弗低头看着尸体时咬牙切齿。其他工人都没有抬头，还在整理面前桌子上的首饰，他无能为力。挫折感在他内心燃烧，"把这具尸体从这里弄出去！"他喊道，而后怒气冲冲地走了出去，但他无处可去，无处可逃，只有电线和仓库，焚烧室和监狱医院围绕着他。几个犹太人特遣队的人小跑进仓库，抬起中年妇女的尸体运走时，他后退了几步。一到仓库外面，他们就把尸体扔到推车上，就像他小时候经常在泽西岛看到的，渔民毫不留情地用渔网把翻滚扭动的灰鳞鱼吊在马车上运往市场一样。那具遗体被带走了，卫兵站回他的岗位，好像什么也没有发生。克里斯托弗走回仓库里，确保没有踩到仓库地板上凝固的血迹。杀死她的那个士兵正靠在墙上，克里斯托弗走近时，他敬礼。"听着"，克里斯托弗说道，"这里的犯人都是熟练工。"这个士兵看起来很困惑，"这里不应该有草率处决。如果有问题，如果有人偷了东西，你要向我报告。我不希望守卫们把营地的规则掌握在自己手里，只有无政府状态才会出现这样的情况。我们必须时刻保持纪律，你明白我的意思吗？"

"是，中尉先生。"

犹太人特遣队已经在清理血泊，另外八个工人都是妇女，仍在工作。其中一个女人的头在轻微抽动，就像鱼竿末端的软木塞。她在哭。他有冲动过去找她，告诉她他现在是负责这些仓库的新任党卫军二级突击中队长，他们都会安全的。但是他不可以这么说，在这里不行。空气中弥漫着血腥和死亡的味道，当他走向焚烧室时，它们跟在他的身后。布雷特内站在最后一个仓库外面，手里拿着一个小盒子，里面装满了看起来像小金块的东西。

"中尉先生，"布雷特内喊道，"你也许应该带上这些。上一任坚持要自己处理所有的黄金和珠宝。"

克里斯托弗从布雷特内那里拿走了盒子，里面装满了金牙。

Finding Rebecca

"谢谢您，布雷特内先生。我相信再过几天我就能跟上所有的进程。"

"中尉先生，你还有几位需要认识一下。"一位身穿黑色制服看上去非常健康的囚犯正站在布雷特内身后，"这位是拉尔夫·弗兰克尔，经济区的犯人头目。"弗兰克尔是一个身材粗硕、强壮、脸上有麻坑的人。

"很高兴认识您，先生，"弗兰克尔带着浓重的巴伐利亚口音说，"我是来帮助您时刻保持纪律的。"

"你要怎么向我解释刚才六号仓库发生的事？"克里斯托弗问。

"这些犹太狗必须排队，中尉先生。武力是他们唯一能理解的。"

"弗兰克尔，你是为什么被送到这里的？"

"双重谋杀，中尉先生。"弗兰克尔回答，似乎很惊讶于这个问题。

"那么，你的确很适合这里，"克里斯托弗用英语低声说，让这两个人很困惑，"好吧，弗兰克尔，我现在负责这里，不会有草率的处决，没有我的准许，不准处决。明白吗？"

弗兰克尔的眼睛睁大了："但是，中尉先生……"

"别让我重复，弗兰克尔。"他说，然后离开，让这两个人争论。

克里斯托弗的办公室在仓库的最后一排，那是为了计算从被谋杀者那里掠夺来的战利品而准备的。一盒金牙，三盒现金，三盒手表，项链，耳环，和其他各种珠宝，对于谋杀了一千多人来说这似乎是微不足道的回报。他想知道，犹太人特遣队，囚犯，卫兵，以及他自己的下属从中捞走了多少。那天下午，他坐在那里数着火车上人们的马克、美元、英镑和其他钱。他把它们分成整整齐齐的几叠，用橡皮筋捆起来，放在行李箱里。保险箱的密码放在一个抽屉里，他在撕下那张写着密码的纸之前就记住了那串数字，他把装满现金的手提箱和装满珠宝的手提箱放在大保险箱里，保险箱宽约三英尺，和他一样高。他把门锁上，回到办公桌前。谁能来帮我？我一个人做不到。

第二十章

克里斯托弗八点后回到了他的房间。按弗里克的说法，今天是非常平常的一天，只能算是平均水平，有的时候会比今天更忙。在这里，谋杀几千个人是正常的。对纳粹的仇恨在他身上燃烧，但他控制住了它，在火焰点燃之前把火星扑灭。自我控制是关键。拉姆出门了，他对此感到庆幸，脱下夹克后，他发现床上有封信，克里斯托弗拿起信，在撕开信封时几乎要笑起来。他坐下，抽出信纸，把它平铺在床上，这封信来自他的父亲。

1943 年 9 月 22 日

克里斯托弗，

在你训练的时候我们很想你。我们现在安顿得很好；虽然亚莉珊德拉仍然想念汤姆，但她知道分别不是永久的。我们的情况和我们期望的一样，算得上不错。柏林和我记忆中有很多不同，但我们逐渐开始适应，相信我很快就会有正常的工作。亚莉珊德拉现在当地一家工厂工作。自从我们从帝国的热情好客中解脱出来之后，表亲哈拉德对我们一直很好。认识卡洛琳娜真是太棒了，和小斯蒂芬在一起也是一种快乐。我希望你的新职位是你想要的，也期望它的确如此。我相信，如果你保持冷静和专注，你将实现你的目标，你的努力将更好地为帝国服务。我们很好，别担心我们。我昨天收到你叔叔的一封信。他安然无恙，在东方战线上英勇作战，他将于 1 月 28 日休三天假。我们会一直想念你。

你的父亲，

斯蒂芬·席勒

他读了一遍又一遍。审查人员到处都是，他几乎要为他的父亲是如何提到关押了他们的拘留营笑出声，虽然没几天之后他们就被释放了。与他们一起从泽西岛遣送出境的非泽西出生的、非德籍公民没有得到同样宽大的待遇，他们很可能在战争结束前都将被关押着。他父亲提到亚莉珊德拉对汤姆的感情可能也不是什么事实，很难看出二人的分离给她带来了多大的痛苦。

门开了，他克制住把信件藏起来的本能，进来的人是拉姆。

"你在营地的第一天过得怎样？对了，你之前说你在哪一区工作来着？"

"我在经济区。"

"那么，你就是知道情况的人。那边是什么样子？"

"什么样子？"

"'加拿大'，一个富饶之地，我们都听到了传言。"

"那里没什么大不了的，只是有很多仓库，我和其他人一样做着本职工作。"

"哦，好吧，如果你不想谈论这个，没问题。晚饭吃过了吗？"

"是的，吃过了。"

"你今晚要来喝几杯吗？还有几个人晚点想聚聚。今天晚上应该会放电影，要不就是有戏要演，我不太确定。"

"好的。"

"太好了，我们待会也会打牌。放松下来对你有好处，有时候这里的工作会让人很有压力。"

克里斯托弗把信折叠起来，放在他储物柜的顶部架子上，跟着拉姆走出了他们的房间。拉姆比他小一点，金发，大约二十二岁。

"你在这里做什么，拉姆？"

"我在奥斯威辛的主营地工作。每天工作内容都不一样，我主要在 10 和 11 区工作，这不是一件容易的事，但我发现，你知道，做一些对帝国如此重要的事情是很让人满足的。"

"第 10 和第 11 区主要是负责什么的？"

"它们是惩罚区。"

克里斯托弗和拉姆并肩走到他们宿舍区外的院子里。营地的灯光投下刺眼的白色光束，克里斯托弗举起一只手挡住自己眼睛。奥斯威辛集中营寂静无声，那三万名左右的俘虏，只有几百码远，没发出一点声音。他想着上午和布雷特内还有囚犯头目弗兰克尔的对话，他是不是太早做了引人注目的事？他想起了弗里德里希的话，知道向囚犯表示任何同情，都是在冒险，更重要的是，这可能让他丧失拯救丽贝卡的机会。但他不可能什么都不做。他怎么能眼看着这些事情发生却无动于衷？如果可以，那他就不再是他自己，甚至不再是人。必须用某种方式来影响这里。虽然他只是一个人，但他有一些权力，还会有一点钱。他想起了今天他见到的大量货币。总会有钱的。

拉姆带他穿过院子。有党卫军从他们身边经过，成群乱转。大多数人穿得邋遢，衣领大敞，衬衫散开，有些人似乎喝醉了，在漫无目的地徘徊。拉姆向他们中的几个人打招呼，到达目的地之后把克里斯托弗介绍给了一个人。克里斯托弗尽量热情地和那人握手。当他们聊天时，他走在他们后面。他们把他带到走廊尽头的一个开间，那里有七八个党卫军士兵坐在一张木桌旁。桌子中间放着钱，每个人手里都拿着纸牌。浓重的香烟味弥漫在空气中，啤酒杯和伏特加酒瓶子散落在桌子上。当拉姆走进房间，所有的人都向他打招呼。

"各位，这位是经济区新来的，克里斯托弗·席勒。你从哪里来，席勒？"

"出生在柏林，但我在泽西岛长大。"

"泽西，那不是在英国吗？"一个军官从桌子对面问道。

"现在已经不是了！"那个军官旁边的人喊道。

拉姆坐下来，克里斯托弗坐在他旁边："你会打牌吗，席勒？"

"打得不好。"

"完美，而且在经济区工作，你会很适合这里。"刚才说泽西是英国的那个军官说道，"给他发牌。"这个活跃气氛的人名叫甘茨。克里斯托弗什么也没说，两个小时后，几乎把他原来的赌注增加了一倍。其他的党卫军不像他坐下时那样友好了。甘茨又发了一圈牌。桌子上有七个人，都喝醉了，还抽着烟。克里斯托弗觉得他的眼皮变得沉重，牌在他面前模糊了。

"嘿，新来的，你要把我们的钱还给我们吗？"斯特默说。他是一个瘦削的金发男人，大约和克里斯托弗差不多年纪。

"不能接受这种丢牌的方式？"

克里斯托弗看着自己的手，从桌上拿起一杯伏特加喝了一口。它滑下他的喉咙，攻击他的胃壁。他环顾桌子四周，他父亲教过他这个游戏，不是关于打牌，而是关于人。如果他们能在牌桌上看穿他，为什么他们白天不能在营地看穿他？他把另一堆筹码推到中间，提高了赌注。他手里的牌什么都不是，但这并不重要，这与它们的大小无关。他透过烟雾研究着每个人的脸，在最后一个小时左右的时间里，几乎没有人说话，只是喝酒。他看着桌子周围的人一个个倒下，所有人都不行了。只剩下他和拉姆。拉姆放下他的牌，微笑着，又把它们拿起来。

"我猜你是个骗子。我能看穿你，"他说，克里斯托弗感到寒意贯穿他的整个身体，"让我们看看你有什么。"拉姆亮出了他的牌，三个国王和一对六，他伸手去拿钱，把所有的钱扫到自己身边，"事实上，不用给我看你的牌，我知道你什么都没有。"

第二十一章

他梦见她在泽西的海滩上，风拂过她的秀发，他可以看到她，但只是灰色天际下一个模糊的轮廓。当他朝她跑去时，她转向他微笑。她眼中的蓝色闪耀出来，越来越明亮，直到他什么也看不见。她的脸在他面前，柔软，光滑，美丽，她就像小时候那样笑着跳向蝴蝶形的桌子。他跟着她来到海边，海水沸腾而蓬勃，白色浪花被抛向空中。当他到达时，她却已经走了。

克里斯托弗醒来，拉姆还在睡觉。他站起来，脚踩在光秃秃的地板上感觉很冷，他快速穿上了一双新袜子和他党卫军制服的灰色裤子，裤子很容易就被套上，它们比一周前，甚至就是几天前更好穿，也更舒服了。他走近房间角落里的镜子，镜子下方有一个简单的水槽，水槽上放满了拉姆的剃须用具和肥皂。镜中的自己眼睛里充满了血丝，就好像灰白色的水槽里流出了猩红色的水。他的胸口感觉很沉重，像一块石头压在里面。他坐下来把靴子穿上，然后站起来刮胡子，扣上衬衫，穿上夹克。他关上了身后的门，沿着走廊走到厕所，里面还有另外两个党卫军，一个在他擦肩而过时向他打招呼，另一个则无视克里斯托弗，继续洗手，在热水下用力地搓洗。

　　十月寒冷的早晨刺痛了他裸露的皮肤。冬天来了，可以从周围的空气中感受到这一点。他试图想象初雪来临时，囚犯们会怎样。他短暂瞥到了他们的生活区，看见他们挤在一起，四个囚犯在一张小床上，他们瘦弱的身体互相依偎，试图抵御寒冷。专注在丽贝卡身上。奥斯威辛有着庞大的囚犯人口和集中的行政单位，似乎是开始寻找的最佳地点。也许她在营地里，也许他能见到她，但是之后呢？他转了一圈，路过营房管理员的办公室到前门。他把身份证明快速亮给了值班的党卫军警卫，警卫一边打哈欠，一边让他过去。现在差不多快八点了。第一批货不到一个小时就要抵达。他咒骂自己睡过头；火车一到，他除了偷窃和谋杀，就没有时间做其他事情了。

存放关押囚犯记录和作为帝国敌人被谋杀者名单的区域就在正门内。他没有正当的理由去那里，党卫军在营地闲逛是不被允许的。他作为经济区的中尉，这个角色给了他一些回旋余地，但这并不意味着他可以为了一个犹太人囚犯四处打探。门口又有一个警卫，克里斯托弗把他的身份亮给了他。

　　"您并不负责这一片区，中尉先生，您到这来有什么要务吗？"

　　"听着，我还有很多很重要的事情要做，但我在经济区的防护营负责人想让我和……一个叫卡尔·利伯曼的人谈一谈，不管他是谁。"

　　"囚犯记录的头儿？"卫兵冷笑着说，"利伯曼先生很忙。"

　　"我也很忙。"

　　警卫摇了摇头，站在一旁让他过去。利伯曼坐在办公桌前，猛地抬起头来，好像他刚刚被抓到在做什么他不该做的事情。克里斯托弗在利伯曼干净的桌子前拿起椅子，甚至还没来得及说什么。

　　"你是谁，你为什么在我办公室？"他已经四十多岁，有一个圆润的双下巴，圆形的眼镜挂在鼻尖上。

"我是党卫军二级突击中队长席勒，我需要你的帮助。我听说你在营地是一个有权力的人，权力可以帮助解决我遇到的一个小问题。"克里斯托弗停了下来，等着利伯曼说话，但他没有，"我在找一个囚犯，我不知道她是在这个营地还是……"

"她？席勒中尉，你为什么要找这个囚犯？"

克里斯托弗拿出一包香烟："你介意我抽烟吗？"

"是的。"

他把香烟放回口袋里："我想我可以等。"

"如果我们能回到眼前的事上，席勒先生……"

"好吧，我们都很忙。我明白，可以说这个囚犯关系到我的利益。她的家人联系了我，让我提供信息。"

"这是违反规定的。这些人是国家的敌人，你知道的，席勒中尉。"

"我理解我的作用和你在这个营地的作用。明白吗，利伯曼先生，这个犹太人很富有，很富有。我和这个人有任何关联的想法都是可笑的。"

"翻查囚犯记录需要时间。"

克里斯托弗摸到口袋里才拿到没多久的工资，他把手伸出来，把便条放在桌子上。利伯曼的眼睛移到了钱上。

寻找丽贝卡

191

克里斯托弗感觉到汗流浃背。

"我不接受贿赂，席勒先生。"

"我不行贿，利伯曼先生。"

利伯曼拿起一张纸，放在桌子上那一大堆钞票上："我看看能不能在我们营地找到这个人。你知道这位神秘女士的名字吗？"

"所有的细节都在这里。"他把纸条推了过去，"没有时间浪费。家人不会为一个死去的女儿的消息付出太多。"

"明天早上再来，我看看能有什么消息要告诉你。"

"好极了。我知道你很忙，我也得回到自己岗位去。"克里斯托弗站起来。

"中尉先生，我相信我不需要提及这件事的敏感性质。"克里斯托弗走到门口时，利伯曼说。

"当然。"他离开了办公室。

下一批货不到一个小时就到了，可怕的场面和昨天一样。这天晚些时候，有更多的人进了毒气室，更多"加拿大"妇女前来工作。那天剩下的时间里克里斯托弗没有力气再离开他的办公室。在这个没有希望存在的地方，他厌恶自己。在这些死亡面前，他的探索似乎是如此渺小，毫无意义，就像尝试用冰镐去敲碎冰山。他决心要营救她，

Finding Rebecca

比以往更为坚定，但即便他能把她偷运出营地逃跑，也不见得就皆大欢喜了。就算他找到了她，他也不知道接下去怎么做。循序渐进。他先找到她，然后再担心下一步做什么。他自己被困在这里，被困在这个党卫军的制服里，伪装成其中之一。他试图记住他父亲留给他的话：永远忠于他自己，不让党卫军扭曲的理想侵入他的身体，腐蚀他的灵魂。这已经证明是不可能的。他已经变了。找到她却迷失了自己有什么好处？

剩下的时间缓慢而煎熬，就像从一个伤口里抽出一支箭。他把其他事情交给了布雷特内，自己留在办公室里，清点送到他办公桌上的货币。他们把放着黄金和珠宝的木箱带给他，等了一会儿，他甚至没注意到他们。盒子里有个项链坠，里面有死者的亲人照片，他们爱的人和爱他们的人永远都见不到对方。因为他们全都死了。

他声称自己胃痛，拒绝了拉姆和其他党卫军军官一起喝酒的邀约。他躺在床上，一想到丽贝卡可能在营地里一个人挣扎着活下去，就睡不着觉。营地里的每一天都可能是囚犯的最后一天。他已经等得太久，没有时间可以浪费。

第二天一早，他再次来到奥斯威辛集中营 24 区。卫兵这一次似乎知道他要来，挥手让他通过。克里斯托弗沿着走廊走到利伯曼的办公室时，紧张得要命。他在敲门之前擦了擦手掌上的汗。他直接推开门，而不是等待许可，利伯曼就像他前一天离开时一样，坐在桌子后面，文件整齐地堆放在两边。

"有什么消息吗？"

"你看上去很着急。"

"如果你知道他们报出的价格，你也会很着急。"

"嗯，我昨天确实有适当的机会找你的熟人。但是没有任何记录表明，来自泽西岛圣马丁，名叫丽贝卡·卡辛的人曾被接纳进入这个主营地或与之配套的营地。"

"那是什么意思？"

"我早该想到，很明显，席勒中尉。丽贝卡·卡辛，她现在不在，也从未来过奥斯威辛。"

"其他营地呢？"

"我不知道。"他从旁边的一堆纸中抽出一张，开始在上面涂鸦。克里斯托弗没动，"我不知道你的朋友在哪里，席勒先生。"

"她不是我的朋友，利伯曼先生。我们有办法检查其他营地吗？"

"祝你今天过得愉快，中尉先生。"

"回答我的问题。"

"那将会是一件非常麻烦的事，浪费我的时间。现在请在我喊人之前离开我的办公室。"

克里斯托弗一言不发地离开了。

第二十二章

对周围一切的强烈仇恨开始像一群蝗虫一样侵扰他。每一次呼吸都像是在肺里燃烧，他甚至有撕下这身制服的冲动。他走进办公室，砰地一声关上了身后的门，当时布雷特内、穆勒和弗里克正在那里处理他们的文件。他立刻意识到他又一次引起了大家的注意，他是"加拿大"新任党卫军二级突击中队长，走马上任才几周时间，如果他没什么成果，他会被替换，并可能被派往东方战线。他看了看桌子上的分类账和前一天发货的数字，还有两批来自捷克斯洛伐克的火车。他想到了那些人，挤在车厢里，他们喉咙干渴，紧紧抱住那些很快就会死去的孩子。他站了起来。

Finding Rebecca

"你们三个都进来吧。"他们走到他办公桌前站着，克里斯托弗坐在自己位子上，"这是什么？上周我们处决了七个人？"他看向面前三个男人，他们似乎很困惑，"上周我们杀死了超过百分之一的工人？如果我们继续杀害有经验的工人，我们怎么可能有效地运作呢？"三个人保持沉默，"为什么会这样？穆勒，你解释一下？"

"处决是由警卫执行的，中尉先生，和我们没什么关系……"

"别给我来这套。是我们监督经济区的运作。"他不得不阻止自己称之为"加拿大"，"我们制定那里的规则。为什么处决了那些囚犯？"

"有些是因为偷珠宝，有些是因为偷食物。"穆勒说话时很平静。布雷特内低头玩他的钢笔。

"没有我的允许，不许枪决囚犯。"

"您已经说得非常明白了，中尉先生，"穆勒回答。

"但我看到昨天又有一次处决，都通知警卫了吗？"

"也许您应该自己和他们说。"布雷特内说。

一个小时后，"加拿大"最资深的七名警卫站在克里斯托弗的办公室里。当他和他们说话时，他们没有回应，也没有质疑他的命令，只是在他说完后敬礼。克里斯托弗走到火车站。不到一百人被挑选出来，他们会工作到死。剩下的，今天就会死。克里斯托弗穿过更衣室，监督着犹太人特遣队一件件拿走那些马上要被谋杀的人留下的衣服，在这个时候他们已经进了毒气室。他离开更衣室，因为毒气被灌进相邻的毒气室之后发出的尖叫声超出了他所能承受的范围。他走回仓库，看着堆得像山一样的衣服送来。他看着工作的女人，她们低垂着头，他只能想象那架在她们脖子上的，在每天工作时随时会落下的死亡的轭。但她们已经是幸运的了。

他走到一张桌子前，几个女人坐在那里，整理内衣。一个人拿出一条缝在旧裤子裤腿翻边里的钻石项链。她把它举了起来，走到后面的一张桌子边，把它扔进了一个木箱，她坐了回去。他走到她身边。她的黑色长发被绑在后面。在主营地的任何其他地方看到长发的囚犯都是很不寻常的，但出于某种原因，留长发在"加拿大"是允许的。这个情况似乎没有任何逻辑，从各种角度来说都没有。当他站在她旁边时，她没有抬起头来。

"不错，"他说，"这看起来藏得很好。"他弯下腰，"你叫什么名字？"

她抬头看着他，两人一对视，她的眼睛就从他身上移开："海伦娜·巴拉娃，中尉先生。"

"你听说过我吗，海伦娜？"他确认了一下，没有一个警卫能听到他的声音，"你有听说这里的情况会改变吗？"

"我只是在这里干我的活，中尉先生。"海伦娜低声说。

"告诉其他人，告诉其他妇女，没有我的允许，就不会再有即时处决了。"海伦娜看向他，仿佛他现在已经精神失常，"这里有新的规则，告诉其他人。"他走出仓库。

他低着头走过提着手提箱，推着装满衣服的手推车的囚犯，他们无神的眼睛都盯着地上。他打开了经济区办公室的门。穆勒坐在办公桌前，翻阅着一些账本。克里斯托弗从他身边走过，走进自己的办公室关上门，但他改变了主意。他打开门，走到穆勒的办公桌前。

"我们还没有真正的机会好好说说话。"

"的确是这样，中尉先生。"

"我认为，为了维持对帝国最有利的制度，我们需要相互理解。"

"是的，当然。"

"我的前任呢？他怎么了？"

"格勒宁中尉？他被调到前线，他自己申请的调职，他说，这项工作的性质不符合他的喜好。"

"你呢，穆勒，你喜欢吗？"

"是的，我想是的。战前我是个簿记员，这是我熟知的工作，也是我为元首服务的最好方法。"克里斯托弗从桌子上拿起一个回形针，把它捏在手里。透过窗户看到的是隔壁仓库的一侧，"加拿大"的女士们在那里工作。

"这是你的家人吗，穆勒？"克里斯托弗从穆勒的办公桌上拿起一张镶着框的照片，照片上是一位三十多岁的女人，她穿着周日的礼服，两个金发女孩站在她的两边。

"是的，我在希尔德斯海姆的妻子和两个女儿。您去过那里吗，中尉先生？"

"不，不，我没去过，我听说那是一个非常美丽的地方。"

"是的。我期待着这场战争结束的那一天，我可以回到家人身边。"

"谢谢你，穆勒。现在让我们都回去工作吧，天知道我们还有多少事要做。"穆勒再次拿起账本开始专心查阅名单。

克里斯托弗回到他的办公室。他关上了身后的门，第一眼看到的是装满了钱和珠宝的保险箱。

他坐在办公桌前，就在它的正前方，但仍然能感觉到它在他身后。他双手翻着桌上的文件，徒劳地试图分散自己的注意力。丽贝卡又浮现在他的脑海，来到这里，不尽他所能找到她有什么意义？他们两个怎么才能一起逃走？他不知道有多少营地，甚至不知道它们在哪里，只是这个营地现在是最大的集中营。

他环顾四周，看着保险箱和他写的账簿，其他人都还没有检查确认过。他看着他写的数字，这里有数千美元、马克和法郎，他听说过的每一种货币，现在全都放在保险箱里。只要一小部分就够了。弗里德里希曾警告过他不可以腐败，但他们能给他什么惩罚比他已经看到的更糟糕？还有什么比他灵魂的腐败更糟？如果他不是为自己用，就算不上是偷窃。没有别的办法了，他转身走向保险柜，他伸手刚碰到它。身后传来敲门声，他立刻回到自己位子上，刚坐下，弗里德里希打开了门，克里斯托弗站起来敬礼。弗里德里希随意抬了抬手臂敬礼，并在克里斯托弗的办公桌前就座。

"对你来说过去的几个星期是一场火的洗礼。你就任时间不长，但是经济区的情况已经有所改善。我听说你为那里的警卫制定了新的规则，并确立了你的权威。"克里斯托弗忍着不打断弗里德里希，"我知道你们已经禁止现场处决。这是什么原因，党卫军二级突击中队长先生？我们是不是要让囚犯为所欲为？确保囚犯知道偷窃是不能被容忍的，这非常重要。"

"工人们知道偷窃会遭到什么惩罚，主管助理先生。守卫们正在处决一些最好的、最有生产力的囚犯，而且通常没什么特别的原因。我认为最好是强加一个程序，由我来仲裁目前的情况，这样我们可以……"

"自从你建立这一新制度以来，已经执行了多少次处决？"

"好吧，没有，主管助理先生。目前为止我没有发现任何必须执行处决的事发生。"

"我知道你想维护你对该部门的权威，但应该由我作为经济区的负责人来做这些决定。"

"当然，主管助理先生，但您太忙了。您要履行的职责比处决之类的小事要重要得多。我更接近现场，'加拿大'，就像警卫们说的，我大部分时间都在那里。我更合适，就是字面上的意思，可以当场做决定。"

弗里德里希坐回椅子上，他看起来很累："也许吧。我在这里确实有许多工作，承担着巨大的责任。"

"每个人都知道您在营地管理中的重要性，主管助理先生，我们中的许多人都在以您为榜样。"有几秒短暂的沉默，"您来见我还有别的原因吗，主管助理先生？"

"是的，当然。你整理收回的那些钱已经存放在你身后的保险柜里了？"

"是的，有装满美元、英镑、马克和其他几种货币的手提箱。"

"所有都已经分类，核算，并准备好把它们送回帝国？"

"当然，主管助理先生。"

"好，好，因为我还有一份工作要给你，这些钱需要送到柏林。一切要在最隐秘和最保密的情况下完成。你的前任，到目前为止，备受信任，你也已经证明了自己是一名模范的党卫军军官。"克里斯托弗对自己被描述为这样的存在感到厌恶，但没有表现出来，"我要你把那笔钱送到柏林。你将独自开车，每两周一次，把手提箱运到柏林的党卫军总部，在那里会有联系人接走你的手提箱，并把这些钱分配到战场上。"

"好的，主管助理先生。"每两周离开营地一天的想法和可能性塞满了他的脑海，看到他的家人和尤里儿子的可能性，甚至是见到尤里本人的可能性。他离可以休假还有几个月。去柏林的车程差不多是六个小时，他甚至可以在柏林过夜。

“你不能把这些事告诉任何人。如果有人询问你去柏林的目的，你要告诉他们你是向党卫军总部报告比克瑙经济区的进展情况。明白了吗？”

“是的，谢谢您，主管助理先生。”

“就这些，明天，然后每隔一个星期的星期四去。早上六点出发，到柏林的党卫军官方总部，你找科尔上校，把手提箱交给他，明白了吗？”

“是的，主管助理先生。”

弗里德里希站起来向他敬礼。墙上有一张希特勒的照片，克里斯托弗确保弗里德里希注意到他向元首本人敬礼。弗里德里希关上办公室的门离开。克里斯托弗保持着相同的姿势，他的手臂伸出，弗里德里希已经离开很久后还盯着门。他想到身后的保险箱，呼吸加快了，他瞪着希特勒的照片，看着他。他单独把关，没有其他检查确认，他不可能被抓，对吗？

他打开保险柜的手在颤抖。他的胃酸似乎想从里面吃了他。他站了起来，营地管弦乐队演奏的瓦格纳在他周围飘荡。他再次跪到保险箱前，想起了丽贝卡。他把窗帘拉了起来。保险箱很容易打开，里面的手提箱一个叠一个堆得很高。他把最上面的手提箱拿了下来，那只箱子里装满了美元，这是他自己放进去的，他把它们都填满了。他把手提箱放在桌子上把它打开。在这之前它们看起来不像钱，不是他可以用的钱。在他看来，这从来就不是真正的货币，只是要计算和核算的单位，但现在这几百捆用橡皮筋绑在一起的纸币是不同的。不知怎么的，它们就是不同了。

他把手伸进箱子，拿出一沓钞票，握在手里几秒钟，然后把它们放到桌子上。钱很容易就拿到了，这里应该有几百美元。他手心出汗，他试着开始数，把它们按在拇指下面，但从外面传来的每一声响声都把他的眼睛吸引到他桌子旁边的窗户上。金属研磨金属的尖锐噪音使他一下子恢复了镇静，一个囚犯，犹太人特遣队的一员，推着一辆装满锅碗瓢盆的手推车经过。克里斯托弗把钱塞进口袋，把桌上剩下的一沓钞票放回手提箱，再放回保险柜，柜门重新锁上。

他不记得以前偷过东西，就算是孩提时代也不曾有过。钱在他的口袋里很沉重，当他站起来时，他的脚像灌满混凝土一样。他放在腰后的手枪撞到桌子，发出一声巨响。他走出办公室的时候，穆勒、弗里克和布雷特内都在。

"有什么问题吗，中尉先生？"弗里克问。

"不，为什么这么问？"

"没什么，只是您看起来……有点不太舒服。"

克里斯托弗抬起手腕触碰自己湿漉漉的额头："那一定是我吃的东西——午餐吃的鱼。"克里斯托弗从他们身边走过，离开房间。夜幕降临了，随着太阳的消逝，空气越来越冷。他骑上办公室外面的自行车，沿着"加拿大"的仓库骑了一段，穿过监狱医院、吉卜赛营地和男子营地。当他快到女子营地时，他把车骑到路的另一边。他身边走过了一大群瘦弱可怜的妇女，刚完成她们一天的工作。他从家庭营骑过，他以前看到的那些关于集中营的宣传片就在这里拍摄，某些囚犯在那里得到了特殊待遇。新的女囚犯在进入主要营地之前被关押在隔离营，这是他到达正门之前经过的最后一个营地。大门外的土地在灰色的天空下显得荒芜，看不到一棵树或一棵灌木，只有沼泽和草地在两边延伸。

再过五分钟就到了，正门后面就是行政大楼。门外站的是同一个守卫，卫兵看着他，好像以前从未见过他。这是克里斯托弗第三次在来这里的路上给他看自己的身份。侍卫挥手示意他过去。利伯曼办公室的门关着，他敲门后

Finding Rebecca

没有等待回答，直接推开了门。

"你来这里干什么，中尉？"利伯曼的圆脸颊上浮起一种深红色，"我们早就……"

"怎么说，有些新的发展，"克里斯托弗在办公桌前坐下时打断了他的话，"我需要你找到这个女人，而且要尽快。"

"你知道我在这里有多忙、做这事需要多少时间吗？"

"不，我不知道。需要多少时间？"克里斯托弗把口袋里的那沓钱从桌子下扔了过去。

"这很难说，要搜索整个营地系统……而且一直有新的营地出现，这是一项艰巨的任务。"

"我对你有信心，利伯曼先生。"克里斯托弗站起来，从口袋里掏出一张纸，"这是你需要的详细资料，我会找时间再来拜访你。我明天得去柏林，但我希望周五回来时能有什么新消息。"

"我会看看我能做些什么。"

克里斯托弗起身离开，内心又燃起了希望，他转过身来感谢利伯曼。钱已经花完了。

第二十三章

　　闹钟响起的时候克里斯托弗已经醒了。前一天晚上，他不顾拉姆的抗议，很早就上床睡觉了。拉姆现在穿着制服睡在被子上面，他的一只靴子在门口，另一只还在脚上。他的皮带和警棍放在桌子上。克里斯托弗拿起皮带想把它放在椅子上，警棍上有齿痕，皮带从他手里滑了出来，掉回到小木桌上。拉姆听到动静翻了个身，很快就又睡着了。外面还很黑，探照灯的光柱照亮了寒冷的空气。除了灯光和哨兵巡逻时落在电线杆上的阴影外，几乎没有其他动静。一辆两座敞篷车停在外面等着他，不会有人跟着他，也没有武装警卫。没人知道他要去哪里或者为什么要去。不需要其他准备，到比克瑙的办公室只要几分钟时间，一到那里，他就把装满钱的四个手提箱装满了汽车的后备厢。他签名把它们取出来，并在分类账上做了记录，即使其实没有人会来检查。一切都取决于他和他的说法。他作为一个党卫军的话语是有分量的，是吗？

他把上衣拉了下来，清晨的寒意啃噬着露出的脸颊，他发动车子，在前门出示了命令文件，他们没有搜查汽车，只是挥手让他通过。他开车穿过大门，来到了空荡荡的大路上。营地外面还存在着一个世界让人觉得有点奇怪。在这段时间里营地似乎就是他的整个世界，把他脑海中所有想法都框了起来。他只在那里待了几个星期，但似乎已很难回忆起在甄别、毒杀和处决之前的事。他对过去的记忆，他在抢劫和死亡之前的生活已经被消费殆尽，就像水上的涟漪，消失在虚无中。他开车时可能会一直这样胡思乱想六个小时的念头吓坏了他。他胸口的压力又增大了，他又开了几分钟车，直到他认为安全可以停车。他熄灭引擎，车子沉默下来，唯一的声音就是他的呼吸声，断断续续。一切都是灰色的：天空、土地、裸露的树木和他穿在身上的制服。他坐在驾驶座上，喘着气，在糟糕的记忆接近他的时候，他试图把它们赶走，试图把丽贝卡的样子留在他的脑海，拼命地让自己相信她还活着，他想起了他的父亲和妹妹，他再次发动车子。

柏林的街道上有很多人，很干净，也很有秩序。没有饥饿的骷髅推着装满赃物的手推车，没有焚烧室，没有浓烟滚滚而来，营地似乎在很遥远的地方。那里似乎是真实的，这里只是伪装。他在党卫军和盖世太保总部外面停了下来。他在前台说他找科尔上校，漂亮的金发接待员让他在她打电话的时候坐下等候。不到一分钟，科尔就来了。他是一个瘦削的高个子男人，白发延伸到额前涂过发油的发尖。他握着克里斯托弗的手，握得非常紧："那么，你就是奥斯威辛的新人？这次你带来了多少？"

"这，我们有这么多不同的货币……"

"不，不，算钱的事让我们来操心，有多少个手提箱？"

"哦，这周有四个手提箱。"

"那么，奥斯威辛的情况好吗？"他们一起走到车前，科尔一边走一边和克里斯托弗闲聊他开车一路的见闻。他们卸下箱子，好像他们在度假后把它们从后备厢里拿出来，带到科尔的办公室里，放在桌子旁的地板上，克里斯托弗站在那里，看看还需要他做些什么："谢谢你，席勒中尉。"

"你能帮我签个名，让我有证明给上级看吗？"

"当然，把账本给我看看。"科尔接过账本在上面潦草地签完后把账本递回来，"我们两周后再见。继续做好你的工作。"

他感觉刚才自己被打劫了。党卫军全国总指挥海因里希·希姆莱的办公室在同一层。克里斯托弗在走过时向门口秘书点了点头，他提醒自己下次经过这里时要和他说话。克里斯托弗从大楼走出来到斯特雷斯曼大街的时候刚过午后一点。没有人告诉他回程的确切时间，他根本没有收到关于他该何时返回的指示。他没有需要打电话联络的或去拜访的人。现在他就一个人。哈拉德的房子离这里不到半个小时车程，他回营地的时候可以顺路过去。他没有料想到这种程度的自由。应该有人和他在一起，看着他，确保他没有带着钱潜逃，但没有，也没有人阻止他去见家人。

他为自己穿的这身制服感到羞愧，于是拉起了敞篷车的车顶，尽管今天天气很好。哈拉德和他的妻子住在一个宽敞的五居室的房子里，他的孩子已经长大，并在几年前离开自立门户。克里斯托弗几乎有三个月没见过亚莉克丝或父亲，他应该更高兴些。哈拉德的妻子斯特菲为他开了门："这不是个美妙的惊喜吗？你在这里做什么？你父亲会很高兴，进来，进来，克里斯托弗，看看你穿着制服的样子，真帅气！"她用胳膊挽过他。他走进了回到德国的头几个星期一直住的房子，感觉就像是上辈子的事了，"斯蒂芬，斯蒂芬，你永远不会相信谁在这里。"克里斯托弗的父亲把他抱在怀里，"我让你们俩单独谈谈。"斯特菲说着走开了。

他抱着他父亲站在那儿大概有一分钟左右，或许更久。他父亲的头发现在几乎完全是灰色的，他的蓝眼睛在他满是皱纹的脸上闪闪发光："亚莉克丝在吗？她怎么样？"

"不在，她在上班，她很好，你不能期望她能更好了。你到底在这里干什么？一切都好吗？"

"是的，我很好。我被派往柏林是为了……一件差事。"

"我会向哈拉德他们解释的。我们有什么地方可以去？"

他们走进餐厅，坐在桌边。房子有一种色彩，这种色彩他在加入党卫军之后再也没有见过，明亮的花朵被镌刻在画作上，橙色的窗帘轻笼在窗户上。

"克里斯托弗，你还好吗？你看起来……"

"我工作的营地叫做奥斯威辛-比克瑙，也被叫做奥斯威辛第二营地。"他压低声音说,"在这里说安全吗?"这么问的时候,他看向正在厨房的斯特菲。

"很安全。你看起来不太好,克里斯托弗。你吃过午饭了吗?"

"还没有,我没有时间,我甚至不该在这里。"

"有丽贝卡的消息吗?"

"不,没有消息。我只知道她从来没到过奥斯威辛,现在我只需要找出她现在在哪里。"很难说话,这些话卡在他的喉咙里让他的声音变粗,"父亲,你觉得我们在泽西的房子怎么样了?房子还会好好的,等着我们吗?"

"我确信,克里斯托弗。"停顿沉重地悬在空中,"房子就在那,等一切都结束之后。"

"看起来不可能,像泽西这样的地方大概再也不可能存在了。"

"它们存在,儿子。"

"我只是不敢相信它们还会存在。"

"你的新职位怎么样?是你需要去的地方吗?你至少能帮犹太人重新安置?"

"没有重新安置,"他聚集起力量说每一个字,完全明白他曾对党卫军宣誓保持沉默,"只有谋杀。奥斯威辛-比克瑙是一个死亡集中营，它存在只是为了达到谋杀和盗窃的目的。我负责盗窃，就像强盗小偷。这就是我今天早上在柏林做的，把被害者身上的钱交给帝国。"

"什么？是惩罚营吗？囚犯是被处决的罪犯吗？"

"他们唯一的罪行是他们是犹太人、政治犯、吉卜赛人或苏联人，这是谋杀。我在那里待了不到一个月，已经眼睁睁看着将近四万人死去，数百人挤在火车上运来，然后被毒死。"克里斯托弗从口袋里拿出一包香烟，放在桌子上，"女人、孩子、老人，他们是最先死的。那些适合工作的人被留下，他们被随意处决或饿死。我也是加害者之一，我行走在屠夫和杀人犯中间。我和他们一起吃饭，晚上和他们一起喝酒。"他点燃了香烟。

"怎么会这样？"克里斯托弗的父亲低语，"你不是其中之一，克里斯托弗。听我说，你不是其中之一，你在那儿是有原因的。"

"我不知道她是不是还活着，我不知道我能不能做到。我从没想过营地会是这样。而且没有人质疑它，他们都完全相信他们做的是对的。我也没有人可以倾诉。"

"你有我，还有你的家人。你监管多少囚犯？"

"大约六百，几乎都是女人。"

"至少你能照顾她们？"

"某种程度上吧。我已经禁止即时处决，我的指挥官似乎不反对这一点，他大概只在乎保持资金流动。"

"好吧，那么，你就用这种权力，无论哪种权力，只要让事情变得更好，即使是很微小的地方。然后找到丽贝卡。"

"我能做什么？一个人？那里有成千上万的党卫军，整个国家在为他们撑腰。我无能为力。我只希望能找到丽贝卡，即使我也不知道我会怎么把她从地狱里救出来。这就是它的模样——地狱，这世界上没有比这更糟的地方。"

"你得坚强，为你监管的那些女士们，为丽贝卡，也为你自己。总有什么可以影响这一切……你负责管理财务？金钱就是影响力。"

现在是下午两点以后了。

"我得走了，我得回去了。有尤里的消息吗？"

"没有，但没有消息就是好消息。"

"告诉亚莉克丝，我向她问好。我每两周的这一天都会来柏林。我会再来的，还是这个时间。"

他父亲拥抱了他："我在这儿等你。别忘了你自己是谁。"

第二十四章

日子一天天过去，没有丽贝卡的消息。她总是和他在一起，像雾一样在他的脑海里盘旋。他在"加拿大"的每个女人身上都看到了她的脸。他试图留在"加拿大"的女人中间，把甄别留给布雷特内，布雷特内似乎特别喜欢在火车站露脸。布雷特内三十一岁，比克里斯托弗大六岁，在党卫军已经服役三年，一个不在德国长大的年轻人，得到了原本应该属于他的位置，这一定使他很震惊。但这是有原因的。布雷特内的工作很草率，账目和分类账做得很匆忙，而且往往不完整。过去他还酗酒，虽然现在他看起来清心寡欲。他从来也没有参加过克里斯托弗的其他同事几乎每晚都要参加的饮酒会。克里斯托弗下班后从未见过他，也不知道他做了什么。这是个很难懂的人。

　　大约八百名斯洛伐克犹太人在三号焚烧场的更衣室里，听完党卫军的谎言之后非常平静。对克里斯托弗来说，被看到靠近现场对他有好处。他沿着更衣室的长凳，大约有两百英尺长，走过去，看着人们脱衣服，尽量不与他们发生眼神交流。一个名叫诺森的党卫军士兵，他来自汉堡，是这里的警卫，和他走在一起。克里斯托弗试图甩开诺森，但每次他这么做，这位党卫军警卫都会赶上。他正在和克里斯托弗说他的狗，克里斯托弗希望他能闭嘴。一个胡子灰白、穿着白色衬衫、戴着棕色厚领带的中年男人突然站起来抓住克里斯托弗的手臂。他比克里斯托弗矮小得多，差不多要矮上一个头。

　　"对不起，先生，但是我们不应该在这。"

　　克里斯托弗抽回手臂："我相信你就在你应该在的地方。"他想说点关于那碗热汤和为德意志帝国工作那套标准说辞，但他做不到。再过几分钟，这个人就会遭受可怕而痛苦的死亡。克里斯托弗看到过毒气室门旁堆叠的尸体，他们都拼命地逃出房间呼吸空气，让自己能够继续活下去，"冷静点，先生，一切都按部就班。"

　　那人又抓住了他的手臂："不，你是军官。我必须和你谈谈，我对这里发生的一切感到疑虑。我们本来是要坐火车去瑞士的，我们会在那里被释放。我们都为这付出了代价，我们付了很多钱，得到承诺会被安全送到瑞士。"

"这只是你到达最终目的地之前的一个停靠而已，"诺森插话说，"你是来洗澡和吃饭的。瑞士政府已经和我们的行政人员详细谈过这件事，在把你们送过去之前，我们必须确保你们身上没有虱子或传染病。"当他们被带进来的时候，克里斯托弗没有在外面的院子里，没有听到最新一轮的谎言。

"我们来自捷克斯洛伐克，为什么我们被带往东北？为什么我们要离开通往瑞士的合理路线？这没有任何意义。"

诺森把枪套移到前面，露出一种威胁的神气，但那个人抢走了枪，一声枪响，子弹钻入诺森的胸口。当那个人把枪对准他时，克里斯托弗猛地扑倒在地。他感觉到子弹擦伤了他的手臂，他身体紧绷，为可能到来的疼痛做好准备。恐慌在更衣室里蔓延开来，到处都是尖叫声，人们半裸着身体东跑西窜，衣服在空中飞舞。克里斯托弗趴在地上，手臂上有轻微的灼烧感。抢走枪的人消失在人群中，又一声枪响，更衣室的前门砰地关上，其他党卫军士兵已经逃走了。只剩他一个人，他拔出手枪。大约十英尺远的地方一个犹太人特遣队队员也趴在地上。在他右边，诺森躺着，咕哝着吐出最后几次呼吸。尖叫渐渐趋于平静，他原本以为人群会攻击他，但是他们并没有。他还是找不到那个抢了枪的人。灯灭了，人们又开始尖叫，更衣室漆黑一片。枪声再次响起。他的脸颊贴在冰冷的地面上。过去了或许有几十秒，他听到旁边的声音，是犹太人特遣队队员爬来找他。

"他在哪儿？"那个犹太人特遣队队员问。

"我不知道，更衣室里应该没有党卫军了。诺森已经死了。"他在黑暗中看不到犹太人特遣队队员的脸，但他怀疑犹太人特遣队队员不喜欢诺森，"我们试试能不能到门口去。"两个人站起来，摸索着沿着墙朝门口走去，但他们离门应该有一百多英尺远，更衣室里还有八百人拥挤不堪。克里斯托弗屏神凝息。犹太人特遣队队员在低声祈祷。门一下子打开，刺眼的探照灯穿透了黑色。

"所有党卫军警卫和特遣队队员立即离开更衣室！"这个声音是工作组长昆茨，他是第三焚烧室的具体负责人，克里斯托弗冲过拥挤的人群，穿过门。犹太人特遣队和他的几个同事就在后面。一队党卫军士兵在外面，全副武装。现在是晚上。拉姆在队伍前列，他的步枪压在他的胸口上。几把重机枪朝向门口，克里斯托弗把手撑在大腿上，弯下腰，想喘口气。整个营地的负责人霍斯长官站在他面前，朝他点了点头。克里斯托弗把手枪放回枪套里，敬礼。在更衣室里那一堆手榴弹爆炸之前，机关枪的突突声几乎足以掩盖血浴中人们的尖叫声。党卫军士兵从他身边经过，加入了屠杀。他感觉到子弹好像在他制服上打洞。更多的枪声响了，武装党卫军涌进更衣室。霍斯向他走近几步。

"你刚才在里面，中尉？"

"是的，长官。"克里斯托弗的心率减缓，他说话时呼吸几乎正常。

"里面发生了什么？"

"有一名囚犯抢走了斯特曼·诺森的手枪并开火。诺森牺牲了，长官。"

"你离现场多近，中尉？"

"我就在诺森的旁边，长官。"

"看来你是幸免于难。"他指着袖子的裂口。

"是的，长官。"

"中尉，我需要处理这件事，在这之后我想和院子里的军官说几句。别走远，在我和他们说话的时候你也得在。"

克里斯托弗在院子里四处晃荡，接下来的几分钟里，他只能听屠杀的声音。一切很快就结束了，只是把他们全杀死

Finding Rebecca

而已。党卫军从更衣室里走出来的时候硝烟滚滚而至。有人浑身是血，花了几分钟所有党卫军才全部走出更衣室。犹太人特遣队回到更衣室把剩下的几个囚犯，那些设法躲在柱子后面以避免被屠杀的人，关进毒气室里。一旦进入更衣室，任何人都无法逃脱死亡的命运。克里斯托弗走向三号焚烧室更衣室的入口。工作组长昆茨正站在台阶的顶端向下看。

"这里有些混乱，"克里斯托弗说，"我们今晚会用一晚上的时间把这里整理干净的。"他花了几秒钟的时间才意识到自己在说什么，又多花了点时间才感受到羞耻在向他席卷而来。

昆茨打量着他："你是'加拿大'的新人？事情发生的时候你就在那儿？"他向更衣室指了指，"你活着真幸运。或许也不是因为幸运，是你做得很好。"

十五分钟后，克里斯托弗在霍斯向他面前的一群军官讲话时站在他的旁边。弗里德里希在前面，还有三号焚烧室的工作组长昆茨、四号焚烧室的工作组长施特龙茨和五号焚烧室的工作组长勒里希。一共大约二十人，布雷特内、弗里克和穆勒在队伍最后。霍斯说话时，所有人都全神贯注地站着。

"今晚就是一个例子，说明当我们放松警惕时会发生什么。"他说道，"犹太人总是不放过任何机会来拯救自己，给我们造成伤害。无论是个人还是集体都要记住今天，缺乏警惕将招致悲惨的后果。今晚一个青年党卫军的死应该是一个教训。他对犹太人所带来的危险缺乏警觉是他犯下的错误，但相反，党卫军二级突击中队长席勒面对巨大危险时的快速反应和警觉是值得我们学习的。"克里斯托弗感到霍斯的手在他的肩膀上，它传递过来的温度让他觉得耻辱，"如果没有席勒中尉的快速反应，有可能会造成更大的悲剧。他作为一个党卫军的本能是顽强的，当他最需要这些本能的时候，它们就为他服务，这些本能是这个阵营中每个党卫军都应该拥有的。"

当霍斯离开时，犹太人特遣队列队回来，清理这数百人的尸体，这些人付了钱并被承诺将安全抵达瑞士。他们沾满鲜血的碎衣服被堆在手推车上，运往"加拿大"，尽管克里斯托弗怀疑他们是否会发现很多没有被手榴弹和枪声摧毁的东西。杀死诺森的那个人被射得像个筛子，尸体被发现后被拖到外面。克里斯托弗想知道他现在的样子是比进毒气室更好还是更糟。他的尸体被挂在几百码外比克瑙的军营里，脖子上挂着牌子，上面写着："看着我！看看那些想要逃跑的人会发生什么，现在和我坐同一辆火车的其他八百人也死了！"

第二十五章

　　第二天，他穿过"加拿大"的仓库，不断地巡视，看着囚犯，也看着守卫。房间里有二三十个女人，在角落里整理着一大堆衣服。他感到手臂被拉了一下，她看上去大概二十岁，但具体几岁很难说。她肤色白皙，颧骨饱满，一双明锐的绿眼睛。她的棕色长发从发巾下溜出来卷曲着落在胸前。他很久没有见过像她这样漂亮的人了，至少不曾在这里见到过。角落里的警卫在克里斯托弗举起手之前喊叫了什么。他把她的手从他袖子上拂下。

　　"中尉先生，我能和您说话吗？"她的声音很轻，就像耳语，只有他一个人能听见。

　　警卫现在正透过敞开的门望着外面的雨倾泻而下。克里斯托弗继续向前走。

"求您了，中尉先生。"他回到她面前，警卫仍是看向别处。

"什么事？你没有理由和我说话，回去继续干你的活。"

"求您了，中尉先生，如果我能和您说几句。"

"什么事？"

"我叫玛蒂娜·库利科娃，我姐姐的火车今天下午来。她有两个孩子。求您，席勒先生，他们说你是个好人。"

"谁说的？"他龇牙低吼。他想着是不是该一拳打到她脸上，一部分是因为内心真正的愤怒，另一部分因为这样可以表现出他的无情和残忍。

"她会成为一个出色的工人，她以前是马利诺沃的女裁缝，她今天下午到了。"玛蒂娜再次抓住克里斯托弗的手臂，把她的脸压在他党卫军夹克的袖子里。她的眼泪在灰色的制服上留下了小小的印记，"她叫佩特拉·科西亚诺娃，她今天下午就到了。"

"你怎么敢!？"他咆哮道，"你怎么敢这么说!"他感觉热气上涌，突然变得很热。只要他一句话，警卫就会立刻杀了她。就像他也能轻易杀死她一样，只要拔出手枪开火。不需要任何判决，只是多一个尸体需要处理而已。玛蒂娜在颤

Finding Rebecca

抖，全身在抽搐，眼泪涌了出来。警卫走过去，手里拿着手枪。克里斯托弗抬起手，卫兵停了下来。还有另外两个警卫，也许还有其他二十五个囚犯，他们都看到并听到了刚才发生的事情。"跟我来！"克里斯托弗喊道，抓住她的胳膊。玛蒂娜旁边的那位女士呜咽着，抓住了另一件大衣，她的手指穿过衬里比克里斯托弗想象的要快得多。警卫们把手枪放回枪套，玛蒂娜·库利科娃已经停止了哭泣，仿佛听天由命。她摔倒了。他没有停下脚步。她重新站起来，避免自己在粗糙的混凝土地板上被拖行。她很轻，就像拖着一个孩子。

他们走进了室外的瓢泼大雨中。他不知道下一步该怎么办，他知道囚犯和看守都会期望他做什么。囚犯们为什么会觉得他是个好人？在这里，这相当于死刑。这里没有给什么好的东西留下空间，也没有给怜悯或悔恨留下空间。雨顺着他的脸，和他的眼泪混合在一起。他不忍回头看她，他一直走。她试着说话，但他说不出话来。他们经过几个仓库，周围没有其他人，只有一些囚犯推着装满衣服、手提箱、瓷器花瓶、破烂残骸的手推车经过。差不多了，他便拖着她绕到了倒数第二个货仓的边上，她立刻跪了下来，闭上了眼睛，她抬起手，摘下头巾，她那棕色的、凌乱的长发自由了。

"谁告诉过你我是个好人？我是党卫军军官。"

雨水顺着她光滑的皮肤流了下来。"她们说你不一样。"她低声说。

"谁说的？"

"'加拿大'的女士们。"

"他们说，自从你上任，处决就停止了。他们说是你给那个怪物，弗兰克尔，戴上手铐。"他拔出手枪，他的手抖得很厉害，枪差点从他手里滑落。如果其他警卫看到我放过她……我将会永远找不到丽贝卡。我必须这么做。她又闭上了眼睛。他感到痛苦，简直无法忍受。

"你为什么当着其他囚犯、警卫的面接近我？"

"我得做点什么来救我姐姐和她的孩子，我宁愿死在这里也不愿什么都不做。"她的手背在背后，低下头，准备接受即将到来的处决。

"她叫什么名字？"

她睁开了眼睛："她叫佩特拉·科西亚诺娃，来自马利诺沃，她和她的两个儿子帕特里克和卡尔一起被送来，如果可以的话……"

"站起来，"他几乎比她高一英尺，"不要再在其他囚犯面前接近我，去隔壁的仓库，他们正在整理眼镜。"他指着她的条纹制服，"把衣服边撕开。在你进去之前先到泥里坐下。"她抓了抓脸，在白皙的脸上留下了一条长长的红线。"来吧。"他解开皮带，把她拖回仓库。甘茨，上次一起打牌的那位军官正在值班，克里斯托弗把她扔在他面前的地板上。

"这是什么？"

"她认为她可以在别人面前抓住我的制服，认为她可以向我要求恩惠，我的确给了她我的恩惠。让她回去工作。"甘茨抓住她的脖子，把她拖到一张桌边。在他把她扔到地板上时，其他女士没有抬头，而是专注于工作。她站起来，一瘸一拐地走到桌子旁。克里斯托弗走进倾盆大雨。

当火车抵达时，还在下雨。这天早上见过玛蒂娜之后，他没再做其他任何事，也没见任何人。他戴上潮湿的帽子，这让他觉得很冷。他把外套穿上，从办公室出来时，布雷特内正准备和弗里克一起去火车站。"今天下午我要去参加甄别。布雷特内，你留下来看看昨天的分类账。还有，布雷特内，别看起来这么惊讶。"布雷特内脱下外套，喃喃地说着他很高兴不用冒雨出去。弗里克跟着克里斯托弗出去了。

"席勒先生，有什么问题吗？"弗里克在去往火车站的短途车上说。

"不，我很好。只是工作上的压力，总觉得到处都有需要担心的事。"他想继续说下去，想和这个人谈谈，但他阻止了自己。

他们晚了几分钟到达火车站。甄别已经开始。如果他要做什么，那就必须是现在。她应该会在有孩子的女人队伍里，那条队伍意味着死亡。他把弗里克派去看犹太人特遣队从火车上拖下来的手提箱。雨下得越发大，到处都是潮湿的味道。已经被选好作为劳工的健康成年人队伍正在向奥斯威辛主营地转移。另一条队伍还在等待着。营地里的医生正急急忙忙地返回奥斯威辛，他们的甄别工作已经完成。他拦住了一个身材高大匀称的中年人："我在找一个囚犯。"他喊道，他的声音几乎消失在大雨中。医生用手势指着值班的防护营负责人，他手里拿着一根黑色的警棍。我来这里不是为了这个。这不明智。

"防护营负责人先生，我是比克瑙的党卫军二级突击中队长席勒，我在'加拿大'工作。"

"啊，新的美元国王？"他放下警棍，几秒钟之后，"有什么事吗？"

"你这里有一个我的囚犯。"

"什么？谁？"

"她叫佩特拉·科西亚诺娃。她是我在'加拿大'的一位女士。"

"她混在这里干什么?"雨顺着他的脸颊流下。

"她被调走了,然后带着她的孩子回来。不过,她是我的人。如果你能帮我的话,我会非常感激。我不会忘记你的慷慨。"

"这是违反规则的。"

"如果你为我这样做,我将非常感激。"

"中尉先生……"

"非常感激。"

"那么好吧,我叫海因里希·施瓦茨,我希望可以得到相应的回报。"

"当然。"

施瓦茨在克里斯托弗打算离开的时候抓住他外套的袖子:"还有,中尉先生,孩子们,他们得留下。"

克里斯托弗想了很多,想有没有办法周旋一下。千思万绪闪过脑海,他什么也做不了,无能为力。他继续往前走。他向走向焚烧室的人群喊出了她的名字。她和他差不多大,有一头棕色的长发和白瓷一样的皮肤。她的两个孩子挤在她身边,两个人都抱着她的腿。"佩特拉·科西亚诺娃?跟我来,"她准备跟他走,孩子们也紧紧地跟着她,

"不，对不起，只有你。"

她的两个男孩都不到六岁。

"我的孩子呢？我不会离开他们的。"

"你以后再看吧，你可以在他们洗澡和消毒后看到他们。他们将被带到我们的幼儿园，就在你自己的生活区后面。你可以每天去看他们。"谎言把他也扯进去了，队伍正在移动，负责人正盯着他看。只剩下几秒钟了，"我们需要把你从这儿弄出去。"两个男孩哭了起来，紧紧地搂着她的大腿。他向一位老妇人打手势，"你能照顾好孩子们吗，女士？"老妇人去接这两个男孩，但他们绕着母亲的腿躲开了她。队伍在继续前进。施瓦茨正朝他们走来，摇着头。

"拜托，你现在必须和我走，立刻。"他的声音在颤抖。

"我不会离开我的孩子们。"

"跟我走，现在立刻！"他抓住她的胳膊。老妇人设法抓住了那个小一点的男孩，看上去大约只有三岁。佩特拉跪下来拥抱她的儿子，当她紧紧地抱住他们时，她低声对他们说了些什么。

工作日结束时，他带她去了"加拿大"。玛蒂娜·库利科娃看到她就哭了。他想知道玛蒂娜什么时候会告诉她，她再也不会见到她的孩子了，今天是他们短暂生命的最后一天。

第二十六章

孩子纠缠着他。拯救佩特拉·科西亚诺娃的行为似乎
是徒劳的。在接下来的几天里，他看到她在仓库里，脸上
一片灰暗没有生气。似乎这一切都没有意义，所有这些总
有一天会结束。当那一天到来时，谁会相信他来这里是为
了什么？每一个凶手都会忏悔，再多一个人不会被注意
到。他是有罪的，无论他是否是被牵连进来的，这种罪恶
开始侵蚀他的内心。他一定可以做更多的事，不仅是要防
止他的工人被随意谋杀。他无法阻止守卫殴打工人，这仍
然每天都在继续。"加拿大"的女士们经常一瘸一拐地上
班，脸上布满了各种紫色瘀伤。

他一直在数下一次去柏林的日子，但这一天到来时，

他并没有觉得松口气。现在什么都不能满足他。他醒来时，口干舌燥，呼吸中还留着威士忌的味道。现在和拉姆以及他的朋友们一起喝酒似乎是入睡的唯一方法。和抵抗不断的侵蚀比起来，和他们一起喝酒要容易得多。当党卫军二级突击中队长席勒披上他的制服时，拉姆还在睡。长筒靴一套就穿上了，它们合适得就像第二层皮肤，他走在地板上时，几乎没有发出声音。他拉起党卫军外套的翻领，以抵御寒冷的严冬。囚犯们正在出发去工作，党卫军士兵和囚犯头领在他们走动的时候咆哮着。步枪独特的枪声划破了空气，他感到胸口开始疼痛起来。汽车的引擎盖上停了一只椋鸟，它的棕色羽毛在昏暗的晨光中闪闪发光，它衔着一根绿色的枝条，随着它的移动而颤抖。几秒钟后，它起飞，消失在灰色的天空中。

开车到柏林的路上他一直想着那两个孩子，他们紧紧抓住佩特拉的腿，渴望着她再也无法给他们的保护。他想说服自己，他做了一件好事，他救了一条命，她毕竟活下来了，但这并没什么效果。他一边开车一边流泪，他想到了在甄别中被枪击中脸部的男孩和杀死诺森的人，他想到了丽贝卡，想把其他杂乱的思绪推开。他试着回忆发生这一切之前的时光，阳光穿过他父亲家的厨房投下长长的光束，照亮她的柔发，就像黄金在旋转。

这次他们在家里等他。亚莉珊德拉跑到他身边，拥抱他。卡洛琳娜牵住小斯蒂芬的手走出房子。亚莉珊德拉吻了他，他父亲紧紧地搂住他。他挣脱后，抱起他的堂弟，然后拥抱了卡洛琳娜。心中的疼痛消退，被洗刷干净。亚莉珊德拉从他身后走过来，握住他的手，带他进去。哈拉德和斯特菲就站在门口。

"欢迎英雄归来。"哈拉德微笑道。

"很高兴见到你们，我希望能多待一会儿，不过我得回营地去。"

"来吧，至少你可以和我们一起喝杯咖啡。"他父亲说，亚莉珊德拉把他推到客厅里。她和他父亲坐在他旁边，卡洛琳娜微笑着拥抱了他，然后声称她必须带小斯蒂芬出去散步。哈拉德和斯特菲走进了厨房。克里斯托弗的父亲关上了门，亚莉珊德拉的脸色变了。

"哦，天哪，克里斯托弗。你没事吧？"

"我当然没事，你在说什么？"

"你的脸色，你看起来病了，"她抬起手摸了摸他脸颊，"又冷又灰。"

"谢谢，我很好，只是舟车劳顿。你好吗？你的工作怎么样？你一定非常想念汤姆。"

"我们现在的生活比我想象的还要糟糕。"

他们的父亲说："现在确实是艰难时期。"

"父亲告诉了我营地的事。"

"你原本打算瞒着她吗？"

"不……我不知道，她知道这些有什么好处？"

"这不可能是真的，一个用来杀人的营地？"亚莉克丝说。她看上去很瘦，才二十三岁的她脸上不应该有那么多皱纹，她的眼睛是灰暗的，头发显得枯燥、毫无生命力。

"是真的。"

克里斯托弗拿起他面前的空杯子，举到眼前研究瓷器上复杂的花纹。当斯特菲拿着一壶咖啡进来时，他们仍然沉默着。她把它放到桌子上，慢慢地退了出去，一言不发。他们的父亲拿起咖啡壶，为他们每人倒了一杯："你在那里安全吗？"

"是的，很安全。我越来越擅长隐藏自己了，只要我保证资金流动，我就是安全的。"

"丽贝卡有消息吗？"亚莉克丝问。

"不，还没有，我的联系人还在找。"

"我相信她在外面。"他父亲说。

"希望如此。尤里呢？"

"没有，没有来信，也没有国防军的消息。他还在东方前线。"

"营地里死了多少人？"亚莉珊德拉问道，"我只是不敢相信，我不敢相信他们能这么做。太可怕了。我知道犹太人已经离开了，但从来没有人谈论过他们。就好像他们全都凭空消失了。"

"将近六万人，也许更多，这些数字大概是我到那里之后八个星期里见到的。这就像是一个没有出口的地狱。不知道怎么说，仅仅找到丽贝卡似乎已经不够了。"谈论这件事感觉很好，就像在大火上倒水一样，"我曾经尝试帮助那些为我工作的女士们，一共有六百个，我想让她们活着。"

"但现在你想做更多。"他们的父亲断言。

"是的，我必须做更多。"

"如果党卫军发现你在帮助囚犯会怎么样？"亚莉珊德拉问道。

"我会被处死的。"亚莉克丝立刻哭了起来，"但我想这胜过什么都不做。如果什么都不做，我没有办法活下去。"

"在营地有人可以说得上话吗？有知己吗？其他党卫

军怎么看？"

"没有。其他党卫军认为他们在为帝国，为世界效劳。他们被洗脑，被洗到足以相信他们做的一切都是合理的。"他喝了一口咖啡，太烫了，烫到了嘴唇。"那些人怎么了，其他党卫军军人，我是说，他们怎么能做到？你们不会相信我见到的那些场景，屠杀妇女和儿童……他们怎么做到的？这个问题把我的脑子烧穿了个洞。我认识这些人，我和他们一起吃饭，我和他们一起打牌，还和他们一起喝酒。晚上他们看起来很正常，就像普通男人一样，如果你不知道他们是什么样子的，和他们一起喝酒可能会很开心。"

"多年的熏陶和宣传可以取得什么成就是很难想象的，"他的父亲回答说，"没有人天生就残暴。"

"我经常想，如果我也一直听着那些宣传，会不会变得和他们一样。"

"你永远不可能变得和他们一样。"他父亲说。

"我不知道，如果我什么都不做，我和他们就没有什么不同。执行命令，这是所有其他党卫军军人在那里做的。的确有一部分人，可能挺享受杀人的活，但大多数都是被动的。他们只是在完成工作。"

"一份残忍杀害无辜人民的工作？"亚莉克丝问道。

"是的。"

"没人提出异议？"

"没有人。如果有人这样做，他们就会被派往东方前线去运送尸体。没有人能帮我，我完全是一个人。"

"你有我们。"

"能跟你们谈谈感觉好多了，我觉得自己快淹死在那里了。"

"那你打算做什么？"他父亲问道，"你说得对，你必须做点什么。"

"我真的不知道我能做什么。我确实有钱，而且没人来核查，没有人专门来核查我的钱。金钱像河流、季风一样流过营地。"

"那就用它。"他父亲说。

"我们不应该太着急，他可能会送命的。"亚莉珊德拉说，"我只是觉得他需要小心一点。"

"我已经禁止我所在营地的任何即时处决，这一个月里我的仓库里没有工人再被枪杀。"

"那很好，还有别的吗？"他父亲问。

"一定有什么我还能为她们做的。"

"你说得对，克里斯托弗，一定有。"

第二十七章

　　克里斯托弗坐得非常端正，纹丝不动。预约霍斯长官会面出奇容易，看来这位长官先生非常想再见他一次。克里斯托弗咳嗽了几声并抚平了他的衣领，尽管他知道衣领绝对是平整的，他之前花了大量时间打理它。他伸手摸过脸上剃得非常光滑的皮肤，对着霍斯的秘书微笑了一下。她也向他微笑。霍斯的办公室在奥斯威辛集中营一号围墙外，就在很少使用的经济区官方行政大楼旁边。霍斯打开了门。

　　这个人是整个营地的指挥官，看上去并不起眼。他中等身高，比克里斯托弗要矮，棕色的头发，脸上没有伤疤或战争创伤，也没有什么其他特别引人注意的特点。他

Finding Rebecca

四十多岁，完全是个普通人，是那种走在街上，不会让人多看一眼，更不会引人注意的普通人，但他却是这一切恐怖和死亡的主人。克里斯托弗看到他就感觉不舒服。霍斯懒洋洋地向年轻的党卫军二级突击中队长敬礼。霍斯示意克里斯托弗走进房间，坐到一张舒适的红色皮椅上，这是对着霍斯巨大皮面办公桌的三张椅子之一。当霍斯开始说话的时候，希特勒的肖像俯视着他们。

"上周我在柏林，"说着，他点燃一支烟。他从一个纯银烟盒里拿出一支递给克里斯托弗，刻在盒子里面的首字母不是霍斯的，"我会见了党卫军总部的科尔上校，我相信他是你的联系人？"

"是的，是的。我已经见过他两次了。"科尔为自己捞了多少钱？霍斯又有多少？"但我还没有机会和他正式会面……"

"是的，他是个讨人喜欢的同事，我认识他很久了。你也是党员吗，席勒？"

"不，我不是。"

霍斯从他面前的桌子上拿起一份文件："是的，我记得在你的档案里看到过，你来自……"

"泽西，指挥官先生。"他想到了那些死去的人，那些正在等待火化的尸体。

"哦，是，当然。你在1940年被解放，我希望不会有二心？"

"没有，指挥官先生。"

"当然没有，"霍斯说，放下文件，"这里没有任何空间容得下这些，这里的工作对帝国是最重要的。科尔上校告诉我，自从你在这里就任以来，产量上升，显著上升。柏林很高兴，这让我也很高兴。"

"我很高兴听到您这么说，指挥官先生。"

"是的，我是1922年入党的。"他现在的目光穿过克里斯托弗，仿佛正在端详那些平静美好的日子。

"我读到了有关您上次参战的记录，您是德国军队中最年轻的军士之一，我知道您三十四岁就开始在集中营工作。"霍斯没有回答。"我父亲也在战争中服役。我现在很感激我有机会为祖国服务。"

桌上有一杯威士忌。"我很高兴看到这样的奉献精神。目前为止，你在经济区所做的工作给我留下了深刻的印象。但是，你知道，我很忙。你今天来见我是为了什么？"

"自从我到营地就任后，有件事一直困扰着我。"

"那是什么事呢，席勒中尉？"

"腐败，指挥官先生。"霍斯拿起桌子上的酒杯啜了一口，"我不知道在我到达之前，我的部门发生了什么，我当然不想对在经济区工作的党卫军士兵作出判断，但我听说了一些事，我也看到了一些东西。"

"这是病，"霍斯说，"我毫不怀疑这是一种由犹太人传播的疾病，名为贪婪的疾病。的确，有些人已经屈服于它。应该由你这样的男人，忠诚的党卫军军官，来成为这些人学习的榜样。"

"这就是我想和您说的。"

"说下去。"

"必须建立更严格的制衡制度，有太多财富在抵达帝国前就流失了。"霍斯给克里斯托弗倒了一杯威士忌，没有问他，就把它推到桌子对面，"现场需要有人可以接触分类账、钱、仓库，还有人可以看守囚犯，是的，当然还有警卫，这样可以确保如果有任何不当行为都能尽快解决。"克里斯托弗拿起杯子喝了一口威士忌，"自从我就任后，我每天每分钟都在关注整个经济区，我认为结果是显而易见的，但这还不够。我估计，可能有百分之十或者更多原本要送回给帝国的财富从未送达。每天有两千名囚犯通过焚烧室，根据我的计算，我们只收集大约四万马克，不包括囚犯携带的黄金和珠宝。从逻辑上讲，囚犯携带的不应该只有这些，他们应该带得更多。确保这些财富没有损失，我想把它作为我的工作，我的责任。"

"这不已经是你的工作，你的责任吗？"

"这是我承担的许多角色之一，但我想成为分类账的保管人，核查和重新核查工作人员、警卫和囚犯。我需要一个许可，可以搜查任何警卫或储物柜、卡车或者任何我怀疑偷窃和囤积帝国财富的人的床底。"

"你想个人承担经济区所有腐败问题的责任吗？"

"没有什么能让我更快乐，指挥官先生。"

"腐败问题在集中营已经存在太久了，我上个月才和希姆莱先生本人谈过这件事。"

"我想每周向您汇报这件事，只向您。这件事太重要了，不应该有其他人参与进来。"

"一个有趣的想法，中尉先生。"霍斯抽完他最后一口烟，"这当然也是我乐意考虑的事情。像你这样一个忠诚的年轻军官可以做很多事情来阻止腐败。"霍斯站起来伸出他的手，"不错，中尉先生。给我点时间，我会给你消息的。"

"还有一件事，指挥官先生。"

"我注意到了，中尉先生，从那天晚上你在三号焚烧室展示了你的勇敢之后，你就引起了我的注意。"

"我想问的是……孩子们来营地的事。"

"他们怎么了？"

"我正在考虑，我们也许能够遣返其中的一些人，也许是婴儿，那些尚未被犹太意识形态和谎言毒害的人，我们可以把我们雅利安人的一些方法加给他们，净化他们。一个仁慈的使命。"

"我明白你在说什么，我以前也这么想过，但可悲的是，他们和他们的父母一样是帝国的敌人。这流淌在他们的血液里，他们别无选择。犹太人永远是这样，不多不少。所以我们必须铲除他们。"

"我明白，但是三、四、五岁的孩子呢？他们可以在工厂里工作，清理管道，进入机械；他们的手指可以到达成人的手够不到的地方。我是说，这么做对我们来说有什么风险呢？"他微笑起来，"这只是经济意义上的，我唯一不能忍受的就是浪费。"

"确实有说服力，中尉先生，但不幸的是，犹太人的血统就是犹太人的血统。"

"我们每周都有数百名健全的犹太人为帝国工作。我只是看不出年龄限制的意义，仅此而已。我的考量是经济上的，泾渭分明。这是我父亲的错，他是一个非常讲究逻辑的人。"他为在这个地方提到自己父亲而感到羞愧。

"我很高兴今天见到你，席勒。你是个模范的年轻军官，有许多好主意。让孩子们工作？嗯，这的确是可以考虑的。但现在我必须和你道别。"

他和指挥官握了手，脚后跟靠在一起给纳粹敬礼。那些建议霍斯想了三天。克里斯托弗将率领一个工作团队，调查集中营中的腐败现象，并提出要求，他们需要在两周内建立一个新的系统，以防止资金从源头被吸走。其中没有提到孩子们和他们工作的想法，现在还没有。当太阳落山时，克里斯托弗向外望去，他想到了丽贝卡，他救不了的孩子们，以及成千上万他目睹的在这里被杀害的人。很长一段时间以来，他第一次感到了希望。

第二十八章

卫兵在克里斯托弗走进沉闷、烟雾弥漫的房间时向他打招呼。拉姆，甘茨，迈尔，施莱格尔，德雷尔，布伦斯，莫尔和格鲁内，他们都在，还有克里斯托弗以前没有见过的另外两个党卫军。他们给他留了个地方，桌子上到处都是香烟和商店里偷来的各种酒。格鲁内把一杯威士忌推到克里斯托弗面前。

"我相信今晚一切都好，先生们，"克里斯托弗说道，坐在桌子周围的人都咕哝着向他表示欢迎，"希望你们准备好我来赢走你们的钱了。"桌子中间有一大堆钱，主要是马克，还有英镑、美元和波兰兹罗提。克里斯托弗抿了一口威士忌，等着下一手，"我今晚不能待得太晚，明天得早起和一些高级官员开会。由指挥官授意，我正在成立一个新的反腐败委员会。"几个人放下了他们的牌，"会由我来领导这个委员会，指挥官要求我负责这一切。"他们现在都在听他说，"我知道我的发现不会影响这里的任何人。"党卫军二级突击中队长席勒放下了他威士忌酒杯，"如果你们有什么疑问，有什么问题，就来找我。如果你们认识的人参与了任何看起来可能是非法的事情，那就跟他们谈谈，警告他们，让他们至少安分几周，直到反腐败委员会完成工作。"他把一只手放到坐在他边上那人的肩上，"我不想把我的任何一个同伴关在监狱里，伙计们，完全相反。告诉你们的朋友发生了什么。当然，我没必要和你们说这些。我只是想……万一你们营地周围的朋友……"

"是的，我们理解。"拉姆说。那天晚上再没有人谈论反腐败委员会。

第二天早上，奥斯威辛-比克瑙反腐败委员会的第一次会议在行政大楼举行，离利伯曼办公室只有几扇门。窗外正飘落下这个季节的第一场小雪。克里斯托弗坐在桌子的主位，布雷特内坐在他左边，他似乎为了这个会议特别打理了制服。弗里克和穆勒也在，他们对面坐着焚烧室的负责人，工作组长昆茨、施特龙茨和勒里希。在桌子的另一端，远离其他人，坐着简·舒尔茨，他是"加拿大"的犹太人特遣队的领队。

"先生们,谢谢你们今天来到这里参加我们委员会的第一次会议。"克里斯托弗说,"我会说得尽量简短,因为我知道你们都很忙,下一班火车还有不到一个小时就要到达,我们都需要到场。我要特别感谢工作组长昆茨、施特龙茨和勒里希从他们繁忙的日程安排里抽出时间。我今天把你们召集到这里是因为我知道你们都是我可以信任的人,在这件重要的事情上,信任是绝对必要的。传言是我们很快就会有一个新的指挥官,因为霍斯先生将要去柏林,在战争中发挥更直接的作用。我们的工作是为新的指挥官来营地就任做准备,向他表明,我们不准备忍受正慢慢在奥斯威辛-比克瑙各个角落蔓延的腐败之毒。一场成功的反腐败运动将使我们在座的每个人都赢得个人荣耀,以现在的面貌保护营地的未来。让我们不要忘记,先生们,我们为什么在这里,是为了推进元首亲自传递给我们的理想,是为了保护我们的世界和我们文明的未来。"舒尔茨的脸是坚忍的,没有任何情绪,"我今天请经济区的犹太人特遣队负责人参加会议,我知道你们中有人会对他被列入委员会感到惊讶,但我认为,为了使我们取得成功,需要囚犯的服从。"

他又讲了二十分钟,讲的是检查和程序步骤,保密和惩罚违法行为。每个人面前都有一份他整理的档案,其中明确说明了他们行动的各个阶段。昆茨一边看档案,一边不安地在座位上挪动。会议不到一个小时就结束了。每个人都表示，清楚地了解了新规定，当然或许不是所有人都满意。

其他人走后，克里斯托弗沿着走廊到利伯曼办公室门口。他懒得敲门，直接推门进去。

"利伯曼，我想你已经听说过营地反腐败委员会的新负责人是谁？"

"是的，我听说了，恭喜你。到底是谁千挑万选觉得你适合这个位子？"

"除了指挥官本人还有谁呢，他一眼就能看出一位党卫军军官是不是优秀。"

"也许他最好搬到柏林去。"

"你太了解我了，利伯曼先生，但我也了解你。别忘了这一点，既然我是反腐败委员会的负责人……好吗？"

"不要试图威胁我，中尉先生，别忘了谁才是上级。"

"当然不会，上尉先生。我要的就是你想要的，为祖国和元首服务。"

"是的。既然你说到了为祖国和元首的服务，我倒是有一些关于你要找的囚犯的消息。"

"她在哪儿？"

"你看起来很急切，中尉先生。"

“你准备告诉我吗？”

“我在巴登-符腾堡的一个营地里找到了一些从泽西来的囚犯。我不知道你的朋友是不是在他们中间，至少现在还不知道。”

“什么时候可以知道？”

“我又写了信，应该一周左右会收到答复，看情况。”

克里斯托弗站了起来，他的腿承受着身体的重量微微摇晃：“那很好，过几天我再和你联系。继续工作吧，上尉先生。”他没再说什么，直接离开了办公室，内心的希望让他在离开的时候忍不住露出了微笑。

这一天就像平时一样过去了。成千上万的囚犯在雪地里跋涉走向死亡，其中有许多儿童。指挥官怎么说？他应该亲自去找工厂的头吗？他知道自己必须有耐心，但看着他们走进更衣室，心中的痛苦让他难以忍受。他找借口回办公室去，在那里坐了几个小时，翻阅着报告和文件、分类账和记录，任何能分散自己注意力的东西。

一天结束的时候又黑又冷。他离开办公室准备去第四焚烧室见舒尔茨，雪又下了起来。他穿上他的长外套，把衣领竖起来，遮住耳朵，走进室外的一片漆黑中。今天的工作已经正式结束，但仍有犹太人特遣队队员在工作着。

他走过时，他们都向他致敬。仓库里空荡荡的，来自"加拿大"的女士们回到了几百码外的宿舍里。探照灯现在亮着，一束光在他走着的时候照到他身上。他向塔上的守卫挥手，只能勉强辨认到对方也向他挥手了。

四号焚烧室外的院子空荡荡的，只有几个犹太人特遣队的队员推着几辆装手提箱的推车向"加拿大"的仓库走去。按照营地其他地方的标准，犹太人特遣队的宿舍可以说得上是豪华。他们有双层床，每个人一张，宿舍里有暖气还有干净的床单。他们可以不用和其他囚犯在一起吃饭，警卫们对他们偷酒喝也睁只眼闭只眼，这是对他们工作的回报，也是他们每多活一天的权利。舒尔茨不在宿舍。克里斯托弗问一个年轻的波兰特遣队队员，他可能不超过十九岁，舒尔茨在哪里，被告知可以去理发室看看，就在楼下的烤炉边上。

当克里斯托弗找到他时，舒尔茨猛地转身。他身边还有四个其他犹太人特遣队队员。他们都有工作经验，他们中的大多数人在焚烧室工作了两个月或更长时间。很少有活得比这更长的特遣队队员。五个人在后墙一条长凳前站成一排。

"你们在这做什么？"

"中尉先生，您怎么来了？"舒尔茨问道，"您是来检查反贪污的进展情况吗？"

"你们在这做什么?"克里斯托弗又问了一遍。

"没做什么,席勒先生。"舒尔茨说。克里斯托弗听到了非常微弱的喘息,他希望自己从来没有走进那个房间,他拔出手枪。

"那是什么声音?"

"我什么也没听到,中尉先生。"另一个叫贝克尔的波兰特遣队队员回答。

开枪打他,出去寻求帮助,去找焚烧室的负责人。"你们后面有什么?让开,让开,否则我就开枪打死你们所有人!"男人们让开。一个小女孩身体扭曲地躺在长凳上,她可能八岁左右,她的胸部随着呼吸起伏。她凌乱打结的棕色长发几乎落到地板上,另一半覆盖着她肮脏的脸。她穿着一件男人的灰色衬衫:"她哪儿来的?"

"她是跟着上一趟火车来的。"舒尔茨说,"我们在毒气室里发现了她,在她父亲的尸体下面。"他向克里斯托弗走过去,克里斯托弗把枪对准他,瞄准他的脸,"她还活着,在吸入毒气之后,她还活着。"他还在靠近,现在只有几英尺远。

"停在那里,舒尔茨。不然我就开枪打你的脸,我发誓我会的。"舒尔茨停在差不多离克里斯托弗六英尺远的地方。

"她在毒气里活了下来。她是我们发现第一个在毒气室活下来的人，她一定被包裹在一个空气做的球里。这是一个奇迹，没有其他解释。"舒尔茨停了下来，"您要向她开枪吗？"

"我要向你开枪，舒尔茨。"

"请吧。"他站着，双手伸到他面前说。

"别逼我这么做。如果我去报告这件事，你们所有人马上都得死。我只要……"

"我们都知道，中尉先生。我们所有人的性命都掌握在你的手里，包括她。"他把手臂落回身侧。后面的人站着不动，女孩又咳嗽了一声。其中一人转头看向她，跪下来将他的耳朵贴在她的胸口上。他用波兰语说了些什么，另一个人跪在他们身边，开始按压她的胸部，然后把空气吹进她的嘴里。克里斯托弗没动，他还在瞄准舒尔茨的脸。囚犯的嘴停止吹气后，她开始咳嗽，发出口齿不清的声音。

"她能活下来吗？"克里斯托弗问。

"也许，我们不知道。托马斯是个医生，"舒尔茨指着其中一个人说，"托马斯，她怎么样？"

"她的肺受损了，但我想她会活下来的。"

"您要杀了她吗？杀了我们？或者离开这里假装什么都没看见？这都看您的，中尉先生。"舒尔茨说。

他把枪放回枪套里："你打算怎么处理她？让她在焚

Finding Rebecca

烧室工作，烧东西？你知道这没有儿童营这种地方。"他从舒尔茨身边走过，朝那个女孩走去，停在大约三英尺远的地方，"我们首先要做的就是把她弄出去。附近有太多的警卫。"他从其他人身边走过，跪在她身边。她的心跳很微弱几乎感受不到，她的胸口在肺为她收集空气的时候隆起，"把她送到我的办公室去。"

"我们要怎么做才能把她送过去？"一个人问。

"用推车。"舒尔茨说，"去把能收集到的衣服都收集起来，我们把她放在衣服下面，也给她弄点衣服来。"

"但是更衣室已经清空了。"那个人说。

"那么，就即兴发挥吧。去吧，你们四个，快点。"舒尔茨下令。

克里斯托弗把手放在女孩的胸口，感受她呼吸的节奏，吸入，呼出。舒尔茨站在他身后，但克里斯托弗没有转身。

"中尉先生，您可能应该站在门口以防万一……"

"舒尔茨，如果你再敢说……"

"当然不敢，席勒先生，我应该受到惩罚……"

"别打断我，舒尔茨。如果你把这件事告诉任何其他人，我会把整个犹太人特遣队送到惩罚区，在那里你们都会被折磨至死。"

"好的，中尉先生，今天的事从来没有发生过。"

舒尔茨一边等着，一边照顾着那个女孩。克里斯托弗站在门口，看着是否有任何可能走过的警卫，但没有人来。唯一的声音是那个女孩撕裂的呼吸声。

"你知道她叫什么名字吗？她从哪里来？她是从布拉格运来的最后一批吗？"

"她没法说话，几乎没有意识，不过，是的，她是最后一批。"

"把她送到我的办公室后到底要怎么处理她？"

"您能把她带到家庭营的儿童区吗？"

"我不知道，我可以试试。我不知道该不该把她送到那里去。"儿童区是整个营地中最糟糕的地方之一，如果这些孩子设法活下来，他们也很难逃过被挑选出来进行医学实验的命运，甚至被不怀好意的成年人带走，许多囚犯头目都有自己的小男孩或女孩，他们为自己留着。克里斯托弗走过去，把手伸向小女孩，手指穿过她的头发。

也许现在就这么死去比去儿童区更好。

有人敲门，另外四个犹太人特遣队队员低声说话的声音传了进来，克里斯托弗打开门。他们从自己的房间里拿来了床单和衣服。其中一人说捷克语，另一人说波兰语。

舒尔茨用德语问："推车在哪儿？"

"就在大门外面。"贝克尔说，"外面没有人。"已经过了八点钟，大多数警卫都下班了。但这并不意味着事情会很容易。一直都有守卫在巡逻，探照灯也仍然射向任何移动的物体。

几秒钟内，女孩被毯子和外套覆盖。两个男人温柔地把她抱起来，一个抱着她的肩膀，另一个抱着她的脚。克里斯托弗打开门，在他允许他们出来前左右确认昏暗的混凝土走廊。他们走到外面，把她放在手推车上，然后在她身上堆了更多的衣服。

"我们不需要五个人推一辆装满衣服的手推车。托马斯，她没事吧？"克里斯托弗问。

"她需要休息和水。但我想她会没事的。这真是个奇迹。"

"宗教告解就省省吧。舒尔茨，你来推手推车，剩下的人回到你们的住处。"手推车在泥泞和雪中摇摇晃晃地走着。离克里斯托弗的办公室有几百码远的时候一名警卫路过，舒尔茨把眼神压到地上。他们继续往前走。女孩开始咳嗽，声音透过衣服清晰可辨。

"她窒息了吗？"克里斯托弗小声问走在身边的舒尔茨。

"我不知道。"有一队守卫站在仓库边的雨篷下。他们只能推着手推车往守卫那走，没有路可选。衣服下面的咳嗽声越来越大。

　　克里斯托弗大步朝舒尔茨和手推车前大约五十码的卫兵走去。"晚上好，伙计们，"他说，"我看到下雪了。你们谁有烟吗？"一个警卫递给他一支。

　　"您工作得很晚，中尉先生。"另一个警卫说。

　　"是的，坏蛋可没有时间休息。你听说新成立的反腐败委员会了吗？是的，在接下来的几个星期里可要小心。"推车走过去，从下面传来的刺耳的声音仍然清晰可辨。舒尔茨开始大声咳嗽。党卫军的人都没有看他。克里斯托弗等到手推车推走了，才把抽了一半的烟扔掉，"小心点，伙计们。随着新管理办法的实行，我们都得注意自己。"守卫们向他表示感谢。他跟上手推车，在舒尔茨后面大约五码走着，直到他知道自己走出了守卫们的视线。他们沉默地前进着，咳嗽已经停止了。克里斯托弗知道她死了。他们到达办公室，推开门，把那堆衣服带进办公室，女孩仍然没有发出声音，他们把她放在地板上。办公室里唯一的光源来自外面探照灯的银色光束。克里斯托弗把耳朵贴到她的胸口。

　　"我不敢相信。她还活着。"他在舒尔茨的背上拍了一下。

　　女孩再次咳嗽起来，睁开眼睛。她躺在布雷特内桌子的正前方。

第二十九章

舒尔茨拿起一杯水放到她的嘴边，液体在她再次咳嗽时沿着她的下巴滴落。办公室里一片漆黑，两个人都没有说话，女孩的咳嗽是房间里唯一的声音。她裸露在外的双腿颤抖着。他们在毯子里找到了一条裤子，舒尔茨帮她穿上。克里斯托弗指了指铺在弗里克椅子上的毯子，舒尔茨把她盖住了。之前上涌的肾上腺素正在慢慢失去作用，克里斯托弗开始思考，试图为这个无解的情况找到一些解决办法。事实是她根本无处可去。舒尔茨当然不能带她回犹太人特遣队的宿舍。他们能把她从焚烧室弄出来已经可以说是非常幸运，但是现在他要把她安置在哪里？他怎么才能让她离开营地？囚犯们说，离开营地的路只有一条，那就是焚烧室的烟囱。他把手放到女孩的额头上，没那么冰凉了。她的家人现在已经死了，他们的尸体被堆在焚烧室里，或者已经被塞进焚尸炉。救她真的是一种仁慈吗？他拿起那杯水，一点点喂给她。舒尔茨尝试和她说话，他说的应该是捷克语。

"她听到你说话了吗？"

"我不知道。"

她眨了眨眼睛，又睁开，穿过黑暗看着克里斯托弗。她活着，真的活着。"她醒了，快问她的名字是什么。"他用手肘推了推舒尔茨，心里谴责自己之前竟然觉得犹豫，"快问。"她的眼睛现在完全睁开了。舒尔茨伸手抚摸她的脸颊，然后用捷克语问她的名字。她什么也没说。"再问她一遍。"克里斯托弗要求。

"她吓坏了。她的家人都死了，现在她一个人在这里……"

"安卡。"她说。他握住她冰凉的小手，试图温暖她。

"你现在可以走了，舒尔茨。"

"您确定吗？您要怎么处置她？"

"好吧，你不可能带着她去焚烧室，现在你可以离开了吗？我会照顾她的，回到你的住处去。"舒尔茨伸手又摸了摸她的脸，附到她的耳边，克里斯托弗很难听清舒尔茨用他听不懂的语言低声说了什么，但他确实听到了自己的名字。舒尔茨站了起来。

"你和她说了什么？"

"我告诉她，只要和您在一起，她就是安全的。"

她又开始咳嗽，他在她身边坐了下来。他把她抱到怀里，感觉到她也伸出了手抱住他。他等着她结束这个拥抱，但两分钟后，他们还在那里黏在一起。他松开手。她脸颊上的泪水在月光下是银色的。她说了些什么，声音很轻，即便克里斯托弗听得懂捷克语，他可能也不一定听明白。他感觉丽贝卡好像在房间里，和他们在一起。

"对不起，我听不懂你的话。"她又说了一遍，他从她声音的变化和她脸上困惑的表情中知道她在问他什么。一定是关于她父母的。他很高兴他回答不了这个问题。"现在，你待在这儿。"他一只手从她身上拿开，指了指她的胸口，又指了指地板，"你待在这儿，我马上就回来。"他站起来走到外面，手推车已经不在了，正如他所希望的那样。他在口袋里摸索着拿出一支烟，但在点燃它之前把它扔掉了。周围没有人，他回到房间里。安卡还坐着，正如他要求的那样，她没有移动或发出声音。他拿起舒尔茨留下的毯子，打开了他办公室的门。他把毯子扔到地上，然后回到她身边。"我们现在要进去，到我的办公室去，"他说，伸手去牵她的手。她握住他的手，站了起来。他把毯子铺在自己办公桌前。我在拿自己的生命和丽贝卡的生命做赌注，就为了这个一小时前还没见过的小女孩？他把毯子铺平，示意她躺下，但她没有动。"来吧。"她现在哭出了声，他搂着她，她拥抱着他，搂着他的脖子，"嘘，"他说，手指对着嘴唇，"你需要安静，安卡。没关系，我在这里。我不会让你遇到危险。"这个承诺很容易就说出了口。他又拥抱了她，在她边上坐下，他的黑色军靴倒在地板上。他脱下党卫军的夹克，把它当作另一条毯子放在她身上，躺下，把她抱在怀里，抱着她直到她睡着。

他随着黎明的到来醒来，他仍然抱着安卡。她很温暖，还活着，这是他醒来后确认的第一件事。现在刚过七点钟，两小时后反腐败委员会又将举行一次会议，今天的大部分时间内他都不在办公室。还有两列火车要来，穆勒、弗里克和布雷特内都将要进出办公室。安卡闭着眼睛在睡梦中挪动身体。有什么希望吗？有什么意义吗？他把她脏兮兮的头发从她脸上拨开。在他下一次去柏林之前，一定有什么办法把她藏起来，直到他能把她从营地偷运出去。他父亲可以照顾她。直到他下一次去柏林的日子还有五天，这五天的时间要把她藏起来，但藏在哪里呢？也许白天的时候舒尔茨可以把她藏起来，或者他可以请"加拿大"的一些女士帮忙。他的身体因睡在地板上而疼痛。安卡还睡着。他坐在办公桌前的座位上，盯着她看了二十分钟或更长时间。然后，他听到了敲门声。安卡听到声音睁开了眼睛，克里斯托弗从座位上弹了起来。他试图让自己平静下来，保持安静，但他知道这个人一定听到了他的声音。

"席勒中尉，"弗里德里希的声音传进来，"你在里面吗？"

"是的，主管助理先生，请稍等。我昨晚一定在我的桌子上睡着了。"安卡的眼睛睁得大大的，她坐了起来。克里斯托弗把一根手指放在嘴上，环顾了一下房间，他在不到一秒钟的时间内就已把装满东西的壁橱、保险柜、桌子全部扫视了一遍。他再次抬起一根手指到嘴唇上。安卡保持安静。

"席勒先生，我只想和你简单谈谈。"

"来了，主管助理先生。"克里斯托弗把安卡从毯子上抱起来，把它们扔到椅子上。她爬到桌子下面，藏了起来。他走到门口，稍微整理了一下头发，然后开门，他把门只开了几英寸。

"席勒，为什么这么慢？为什么这扇门是锁着的？"

"没什么，主管助理先生，我只想得体些。"他回答说，他试图从办公室的门溜出去。弗里德里希阻止了他。他们面对面，相隔几英寸。

"我真的希望在你的办公室里谈，席勒。"

"我也这么希望，如果您不介意的话，现在里面一团糟。"

"不要在这里谈话，我们要讨论的是个敏感的话题。"

"但是，主管助理先生……"

"席勒，别让我再要求一次。我不会在这里谈论这件事。"弗里德里希推开门。克里斯托弗只来得及回头瞥他桌子下挡板一眼，安卡被完全隐藏在后面。他向后走了几步，站在书桌前。弗里德里希坐了下来，把椅子拖了两三英尺远，安卡躲在那里。克里斯托弗绕着桌子坐了下来。他把座位拉出来，把毯子撇到地板上。

"你昨晚工作到很晚。"

"总有……总有那么多工作要做。"

"我听说你自愿做更多的事。"他语气尖锐。

"我想您指的是关于反腐败委员会的行动。"他感觉到安卡在动，感觉到她碰到他的裤腿上。

"我很惊讶你会设立这样一个委员会，我，你的顶头上司，却游离在外。"

"对不起，主管助理先生。在我制定的任何计划中都应该有您的身影，只是我知道您非常忙，承担了太多责任。"他觉得安卡在桌子下面抓住了他的腿，"在仓库有些东西我想给您看……"他站起来。

"坐下，中尉，"弗里德里希咆哮着，"不要忘记谁才是这里的高级军官，就算你讨好指挥官也一样。"

"主管助理先生，我在反腐败委员会的位置绝不会导致我对自己在营地的地位有任何错误的看法。我只是个会计，这就是他们需要的。我确实很抱歉没有让您进一步参与这个过程，但一切才刚刚开始，有足够的空间可以让您加入。"安卡现在紧紧地抱着他的右胫骨，他能感觉到她在克制咳嗽时，身体在颤抖，"如果您想参加我们的会议……"

"委员会具体会有哪些措施？"

"在向帝国遣返物资的过程中，我们将加强各点的安保。核查将从……最初的甄别一直持续到把准备运送到柏林的物资装箱这个最后步骤。我的前任建立的系统太过……宽松，漏洞太多。"他的手心沾满了汗水。

弗里德里希犹豫了几秒钟，才重新说话："这些核查是什么？我的警卫需要做什么？"

"我们被允许检查所有人的个人财产、储物柜、衣柜和所有其他空间，以便搜查任何违禁品。如果个别警卫没有偷窃，那么他就没有理由担心。"

"我明白了。"弗里德里希从椅子上站了起来。一阵咳嗽声从桌子下面传来，他看着克里斯托弗，后者感到汗珠从他的背上流下，"你有没有……"

"如果没有其他事，主管助理先生……"

"那是什么？"弗里德里希站起来瞪着窗户。克里斯托弗跳了起来，感觉到桌下的安卡松开了手，"我肯定听到了什么！"

"我什么也没听到。"

"不，"他说，手在空中握拳，克里斯托弗在沉默中能清楚地分辨出安卡的呼吸声，"你听到了吗，从窗外传来的？"

"什么？从外面？您认为是囚犯吗？"

"只有一个办法能找到答案。"弗里德里希冲出了办公室，克里斯托弗跟着他绕到大楼的一侧，那里的太阳向营地投下了一片暗淡的黄色。

"一定只是一个囚犯走过去而已，相信我，主管助理先生，这种事经常发生。我窗外经常人来人往。"早上的寒气几乎要把汗水冻结在克里斯托弗的皮肤上，"我上午十点在第四焚烧室与工作组长施特龙茨开会，讨论我们想要执行的新程序。您要来参加吗？"

"是的，是的，我会来的，"弗里德里希在犹豫儿秒钟后说，"十点，在他办公室？"弗里德里希走开了。

克里斯托弗冲进他的办公室，手伸到桌子下面。他把安卡拉出来时她说了些什么，他把她抱在怀里，一只手抚着她的头。"我没法坚持下去了，"他用英语说，"你做得很好，亲爱的。你做得太好了。"眼泪从他的眼睛里涌出，他吻了吻她的脸颊，微微地在怀里颠着她，她浅棕色的眼睛在晨光中闪烁，他把窗帘拉下来。她身上很脏，嘴唇皲裂，被割破了，但她却是那么美丽。"现在，安卡，你得在这儿等着，我给你拿点吃的，我给你弄清楚你今天要去哪里。"

他摸出钥匙把办公室门从外面锁住。大约一个小时后就会有一批囚犯，他潦草地写了一张纸条，告诉布雷特内和其他人直接去甄别并监督那里的过程。他们会理解，认为这是反腐败活动的一部分。他把纸条挂在门上。他之前骑去奥斯威辛用的自行车被锁在外面的遮阳篷下。他花了十分钟到奥斯威辛的食堂，让她一个人待着的时间太长了。他想了想，然后向四号焚烧室跑去。焚烧室的院子里到处都是犹太人特遣队队员，推着一车车的衣服、手提箱和尸体来来回回。没有舒尔茨的人影，但前一天晚上的医生托马斯在那里，推着一辆装满张着嘴巴尸体的手推车。克里斯托弗拦住了他，试图不去看车上的东西："舒尔茨在哪里？"

"在里面，在更衣室里。"他走过去的时候，感到手臂被轻轻碰了一下，"那东西怎么样？昨晚的那个？"

"很不错。"

舒尔茨收集了他能找到的食物，超过了一个女孩的早餐量。他们沉默地走到克里斯托弗的办公室。办公室看上去空荡荡的。克里斯托弗感觉血液迅速冻结，直到他看到她躲在桌子下面。办公室里的窗帘现在一直被拉着了，室内昏暗的光线使她很难被找到。舒尔茨用捷克语说话，安卡探出头，看到他们的同时微笑起来。她把食物塞进嘴里，咀嚼两三次，然后咽下去。她喃喃地对舒尔茨说了些什么，他们又说起话来。

"你们在说什么？"克里斯托弗问。

"她的父母，她的兄弟。她问他们在哪里。"

"你怎么和她说？"

"我告诉她我不知道，她必须待在你身边，保持安静，我们会设法找到他们的。"

"什么？"

"你觉得我该怎么说？"

"算了，她知道她所处的危险吗？"

"我想她不明白。"

"我想我们都不明白。"克里斯托弗用英语回答。

"你说什么？"

"没什么，"克里斯托弗继续说。他把安卡抱在怀里，意识到舒尔茨在看着他，"你白天能照顾她吗？我不能。"

"我能把她带到焚烧室去吗？不，我不能。你没看到我在那做什么吗？"舒尔茨说，"我为我的语气道歉，中尉先生。"

"不用在意这个，舒尔茨，我们有比你的语气更需要担心的事。我今天一天都要开会，下午我得参加甄别，会有人整天进出这里，如果她发出声音……"

"仓库有什么地方可以把她藏起来？"

"不，那里到处都是警卫，新的反腐败委员会要求他们搜查所有仓库，每天两次。"

"那么我们有什么选择呢？"

"我们得把她留在这儿。下星期四我会设法把她从营地里弄出去。"

"在这里生存五天是非常漫长的。"

舒尔茨先走了，让克里斯托弗一个人和她在一起。她的咳嗽声，是她在毒气室里幸存下来的唯一记号，现在几乎快要消失了。他抱了她几秒钟，吻了吻她的头顶："注意安全，安卡，我会尽快回来的。"

第三十章

　　他在早上的会议上想到了安卡、丽贝卡还有一点点其他的事。所有的信息都被列在了材料中，会议上他主要做的都是安抚各个军官，使他们相信军队的士气不会因反贪污的行动下降，让他们打消疑虑，虽然没有给出承诺，但也使他们确信自己不会坐牢。一支特别部队将在几小时内从另一个营地抵达，开始第一次扫荡。第一次搜查目标将会是党卫军的宿舍和他们的个人储物柜。此后，将开始搜查囚犯的住所。舒尔茨和其他人设法在囚犯中传播了这个消息。所有有罪的党卫军都会接受军事法庭的审判；所有有罪的囚犯，都会被立即处死。弗里德里希在会议期间保持沉默。即使工作组长施特龙茨发言自信并似乎对之后的行动充满兴趣，克里斯托弗知道他们都有罪。

中午刚过，克里斯托弗回到了办公室，就把自己剩下的午餐带给安卡分享。他一进办公室就把门锁上，外面的办公室没有人，弗里克、穆勒和布雷特内听从了他留下的命令。她在桌子底下睡着了，正如他希望的那样。她猛然惊醒，但一见到他，似乎就平静了下来，并开始狼吞虎咽他带来的食物。他和她坐在一起，抱着她，他的手放在她的手腕上。她的心跳很有力，而且很均匀，咳嗽次数更少了。墙上时钟显示的时间把他从她身边拖走。当他开始工作时，她藏在桌子下面，在那里他给了她一些纸和铅笔，让她自己涂涂画画。

两个小时后，特别部队冲进了党卫军的生活区。弗里克站在他身边，监督搜查。布雷特内站在前面，在有党卫军过来旁观行动的时候发出一些毫无必要的指令。约有五十人负责搜查党卫军宿舍，差不多花了三个小时。当有人发现违禁钞票、珠宝，甚至酒精时，他们经常大声喊叫，从房间里出来，就像得到战利品一样挥舞着它，然后才把它放进收集证物的箱子。克里斯托弗想知道，一旦军事法庭审判结束，谁会搜刮这些证据箱。一共有二十七人被捕，没有他认识的人，只有那些过于贪婪的党卫军：一

Finding Rebecca

个人的储物柜里有一盒手表，另一个人在他干净的袜子里藏了八颗金牙。大多数人都听从了警告。他们在垃圾桶里发现了珠宝、扔在营房下的金币和散落在党卫军宿舍外院子里的纸币。即便如此，这一举措仍足以给任何上级留下深刻印象，这对反腐败委员会来说是一个开门红。

对囚犯的检查不分时间场合，他们被迫在看守面前脱光衣服，在搜查时将衣服放在桌子上。囚犯的宿舍在搜查中几乎被摧毁，但没有发现任何东西。没有处决任何人。

从每天的运输中得到的贵重物品和货币总量是巨大的，通常与囚犯清算的数量不成比例。对这事稍微上点心的人都能一眼看出来，但没有人提出来。现在柏林的所有官员都会看到来自奥斯威辛的大量财富涌入，保持这种资金流动将是克里斯托弗的工作。到下午五点，反腐败部队已经检查了驻扎在奥斯威辛的大多数党卫军士兵和囚犯的整个生活区。成堆的违禁品被用卡车运走，作为随后审判的证据。其中大多数人可能会被判入狱，另一些可能被派往东方前线。克里斯托弗并没有为主持这种正义感到满意，这使人焦虑，但不知道为什么，他又有相反的感觉，不知道为什么，他觉得自己像个叛徒。他点燃了一支烟，离开了宿舍，他的思绪再次集中在安卡身上。他得回到她身边。布雷特内走到他刚才站的地方："您对今天的工作满意吗，中尉先生？"

"是的，让同事们被捕，不能更满意了。"

"是的，没有人喜欢老鼠，不是吗？"布雷特内离开了。

他回到了办公室。今天一整天办公室都空着，但他不可能让其他人在接下来的四天里都离开。焚烧室的烟雾滚滚而来，弥漫在外面逐渐昏沉的天空中。死亡就像一件斗篷一样包围着他，无法逃脱。但安卡还是活了下来。那些人说这是一个奇迹，好像上帝降临，碰了她一下，让她活下来，没有人知道为什么他这么做。但这里没有上帝，这是克里斯托弗确信的一件事。当他走进办公室时，她躲在角落里的毯子下面。

"安卡，出来。是克里斯托弗。"

她把毯子掀开，不再躲藏。

电话铃突然响起，打破了沉默。他身体僵直，下一秒可能就会有党卫军的声音来把他们两个都带走。但什么也没有，只有电话发出刺耳的声音。

"席勒中尉？我是利伯曼。"

"您好，上尉先生。"

"我有消息要告诉你。"利伯曼挂了电话。

克里斯托弗感觉身体里沉了冰块，伸手在脸上擦了擦不存在的汗水。"你待在这，明白吗？这是一个非常重要的电话，很重要。我会尽快回来的，带食物和一些水。我们可以给你洗个澡。"她用捷克语低声说了几句话，"我会回来的。"他关上门说。钥匙在他锁门时转动，他走到外面才意识到他把钥匙忘在锁孔里了。他走回来，拔出钥匙，努力使自己平静下来。

　　黑暗降临了，白天的光逐渐消失在营地的黑夜里。沿着电线运行的探照灯闪烁寻找运动的东西。他擦了擦自行车座椅上的凝霜，骑上去，在匆忙中差点被自己的脚绊倒。当到达比克瑙的检查站时，他汗流浃背，卫兵说了什么，他回以微笑，尽管他没有听到。如果丽贝卡来了，他可以带她和安卡一起出去。一定有方法把她们偷运到车里，或者，至少，把丽贝卡带到"加拿大"，在那里他知道她会安全。安卡个子很小，可以装在后备厢里。这辆车从来没有被检查过，卫兵都认识他，他们都信任他。为什么他不能这么做？

　　他把自行车扔到奥斯威辛的行政大楼外，他的腿仍然在发烫。他花了几秒钟把头发弄整齐，重新把自行车靠在墙上。

"你好，席勒中尉。"站在门口的守卫向他打招呼。

他敲了敲利伯曼的门，等待答复后推开了它。利伯曼示意他坐下。

"你今天是营地的话题，席勒。一个年轻的党卫军二级突击中队长，只来这里两个月，就已经领导了一个反腐败委员会？"

"我只是尽力为帝国和元首服务。"

"哦，是的，我忘了，为了元首，当然，当然。"

"你有消息要带给我吗？"

"哦，是了，我叫你来的原因。你要原谅我，席勒，我老了，不像你这样年轻有活力。"

"你要告诉我吗？"

"耐心点，年轻的席勒先生。我接到一位老同事的电话，他在一个叫伊拉 V-B 比伯拉赫的营地工作，看来他那有你要找的女士，卡辛。"

他的心脏燃烧起来。

"所以她还活着？"

"看起来确实如此。"

"我们什么时候能把她转移到这里？我们之前说好了。"

"我非常清楚这笔交易内容是什么，中队长先生。她会跟着周三最后一趟列车被送过来。"

"这个星期三？三天内？"

利伯曼点了点头。

克里斯托弗咬了咬嘴唇，试图克制微笑："她从哪里来？"

"这有关系吗？"

"不，没有。她星期三晚上到这里，而不是星期四，因为我星期四早上要去柏林，很重要的事。一整天都不在。"

"怎么回事？你需要在这里欢迎她吗？"

"别扯其他的，利伯曼先生。"

"如果我是你，我会注意我的语气，年轻人。"利伯曼隔着桌子指向克里斯托弗，"如果这个万众瞩目的，新反腐败委员会的负责人，被发现贿赂一名高级官员，你觉得别人会怎么看？"

"大家会怎么看待一位高级官员受贿？听着，我已经告诉过你了，我不行贿。那列火车星期三几点到，上尉先生？"

"五点半。我会让卡辛女士列入直接转移到经济区的名单，去分拣要送回帝国的货物。"

"好极了，我们的交易到此结束，利伯曼先生。你做得不错。如果你需要我的任何……"

"哦，别担心，席勒。我不会吝啬自己的要求的。"

他飞快地回到办公室。"过来，安卡，"他低声说，"亲爱的，我有一个非常好的消息。"他说英语是出于某种原因。她似乎很困惑，喃喃地说了些什么。"对不起，安卡，我不会说捷克语，"他又转用德语说，"但我今天听说丽贝卡还活着，她会被转移到这里。"他把她的头抬起来看着她的脸，她的脸仍然脏兮兮的，蓬头垢面，头发从她的脸上散落下来，"我要把你弄出去，安卡。我要让你远离这里，我发誓我会的。"

第三十一章

　　他尽力洗干净她的头发，用布擦去她脸上的污垢。当她安顿下来睡觉的时候，他完成了他的工作，他对今天的数字进行了清点和检查，这些数字肯定会让霍斯高兴，因为要比通常的高出百分之十以上。他的上级会很高兴他们从囚犯那偷来的货物和钱没有被其他人偷走。他和安卡又睡在办公室的地板上，这一次，从商店里取来了枕头和毯子，防止冬天寒意从窗户里渗透进来。探照灯扫过窗户，照亮了房间，这样他就可以在她睡觉的时候清晰看到她的脸，他搂着她。

　　他想象她来自布拉格外的一个小村庄，看到她和她的朋友、兄弟姐妹一起玩耍。他想象她回到她的父母身边，她的父亲把她举到空中，拥抱她，然后吻她的脸颊。她的家人现在都死了，她的家被帝国带来的定居者或嫉妒的邻居接管了。那里的生活对她来说会是什么样子呢？或许他能带她离开这里，带她去见他父亲。他的父亲可以把她藏起来，在这一切结束之前保护她的安全。一旦他和丽贝卡出去，他们就可以把她带走，把她当作自己的孩子抚养，把那些从她这儿被偷走的生活还给她。世界上仍然还有地方像他年轻时的沙滩一样，仍有幸福可寻。

黎明的寒意让他醒来。安卡还在睡，她似乎一直都在睡。他把手臂从她身边拉开，站了起来，他唯一能听到的声音是骨头发出的嘎吱声。希望的非理性填充着他，他又感觉到丽贝卡和他们在一起。

夜里下了更多雪，点缀在仓库和焚烧室上，让这种地方也变得漂亮起来。克里斯托弗擦了擦自行车座位上的雪，朝奥斯威辛的生活区出发。在他到达时，拉姆醒着，他站在镜子前刮胡子。

"你昨晚去哪了？"他问道。

"目前还有很多工作要做，我又在书桌前睡着了。"

拉姆没有回答，只是不停地刮胡子。克里斯托弗走到自己的储物柜前，换上新衣服。两人沉默了一分钟或者更久，然后拉姆又开口了。

"是的，这一定是件很累人的工作，把你的党卫军同事们抓起来。"

"我有我的工作，你有你的工作。和你一样，我的工作也不总是让人愉快的。你在惩罚区工作也不舒服，对吧？"

"不，我喜欢给这些害虫们应得的惩罚，没有一个犹太人是无辜的。"

"好吧，很多人可能不会特别喜欢这工作，但这对帝国的安全和未来很重要，"他继续说道，"我的工作也一样。我尽力保护我的党卫军兄弟，但如果他们中有人实在太愚蠢，不听我的警告，那么，我也没办法。我也不想这样，拉姆，我只是想以最好的方式为元首服务。"

"把有妻子和家庭的男人关进牢里？"

"关于反腐败的命令直接来自希姆勒本人，你要去质问他吗？下一个是谁？或者你去质问元首本人？"这句话从他嘴里说出来听起来很酸。他说这句话的时候就好像不是自己，是一个陌生人套着一张他的皮。

拉姆放下剃刀，擦了擦脸。他把手撑在水槽的一侧，对着镜子瞪了克里斯托弗一眼。他转过身来，穿上衬衫，当克里斯托弗再次看着他时，他的表情已经改变了："我认识一些被捕的人，席勒。"

克里斯托弗现在对逮捕这些人的感觉很好，这是第一次，好像终于在这里有了一些正义。"他们是在惩罚区里的警卫吗？"

"有一些是。"

"你为什么不警告他们？我告诉过你，警告他们。"这些句子说出来让他很享受。

"我以为我警告过他们了，我不可能每个人都见到，我觉得我告诉了大多数人。"

"他们可能听说了，但不相信你。你试过了，拉姆，我们都是。这就是我们能做的。"他拿起衣服，走出房间去洗澡，他尝试克制住自己的笑容。

丽贝卡现在经常出现在他的脑海中。他能感觉到她的呼吸，她的柔软的头发抵在他的脖子上。一想到能见到她，他就变成了一个不属于这里的快乐异乡人。一旦她到达，一切都会为他改变。每天她在这里，他会保护她免于死亡。

克里斯托弗把剩下的早餐放在口袋里，穿过"加拿大"的仓库，走向他的办公室和安卡。他听到了大约一百英尺外传来了很大的声响。是弗兰克尔，囚犯头目。他抓

Finding Rebecca

着一个女人长长的棕发，把她扔到雪地里。他嘴里叫喊着什么，掏出了警棍，克里斯托弗目睹这种事太多次。弗兰克尔举起警棍，打在那个女人的头上。警棍敲击在头盖骨上发出可怕的声响。克里斯托弗想要跑上前去抓住弗兰克尔的手臂，把他扔回雪地上的冲动就像一只狗在他胸膛里撕咬，但他知道现在不能这么做，他加快了步伐，但不能让任何人察觉到。弗兰克尔又举起了警棍，鲜红的血溅到了洁白的雪上。两个囚犯推着一辆装满锅碗瓢盆的手推车走了过去，他们好像完全不在意眼前发生的事，完全无视女人因为弗兰克尔一次又一次地击打而发出的尖叫声。当女人试图用自己的手保护自己时，弗兰克尔用警棍打在了她的手上。她又尖叫了起来。他花了几秒钟才走到他们身边，这几秒几乎有几个小时那么长。

"弗兰克尔？"当克里斯托弗终于在他们身边停下，他问道，"这是怎么回事？"

弗兰克尔转过身来，他的手臂仍然高举着想攻击那个女人，她倒在他的脚边。"这个无赖的家伙，认为，"他的呼吸很沉重，说话断断续续，"这个无赖的家伙，认为她在工作的时候可以在桌子上睡觉。"他向克里斯托弗寻求允许，让他继续下去，把她打死，或者放任他的行为，无论他到底会不会把她打死。

"你处理问题的方式就是把我的工人打成残废？"克里斯托弗摇了摇头，"如果她睡着了，就用巴掌把她叫醒，不许她穿鞋，让她待在雪地里，但不要让她残废。你每杀死一个工人，我就必须找另一个替代，这意味着会使我有更多的工作。你知道我有多忙吗，弗兰克尔？"

"当然，中尉先生，只是……"

"弗兰克尔，我很欣赏你在这里工作的……彻底性，但你需要把事情想清楚。"倒在地上的女人呜咽着，克里斯托弗一次也没看她。两个囚犯推着一辆空车走了过去，克里斯托弗示意他们过去，"把这个囚犯扶起来，带她到医院去。"虽然那个女人的头上流了很多血，但她的眼睛还睁着，可能还有希望。囚犯们把她抱起来放在手推车上，"请记住，这里的运作需要工人，弗兰克尔，我们的工作也是如此。"克里斯托弗用尽全身意志，让自己拍了拍弗兰克尔的肩膀，"回仓库去吧。"

当克里斯托弗到达办公室时，布雷特内、穆勒和弗里克都在他们的办公桌前。"大约一小时后会有一批货来，我要你们三个去看着所有人。"他朝自己办公室门走去，安卡在他走进房间的时候躲在桌子下面。他走到她身边，把手指放在嘴唇上，她把自己的手指也放在嘴唇上。她从桌子下面出来，在他坐下时跪在他旁边。他工作，她则安静地在一边画画。一个小时之后，差不多是下一批货到的时候。他想看着他们出发，确保他们离开，他走进总办公室的时候，只有穆勒还在那里，正准备出门。

"我刚才看到了弗兰克尔的事，正好路过。"穆勒说。

"哦，是吗？我不能让我的工人……"

"弗兰克尔是一种动物，意思是说他恨您，因为他无法再宣泄自己的暴力欲。"

"我当然不能受他的威胁。我是党卫军军官，他只是个囚犯头目。"

"他在这里杀死的囚犯比我听说过的任何其他囚犯头目都多。您的前任让他变野了，他每周必定杀死四五十个囚犯。我看到他为了囚犯们嘴里的金牙用铲子把他们活活打死。不管怎样，我只是觉得您应该知道这些。"

"谢谢。"

穆勒戴上帽子："哦，还有一件事。我想您办公室里可能有老鼠。我发誓在您回来之前，我听到里面有响声。"

血色从克里斯托弗的脸上褪去，他的身体像尸体一样冰冷："我去查一下，再次感谢你，穆勒。"

克里斯托弗回到自己办公室里坐下，伸手摸了摸安卡的头。他把她抱起来，把她放到他的膝盖上。

"这些人到底怎么了，安卡？星期四早上就要来了，我们可以重新开始生活，因为这不是生活，安卡。这只是暂时活着。"他把她抱在他身边，吻了吻她柔软的脸颊，"哦，为什么我不早点这么做呢？我为什么让这么多人死去？"安卡靠在怀里，抓起他党卫军夹克的翻领。她看上去很高兴，好像一个女儿坐在父亲的膝盖上参观他的办公室。她用捷克语低声对他说了些什么。

第三十二章

　　星期三早上，这是安卡在营地的最后一天，丽贝卡来营地的第一天，每过去一分钟就离丽贝卡的到来和安卡的解放更近些，每一分钟都过得如此难熬。他为丽贝卡的到达做好了准备，她将立即被纳入"加拿大"的一个工作组。他为安卡准备了一个手提箱，正好够装她那小小的身体。他在箱子上预留了空气孔，但会到最后的时刻再弄好它，以防万一。今天的日程已经安排妥当。丽贝卡的火车大约是在五点半左右到达，就在冬季的夕阳消散在灰蒙蒙营地之后的一个小时。一想到能见到她，他就感到一种他以为不可能再感受到的喜悦，当安卡醒来时，他紧紧地拥抱住她。

他站起来穿上夹克，安卡知道不要出声，她只要在这里安全地多待一天就可以。会成功的。他走之前弯下腰拥抱她，当他把手放在门把手上时，听到她呼唤他。她冲他挥了挥手，他脸上带着深深的微笑走了出去。他用一根手指划过他没有刮胡子的下巴。十点的时候，他在奥斯威辛与反腐败委员会其他成员举行了会议。他们将整理第一周的成果提交给指挥官，该委员会已证明取得了巨大成功。没有人问为什么被逮捕人数如此之少，"加拿大"的收入却如此之大，似乎没人在乎。

他回到宿舍洗澡刮胡子，自从他们那天早上的谈话之后，他就没见过拉姆，当克里斯托弗回到房间时，他不在那里。他花了一点时间洗澡换衣服，去食堂吃早餐，装些食物带给安卡。他回到了"加拿大"，然后回办公室，那里早上总是空无一人。他给了安卡她的早餐。这是例行公事，他以后会怀念的。但明天会有一个新的循环，和丽贝卡。

委员会所有成员都参加了会议，弗里德里希作为观察员也正式出席。克里斯托弗站起来向他们讲话。他的手在颤抖，于是他把它们藏在背后。他谈到委员会行动的收获——那些数字时——内心的紧张情绪才有所缓和。舒尔茨迟到了，独自坐在角落里。克里斯托弗看到他们都在房间里，安卡，丽贝卡，甚至他的父亲和他的妹妹。当他向坐在他面前的委员会成员讲话时，他的话和他的思绪无关。他的思绪是为了房间里那些只有他能看到的人。

会议结束时，大家互相握手、拍背，但弗里德里希似乎不太高兴，他一言不发地离开。没有人去握舒尔茨的手，他回到焚烧室，继续协助焚烧刚被谋杀的尸体。报告已经准备好了，克里斯托弗将是向指挥官提交报告的人。有人说他要升职，而且这个反腐败委员会可能是永久性的，但克里斯托弗并不关心这些话题。穆勒、弗里克和布雷特内前往火车站，监督当天的第一次甄别。克里斯托弗回到办公室，没有其他理由，只是想见安卡，告诉她会议的情况还有发生了什么。她在他的桌子下面，画着他留给她的那张纸。他把她"壶"里的秽物倒在外面，回到她身边，在他坐下的时候把她抱到自己腿上。

"我们快成功了，亲爱的，"他用英语低声说，"明天这个时候我们会一起出发。别担心，我不会让你整个旅程都待在手提箱里。我可以把你藏在后座，这不会让我父亲大吃一惊吗？"他拥抱她，把她的头抚在胸口。他吻了吻她的头顶，感觉到她伸出手臂围住了他。

突然响起急促的敲门声，舒尔茨的声音传了过来：
"中尉先生？"

他把门打开一条缝，足够看到犹太人特遣队队长的
脸："什么事？"

"我可以和孩子说几句吗？"克里斯托弗让他过去，舒
尔茨跪在女孩面前，把手放在她的后脑勺上，抚摸着她的
头发，"她怎么样？"

"在这种情况下，她做得很好，但有时会哭。"

"我们不都这样？"舒尔茨回答。他开始用捷克语和
她说话。克里斯托弗想弄清他能做什么，但现在没有他能
做的。舒尔茨指着克里斯托弗，安卡笑了。他说了一分钟
话，或者更长些。安卡回答了些什么。舒尔茨站了起来：
"我告诉她了，她说她知道。"

"她知道什么？"

"她知道你明天要带她离开这里。我告诉她你带她走
的时候她必须安静，我告诉她我们会永远在她身边，你会
保护她的安全。"

"她怎么说？"

"她很兴奋。她期待再次见到她的家人。"

舒尔茨把她抱进怀里，给她一个拥抱，然后就走了。

Finding Rebecca

克里斯托弗待在房间里，看着她吃他给她带来的午餐。一个小时之后，丽贝卡即将结束她从比伯拉赫开始的旅程，会有许多事要解释，她一定不希望会在这里见到他，他必须保持距离，所以不可能有个感动的重逢。他的面具还不能脱下，现在不行。

他用口袋里的手帕擦了擦安卡的脸，她吃完了他给她带来的面包和牛奶。最后一次拥抱她，走到雪地里。

一群新来的囚犯聚集在四号焚烧室外的院子里，但他现在根本无法忍受看到这一切。党卫军军官灌输给他们的虚假希望撕扯着他的灵魂。布雷特内在院子里走来走去，手里拿着分类账。他走到克里斯托弗跟前。

"中尉先生，刚才有人找您。主管助理弗里德里希先生要您马上到行政大楼去见他。"

"大老远去奥斯威辛？"

"他是这么对我说的，他现在在那里等您。"

弗里德里希想要说什么？这跟利伯曼有关吗？他应该不会说什么？他会和克里斯托弗一样有罪。地上有积雪，道路还在清扫，他很难骑着自行车一直到奥斯威辛。他得借施特龙茨的车。他去了工作组长施特龙茨在第四焚烧室的办公室，后者正在他的办公桌前翻阅着文件。他同意把钥匙借给克里斯托弗，当克里斯托弗离开焚烧室时，人们正排队进更衣室。他没有和他们中的任何人进行眼神交流，看着他们太沉重了。

他跑到车边，发现发动机发动不了，低声骂了一句。他正要去找一个机械师，这时发动机终于恢复了动力。到奥斯威辛的正门用了不到五分钟，虽然克里斯托弗认识值班警卫，但当他经过时，他仍然出示了证件。当他在行政大楼外停车时，一场大雪开始了。他跳了出来，差点忘记关上身后的门，就向门口跑去。

"席勒中尉？"利伯曼见到他似乎有点厌烦，"你在这干什么？"

"我收到消息弗里德里希想要见我。"

"什么？我对此一无所知。我今天压根没见过那位长官。"

克里斯托弗感到他的手掌里全是汗水："谢谢你，上尉先生，我去问问秘书。"奥梅尔见到克里斯托弗走进办公室的时候，从自己的位子上站了起来。他没有让他坐下，"奥梅尔，主管助理弗里德里希在吗？"

"他不在。他应该在吗？坦率地说，我很惊讶下午有这么重要的事您却亲自过来了。"

"什么？"

"今天在'加拿大'进行的搜查。他们应该在十分钟前开始。我本以为您会想去那里监督他们，特别是当他们到您办公室的时候。"

"哦，是的。"克里斯托弗不知怎么地笑了笑，"我不想妨碍他们，我最好现在就走。"克里斯托弗离开。他死定了，他们会找到安卡，他死定了。他现在明白为什么他会被调遣到营地的另一边。这是弗里德里希和布雷特内的报复。但那又有什么关系呢？最后一间办公室空着，电话正放在桌子上，克里斯托弗溜了进去，关上了身后的门。现在他只有一个小小的机会。他打电话给四号焚烧室，电话似乎花了几个小时才能接通。工作组长施特龙茨的助手接起了电话："你好，我是党卫军二级突击中队长席勒，舒尔茨在吗？我有急事想和他谈谈。"舒尔茨的声音传来大约是三十秒之后的事，工作组组长的办公室就在焚烧室旁边，"搜查开始了吗？"

"搜查？"

"我们现在在说话的时候，'加拿大'正在被搜查，弗里德里希是幕后黑手。我在奥斯威辛，被故意支走了，你得去接安卡。"

电话那头沉默了两秒，令人痛苦："我听到了军队的声音，搜查开始了，我……我得去接她。"

"门是锁着的。"克里斯托弗说，然后没有得到回音。舒尔茨走了，克里斯托弗挂掉电话，又拨一次，但没有回应。他跑出办公室，差点在雪中失去了平衡。

"小心，席勒先生！"值班警卫在他身后提醒。他把车门打开上车，引擎又一次无法发动，他猛砸方向盘，他恶狠狠地咆哮咒骂，喉咙发痛。他又转动了钥匙，车子发动了。车轮在雪地上打滑了一次，才找到了道路的牵引力，他现在能想到的只有安卡。他放慢速度驶出大门，然后狠踩油门以最快速度到比克瑙的大门。当"加拿大"的仓库出现时，他的整个身体都在颤抖。士兵们把一堆衣服、毯子和手提箱扔在外面的雪地上。克里斯托弗大步流星地走了大约五十码赶到自己办公室时，搜查部队正要进入正门。他来不及了，现在没有机会阻止他们，不会有人逃脱。弗里克、穆勒和布雷特内被赶出去，搜查队涌入。他感觉到希望从他的内心流失，深深的悲哀和愤怒立即取代了它。

只有一次机会。他必须显得很爱管闲事，他走近办公室的门，寻找指挥官，是弗里德里希本人。"怎么回事？没有人告诉我今天要发生这种情况。"克里斯托弗说。

Finding Rebecca

"任何人都不能逃避在营地所有部门执行的标准搜索，甚至连反腐败委员会的主席也不行。"克里斯托弗从他身边挤过去，往里面走。部队把办公室夷为平地，几个人正准备破门而入。

"我有钥匙！"克里斯托弗喊道，但党卫军不理他，一脚踢开了门。几个党卫军闯了进去，他跟在他们身后也冲了进去。什么都没有。她在哪？办公室的窗户被打破了，玻璃碎片散落在地板上，士兵们把他桌子翻了个底朝天，什么都没有。外面传来一声枪响，然后是大喊大叫的声音，克里斯托弗跑了出去。

弗里德里希站在外面："怎么回事？"舒尔茨从拐角处出现，双臂举过头顶。一个党卫军的人在他身后，用手枪戳着他向前。弗兰克尔跟在他们身后，拖着安卡的手臂。不！不！"我们在办公室后面找到了这两个人。我们犹太人特遣队的头儿似乎想把这个藏起来。"弗兰克尔说。安卡在哭，试图挣脱，弗兰克尔把她按在原地。弗里德里希拔出手枪，他把它对准安卡的头，扣动扳机。她的头向后猛地一抽，身体倒了下去。他把枪又对准舒尔茨额头，舒尔茨用捷克语说了些什么，眼泪从他的脸上滚下来，弗里德里希开枪。舒尔茨的尸体倒在安卡身旁的雪地里。他眼睛还睁着，她的头发被黑血浸透了。弗里德里希把手枪放进枪套，他用袖子擦去了溅在制服上的血迹走开了。

克里斯托弗把他的身体转开，绝望地意识到他现在是在哪里，一直被监视着。他低着头，伸出手撑住面前仓库的一侧，击退威胁着想要战胜他的悲伤，他不能为她哭泣，他甚至不能发出声音。

"你没事吧，中尉先生？你看起来不太好。"

克里斯托弗意识到党卫军不会开枪打他，他设法抬起头来看着他。"是的，只是，你知道，看到了那个小女孩的血。"士兵摇了摇头，低声地咕哝了一些关于办公室工作者的话，并加入了其余在仓库外的党卫军士兵队伍。

第三十三章

对办公室的搜查不到十五分钟，结束之后搜查队继续搜查焚烧室，直到天边最后一道白昼的光消失。克里斯托弗跌跌撞撞地走进他办公室整理剩下的东西，一滴眼泪从他的眼角滑落，但它在掉下的那瞬间就被他擦掉了。他的桌子上什么东西都没有，文件散落得满地都是，架子整个颠了过来，他为安卡准备的手提箱被打开，还有舒尔茨为了救她破窗而入的玻璃碎片。他桌后被装满钱的手提箱塞满的保险柜并没有被打开。他关上了身后的门，冬天的寒意透过破碎的窗户渗透进来。他把座位摆正，把它放在桌子后面。门开了，弗里德里希把另一把椅子翻过来，坐在他对面。

"我有几个问题要问你，中尉先生，"弗里德里希看着破碎的窗户，环视着房间说，"我的人告诉我，当他们进入办公室时，窗户已经坏了。"手枪在克里斯托弗的身边，他的手放在上面。丽贝卡今天要来救了你的命，弗里德里希，"我不知道窗户是怎么回事，您的手下有人在外面搜查吗？"

"不，他们都在大楼前面。只是囚犯头目，弗兰克尔，我们找到了舒尔茨和他一直藏着的孩子，这到底是怎么回事？"

"重申一次，我不知道。或许您应该和工作组长施特龙茨谈谈。舒尔茨一定是把她从儿童区偷运出来，藏在第四焚烧室。"

"她不是从儿童营来的，她身上没有文身记号。"

"我希望我能帮您，主管助理先生，但我也不知道舒尔茨和那个女孩发生了什么。"一张孩子气的画躺在窗户下的地板上，上面散落着破碎的玻璃，"就在搜索开始之前，弗里德里希先生，我收到了一条消息，要在奥斯威辛集中营和您见面。"

"抱歉把这儿弄得这么乱，席勒，但这里没有人凌驾于法律之上。我意识到唯一没有被正常搜索的地方就在这

Finding Rebecca

里。这很不公平，对吧？"

"是的，主管助理先生，不公平。"

"那么，让我们回到窗口的问题上。看来犹太人特遣队的舒尔茨打破了它。我和附近塔楼的警卫谈过了，但他什么也没看到。为什么舒尔茨会做这样的事情，中尉先生？"

"我只能想到他是想利用营地的混乱，闯入我的办公室，偷走可能在里面的一些贵重物品。"

"带着一个小女孩？两个人？"

"谁知道犹太人到底是怎么想的呢，主管助理先生？"

五秒钟过去了，弗里德里希终于开口了："好吧，很快我们就不用再担心这个了，对吗？"弗里德里希站起来说。他的靴子在破碎的玻璃上嘎吱作响，安卡的图画在下面，"我将监督今天其余的搜查。你还有很多事要做。"他离开了。克里斯托弗绕过桌子走到窗前，伸手捡起角落地上的画，吹去上面的玻璃碎片。这是一幅新的画，今天早晨刚画的：一座沐浴在阳光中的农舍，田野里有母牛，农舍外有人影。他的眼泪落在图画上。

他强迫自己坚强。他是一名军官，必须被人看到他在负责办事。他走进了主办公室，穆勒和弗里克在地板上挑选文件。布雷特内不在，大概还在弗里德里希的身边，帮着指导监督搜查。他叫人替他把办公室里的窗玻璃换新，让几个犹太人特遣队进来帮忙清理。在不到一个小时的时间里房间恢复原状，只是现在一切都不一样了。

时间快到了。现在五点钟，火车半小时后到。他去了浴室，看向镜子里的自己，却只看到雪地上安卡沾满血的头发。他想知道丽贝卡是否会认出他，他现在几乎认不出自己了，在营地的时间改变了他。他现在到底是谁，是创伤太深了吗？她还能爱他现在这个样子吗？似乎他认识她的地方不可能再存在了，至少不可能在像奥斯威辛-比克瑙这样的世界里。她又会怎么样呢？她的经历会如何改变她？她身上总有不寻常的力量，在这里她需要那种力量。他看了看表，该走了。

他和穆勒一起去了火车站，在他们到的时候，布雷特内已经在那里了。克里斯托弗没有和他说话，他不想这一刻被玷污。医生来了，穿着白大褂的他们很显眼。他们是这里最强的力量，决定谁该生谁该死。不让他们混淆很重要，所以克里斯托弗走了过去，他们站在那里，等待火车到达。那些来自"加拿大"的犹太人特遣队也在。他能像舒尔茨那样真正高贵，真正勇敢吗？他想象舒尔茨在雪地里跑向他的办公室，看到搜查部队已经在那里，知道几乎没有机会成功，却仍然拒绝放弃被困在里面的女孩。

火车的烟雾进入了他的视线，灰色的浓雾映衬着黑色的夜空。车头出现在视野里，把火车拉进车站。她在火车上。犹太人特遣队队员把车厢上沉重的门拉开，喊叫声开始了。迷惑不解的囚犯掉到沙砾上，他开始来回走动，扫视着人群找她。火车上没有多少女人，大多数是中年男人和孩子。他们排成队伍，按性别分开，每条队伍前都有医生，选择谁看起来适合工作，谁适合死亡。他看到一名行政人员，拿着写字夹板来回踱步，准备叫出上面的名字，他听到他喊道："丽贝卡·卡辛！丽贝卡·卡辛！"听到她的名字时的安慰平息了他内心的恐惧，哪怕只是几秒钟。但是没有回答。这位党卫军在两条队伍之间移动，这次叫了她的姓，"卡辛！卡辛！"一条手臂伸了起来。因为拥挤的人群克里斯托弗不能看到她更多，他试图绕开人群去瞥见她。在黑夜中他勉强辨认着手臂的方向，推开人群。他努力闯过挡在面前的人到她在的地方去。所有付出都是值得的，她回到他身边了，最后他把她救了回来。他推开了面前最后一个人，试图把微笑保持在脸上，但它消失了。皮埃尔·卡辛站在他面前，他的手臂高高地举着。

卡辛看起来更老了，他的脸比以前更皱纹纵横，好像他喝过的每一杯酒最后都报复给了他。他的胡子不见了，看起来更瘦，但他和克里斯托弗记得的一样健康。卡辛走出了队伍，克里斯托弗停了下来。怎么会这样？她在哪？卡辛在与管理员交谈时耸了耸肩。克里斯托弗走过去，卡辛还是没看他。

　　"是的，这人是我的，"克里斯托弗指着卡辛说，卡辛认出了他，眼睛睁得大大的。克里斯托弗抓住他的肩膀，把他从队伍里带开，经过医生和警卫们带着的狗。卡辛没有说话，他们离得够远时，当克里斯托弗转向他用英语问道："丽贝卡在哪里？她在这列火车上吗？"

　　"没有。我……我不知道你在说什么……为什么丽贝卡会在这列火车上？"

　　"她本来应该坐这列火车被转移过来的。你在这里干什么？"他喊道。党卫军的一个警卫看了过来，盯着他们看了一会儿。

　　"我接到了转移的命令，我无法拒绝，"卡辛说，"请不要杀我，我知道……"

　　"但你不应该在这里！丽贝卡在哪里？"

　　"我……"

"回答问题。她在哪？丽贝卡在哪里？"

"丽贝卡走了。"

"什么？"痛苦就像烧得滚烫的烙铁印在他的胸口，"你在说什么？"党卫军警卫又看了过来，克里斯托弗不在乎。

卡辛畏缩着，好像克里斯托弗要打他："他们杀了她，我很抱歉，他们把我转移到这里。"

现场负责人走了过来："中尉，这个囚犯是谁？"

克里斯托弗立刻站得笔直敬礼："他是一个转入我所在的'加拿大'部门的人，上尉先生。"

"那么他就是由你负责了？"克里斯托弗点头作为回答，"那么，在我把他和其他人混成一团之前，把他弄出去。他看起来很老，在这个营地没有什么用处。"

"他技艺高超，上尉先生。谢谢。"他抓住卡辛的肩膀，把他领到汽车边。走路很困难，内心的痛苦，为了丽贝卡，为了安卡，都使人衰弱。他仍然费力地走着，每一步都是意志的胜利。皮埃尔·卡辛就是她所留下的一切，是这个被遗弃的地方除他之外唯一知道被她感动是什么感觉的人。

第三十四章

　　因为布雷特内和弗里克都在车上，所以他没有机会与卡辛交谈。克里斯托弗在汽车停下来之前打开了门，拉着卡辛的胳膊朝他的办公室走去。卡辛看到焚烧室的烟雾、铁丝网和警卫。他看到最后一个仓库，那里的女士们正在整理一大堆鞋子。总办公室空着，克里斯托弗打开电灯开关。克里斯托弗打开他办公室门的时候，他们之间没有说话。安卡不在这里了，他口袋里的画是她唯一存在过的痕迹。克里斯托弗指示卡辛坐在他对面的椅子上，他坐到自己的办公椅上。卡辛的每一个动作都很谨慎。他坐在椅子上，好像完全是石头做的。

　　"丽贝卡怎么了？"卡辛看着他，似乎说不出话来，

"告诉我。"他的声音非常虚弱，喉咙和眼睛又酸又累。

"他们杀了她。"

"谁？谁杀了她？"他眼睛后面的眼泪终于决堤而出，它们顺着他的脸流了下来。他想着她，但她作为一个成年人的样子不知怎么地模糊了，当他看到她的时候，她还是个孩子，那个他找到的六岁女孩。他站了起来，这身制服，他现在的样子，他在这里试图做的一切，都是为了她。他把手伸进书桌的抽屉里，不知道为什么，今天搜查的时候那瓶威士忌完好无损，还有几个没有被打碎的玻璃杯，他拿了两个，把它们放在桌子上，拿着半瓶威士忌，给他们两人都倒了满满一杯。然后他拿出手枪，放在桌子上的瓶子旁边。卡辛拿着他面前的玻璃杯，好像在辨认这杯酒里可能包含的东西。"没关系，喝吧。"克里斯托弗说，眼泪氲在眼眶里。

卡辛把杯子举到唇边，一口气喝了半杯："营地守卫把她带走了。"距离克里斯托弗问的问题，已经过去五分多钟了。

"发生了什么？什么时候？"

"我为什么在这儿？这是你的报复吗？你为什么不报复得彻底点？"

"是我在问问题！她怎么了？"他喝了一口威士忌，它像火球一样击中了他空空如也的胃。

卡辛从自己的杯子里又喝了一口："那是在夏末。我们在营地待了几个月，在那里并没有那么糟糕，跟我们听说的另一些地方相比，没那么糟糕。"

"你听说过这个营地吗？"

"只能从被转移出来的囚犯那儿听到些只字片语。这是你们德国佬准备的谋杀中心，我一直知道……"

克里斯托弗重新回自己座位上："发生了什么？"他打断了卡辛的话。

"营地里的条件并不是我不能接受的，我们被喂饱了，虽然被迫工作，但没有太大的压力，没有什么我不能接受的。"克里斯托弗想知道，一个一生中从未工作过一天的人能做什么工作，"但后来一个新的指挥官上任，情况就变了。食物变差了，殴打也变得习以为常。丽贝卡从来没有向这些她眼里的……不公正行为屈服。"卡辛喝完了一杯威士忌，克里斯托弗又给他倒了一些，"有一个囚犯，也来自泽西。她不是犹太人，只是被驱逐到那里拘留，她们家参加过上一次世界大战，安娜，希金斯中士的女儿。她不像丽贝卡那样坚强，有一个警卫喜欢她，他开始骚扰

Finding Rebecca

她，持续不断。安娜的父亲病了，没有人愿意帮助她。当然，除了我的丽贝卡，没有人……"

"你的丽贝卡？"克里斯托弗说，然后他自己停了下来，"继续说。"

"一个早晨，8月底，丽贝卡在去上班的路上发现那个警卫试图强迫安娜顺从。那只是一个不到一千名囚犯的小地方，我们听到了营地另一边的警卫发出的惨叫。看到他从兵营后面跌跌撞撞地走了出来，抱着他的头，血从他捂着伤口的指缝里涌出来，丽贝卡用带着的铁锹砸伤了他。然后我们看到安娜一瘸一拐地从小屋后面走出来，她的手臂搭在丽贝卡的肩膀上，就这样。"

"你什么意思，就这样？"

"他们带走了她，她被处决了。"

克里斯托弗全身僵直，眼泪停下了。痛苦、挫败和对她的骄傲充满了他，他感觉不到自己的身体，好像坐在这里的是其他人。他唯一能听到的是卡辛伸手去拿那瓶威士忌的声音。他无比艰难地抬起眼皮，视线停在桌子上的手枪上。他现在可以杀了他，没有人会质疑，实际上，这么做对他甚至有助益，可以解除对他的怀疑。现在在这里杀了卡辛可以帮助他拯救其他人，他把手放在冰冷的金属上。他们的视线相遇了，卡辛停了下来，杯子举在半空中。

"你看到了吗？你看到她死了吗？"

"我不可能看到。"

"你在营地里和她很亲近吗？她经常提起我吗？"

"我们很亲近。对你们所做这一切的仇恨让我们团结起来。营地里的每个人，泽西的所有人都从她身上获得力量。我不知道她从哪里得到的那种力量，肯定不是从她妈妈那里，只有上帝知道她现在在哪里……"

"我不想听这个。告诉我丽贝卡的事。"克里斯托弗举起枪指向卡辛。他另一只手里拿着威士忌酒杯，把它端到嘴边。

卡辛抬起几乎完全空了的酒杯，好像要喝尽每一滴酒："我没有跟她谈过你的事。我从来不想听，她也知道。我可以骗你……"

"为什么不呢？你以前做过很多次。"

"我确实听到她和其他囚犯谈论你。"卡辛在出汗，"他们会说你的事，因为你是德国人……但即使在这样的时候，她总是替你说话，告诉他们国籍并不重要。"

他很想告诉卡辛自己为什么坐在这里穿着党卫军制

服，想象如果这里有其他人知道他的真实意图，他真实的样子会有多好。"我是一名党卫军军官，"他说，说话时声音似乎是撕裂的，"我现在就是这样。"

"你为什么带我来这儿？"

"我从来不希望你在这里，"他咆哮着，"我为什么要你来这儿？我想让丽贝卡转移过来，但是他们派你来。真是一个恶心的笑话。因为我告诉他们的故事，他们以为你是个安慰奖，他们一定以为我会把你赎回来。"

"赎回？谁？达雷尔夫妇？我不明白。"

"闭嘴，闭嘴。"

卡辛喝完了威士忌："你要对我做什么？这是你的报复吗？"

克里斯托弗看到安卡的头向后抽搐，子弹钻入她的头骨；弗里德里希杀掉舒尔茨时，他脸上的泪水。他试图想象丽贝卡死了，但这太痛苦了。在寒冷的房间里，他的手依旧在出汗。这将向其他党卫军证明他致力于这项事业，这将给他自由，让他帮助那些值得生活的人活下去。他感觉到手指紧紧扣住扳机。卡辛靠在自己的位子上。克里斯托弗把枪放回桌子："你会被分配到我监督的工作小组，这里是经济区。营地里的生活很艰难，但我会保护你。只要你工作，你就会安全，我会尽我最大的努力让你活着。"
克里斯托弗站了起来，"你能做什么？"

"我可以做任何事。"他说。

"那就做到最好，如果有人发现你来这里的原因，那我会报仇的。事实上，如果你告诉任何人我们认识对方，或者我认识丽贝卡，你就会死。你明白吗？"

"当然。"

"这里没有法律，反正对待囚犯没有法律。尊重我，我会尽我所能保护你。"

克里斯托弗给自己倒了最后一杯威士忌，把瓶子递给了卡辛。

第三十五章

一个不眠之夜随着黎明到来而结束。克里斯托弗的动作很慢，很吃力，他从床上爬起来，光着脚站在冰冷的地板上。他内心的空虚已经传遍了他的全身，觉得自己像个老人。他穿衣服时没有开灯，眼睛已经习惯了黑暗。他艰难地穿过灰色泥泞的雪水，来到他每次去柏林驾驶的汽车上。探照灯的灯光照亮了前方，让他看到囚犯的脸，他们从睡梦中醒来开始工作，排队点名，每个人都像是行尸走肉。他把车停了下来，下车找到安卡，还有那个为了救她而死的人被枪杀的地方。血还在那里，一摊深黑色血浆被周围的棕色灰色的泥浆包围着。

车上所有东西已经打包好，十分钟后就可以出发了。

这次有六个箱子，每个箱子都装满了钱，很难携带。当他把它们一个个堆到车上时，他紧张起来。他现在没有其他任务了，他只是个党卫军，想做他的工作，努力活下去。他没有任何目的，也没有任何理由协助谋杀无辜人民。他可以开车，一直开，把大部分钱都丢在柏林和荒漠里。他可以尝试去接亚莉珊德拉和父亲，然后去瑞士边境带着他所有可能需要行贿的钱，但这似乎还不够。

他开车经过大门，进入了延伸着的死气沉沉的风景。他想着皮带上的手枪，他能用它做什么？杀死弗里德里希会让他从痛苦中解放吗？他停在营地外面大概十五英里处的路边。现在他完全是一个人。他们只需要一天左右就能在树林里找到他的尸体。一旦钱没有交出来，他们肯定会找他的。手枪拿在手里，很冰很重，枪管贴在他太阳穴柔软的皮肤上像冰块一样。它的重量紧贴着他的皮肤。他现在怎么能成为这个营地的一部分？最好是，在这里结束它，而不是继续助长这个营地的恐怖。他闭上了眼睛，手枪掉到他的大腿上。他看到了他的母亲，自从他还是个孩子以来第一次看到，是如果她还活着可能变成的样子，头发灰白，满脸皱纹，看上去就是亚莉珊德拉老了之后一样，他把手枪放回枪套里。路上空荡荡的。后备厢很容易打开，箱子也一样。他从每个箱子里都拿了一点，提醒自己要调整分类账目。当他完成时，他有三堆美国和英国货币，大约相当于三千美元。

他去表亲哈拉德家看他的父亲和妹妹。当他告诉他们丽贝卡的事时，他们哭了。克里斯托弗坐着看着他们，他的情绪迟钝，震惊地发现他无法分担他们的悲伤。亚莉克丝走到他身边，搂着他的肩膀拥抱他，但他几乎感觉不到她的触摸。

"我还有件事要告诉你们。"一种冷漠的感觉又一次追上了他，这种感觉甚至变成了说话的动力。他告诉他们安卡的事，舒尔茨的事，和他们是如何被谋杀的。

亚莉珊德拉打破了沉默："克里斯托弗，你做得很勇敢，但如果你被抓住了……"

"如果是我被抓，而不是舒尔茨，我现在可能在监狱里，或者会被处决。但他死了，眨眼间就被杀了。他知道风险，他还是想救她，他还是这么做了。"

"克里斯托弗，我不想让你冒生命危险。"她说。

"你说的这些人，弗里德里希，布雷特内，弗兰克尔，拉姆，他们看起来像怪物。如果要把你交出去，他们不会有任何犹豫。"他的父亲说。

"我知道，但我为什么要加入党卫军呢，父亲？是为了推进第三帝国的事业，为元首服务吗？"

"当然不是，克里斯托弗，但是……"

"我已经做了决定，我需要你们的帮助，没有你们，我做不到。"

"营地的安保系统呢？看在上帝的分上，你是个会计，不是突击队员。"亚莉克丝说。

"安保系统？就资金而言——钻石，黄金，这就另当别论了，它们是分开运输的——但现金是我的工作。我的工作是收集、清点、记录和运输现金。没有其他人插手，至少现在没有。指挥官信任我，我是反腐败委员会的负责人，我听说我介绍的模式正在其他营地采用。我不能什么都不做，不能只是个党卫军军官。尤其是现在我欠丽贝卡那么多，欠安卡和舒尔茨那么多。"

"有一件事我坚持，"他父亲插嘴说。

"是什么？"

"你得等。营地里现在似乎有太多不确定性。你得等到新的指挥官就任，直到你了解他，直到他像霍斯那样信任你。做你的工作，就像其他人一样，只需要一个月左右，新年来临时，我们会知道你的计划能不能实行。这也可以给我一些准备时间。"

　　　　　　　　　　　　Finding Rebecca

第三十六章

1944 年 1 月 5 日，克里斯托弗会见了鲁道夫·赫兹，奥斯威辛三号克虏伯工厂的负责人，这是在奥斯威辛周围建立的工业综合体，建立在奴役囚犯的基础上。赫兹与克里斯托弗握了手，他打开门，并提出让他的秘书拿着克里斯托弗随身携带的皮箱。

"谢谢，不用。"他回答。

皮箱放下来时，在铺着薄地毯的地板上发出一声轻响。赫兹是一个快要六十岁的秃头胖子。桌上有一个喝到一半的威士忌酒杯，他立刻给克里斯托弗倒上一杯。他接受了。克里斯托弗把杯子举到唇边。一幅巨大的希特勒画像挂在桌子上方的墙上。

"那么，现在生意不错？"

"哦，是的，尽管花费在上涨。一直在涨，从没降过。先是他们为了这些犹太人收取我们七个马克，然后是九个，现在是十二个。说到底，一个犹太人能值多少钱？"

"我想那就要看犹太人的情况了。"赫兹笑起来时，他的脸上露出一种不健康的紫色，"是的，但我也不能抱怨。至少我们有充足的犹太人。他们消耗得很快，你不知道吗？"

"如果你给他们多喂一点，他们会更耐用些。"克里斯托弗微笑。

"我们都有指令，中尉先生。我不能违背党卫军的裁决。你应该比我更了解这些。"

"相信我，当然。我曾经试图说服我的指挥官，我得告诉你，那不是一次愉快的谈话。但认真的，我们都只是想在为元首服务的同时尽力让自己过得好些，等待着最后的胜利。"

"当然，回到了今天手头的事情上；我该为什么感到高兴呢，席勒先生？"

"对，手头的生意。你介意我抽烟吗？"赫兹示意他继续，把烟灰缸推到他面前。克里斯托弗拿出一个镀银的烟盒。

"很漂亮。"赫兹评论道。

"谢谢。"克里斯托弗把火柴从火柴盒里摇出来。他深深地吸了一口，再吐出来，烟从赫兹的头上飘过，"我们早些时候谈到了劳动力问题——这对雇主来说是个微妙的问题。我祖父是个实业家，做家具。我记得小时候他和我说的那些事，抱怨工人、工会和权利。但是，当然，这不再是我们要担心的事情了，对吗？"

"是的，的确。"

"不管怎么说，随着这里工人的消耗，你一直需要可以工作的囚犯，对吗？"

"嗯，我不能说这里的需求是固定的，这里有些警卫可是相当残忍。很少有人能制止这种行动。"

"的确，我明白。工厂是不是需要过童工？我听说时不时会需要他们。"

"有时候，是的。去年我们花了一些时间清理机器。他们个子更小，明显适合进入一些比较小的空间。"

他想问问那些孩子现在在哪里："那么，如果你现在需求一批儿童，那就不会显得非常奇怪了？"

"就像我刚才说的，我们有时的确需要一些孩子。你为什么问这个，席勒先生？"

"好吧，如果我告诉你，因为一些生意上的需求，我自己需要一批孩子呢？"

"你的祖父想要从营地要一批童工？"

"不，我祖父早就退休了。你的办公室真不错。这是什么地毯，波斯的？"

"是的，这是我从家里带来的。"

"很有品位。你看起来确实像个享受生活中美好事物的人。是的，你很聪明，赫兹先生，真的很聪明。但对那些跟党卫军没有直接关系的人，想要得到犹太童工是很困难的。"

"你不能只是……"

"哦，一切都搞定了。我的联络人到处都有朋友，朋友们向他保证，他们不会阻碍商业的发展。"香烟在克里斯托弗的手里晃动，所以他把它放到了眼睛以下的水平，"所以我的联络人现在需要的是一些工人，你可以间接提供的工人。"

"那我该怎么做呢？"赫兹探身向前，双手在桌子上握紧了。

"好吧，我们前面讨论过的，对你来说再正常不过的，作为一名商人，订购一批犹太儿童，也许四十到四十五个本来可能会被清算的孩子，直接从主营地转移到这里。"

"不，这样不太行。"

"如果那辆载着这些儿童或工人的卡车在营地当局不

知情的情况下被转到另外一个地点呢？"

赫兹往后一靠，假装发怒："这太离谱了！你以为我是什么样的商人？"他表演得不太好。

"这是个好机会，每个人都是赢家，皆大欢喜。"克里斯托弗把烟掐掉，"你只需要在文件上签字提交订单。我们会处理其他一切，当然，包括支付工人的费用。工厂本身不需要任何支出。我知道你是我该找的人，一个能做出决定、能贯彻决定的人。"克里斯托弗站了起来，"今天我先告辞，你可能需要一点时间来做决定。但我想在一到两天内得到回复，不是催你，只是我的联络人需求很大，我们还有几个其他的提议要考虑。"克里斯托弗把手提箱放在他坐的椅子上。

他走到门口时，赫兹叫住了他："你是反腐败委员会的负责人，对吗？"

"不再是了。"他说，走了出去。

自从弗里德里希强行把自己塞进反腐败委员会并担任主席以来，会议变得更短，但更频繁。弗里德里希坐在桌首，布雷特内坐在他身边。焚烧室的负责人不再出席，也没有囚犯代表。弗里德里希把一天的安排过了一遍。前一天没有人被捕，已经几周没有人被捕了。这次会议的进展和之前一样，有一串数字。现在没收的财产很少，会议更多的是在美化经济区的成绩。克里斯托弗看着分类账上的数字，即使，他现在经常顺手牵羊不少钱，这些数字也是惊人的。杀戮在加速，越来越多的火车被送达，越来越多的战利品被收集和整理，非常繁忙。时间从来没有比这更紧张过。

会议结束后，每个人都站起来，弗里德里希示意克里斯托弗过去，他等到最后一个人离开后才开始说话。

"几个月前，你刚到'加拿大'就任时，立了个新规矩，禁止当场处决。"

"是的，而且很成功。增长的数字证明了这一点。"

"是的，不过，我在考虑这个问题，缺乏纪律使一些人感到沮丧。这是整个营地唯一存在这种规矩的地方。"

"这也是整个营地里唯一一个囚犯整天都在处理贵重物品的地方。如果我们开始杀死工人，生产就会受到影响。自从我接管以来，这种转变是显而易见的。"

"今天早些时候我和警卫以及囚犯头目谈过了。关于囚犯有罪或无罪的决定将由他们作出，他们将执行任何他们认为适当的惩罚。"

"我反对。我的工人是营地里最熟练的，如果我失去他们中的一部分，整个系统可能就会崩溃。现在，如果经济特区的数字突然开始下降，新的指挥官会说什么？"

"事已成定局，席勒。"

"我不是说不尊重您的决定，主管助理先生。只是事情目前运作得如此顺利，为什么要改变呢？"

"他们不是工人。这些人，如果你愿意，甚至可以把他们称为害虫，是国家的敌人，想摧毁一切好的东西。如果你看不到这点，席勒先生，也许你去其他地方会对帝国更有用。"

"谢谢您通知我，主管助理先生。"

他回到"加拿大"，看到仓库中央的血泊，尸体已经被移走了。他知道在这里工作的女人，知道谁被杀了，并知道这是因为她拒绝了警卫的性骚扰。仓库里的女人在他来回走动时没有抬头，他想乞求她们的原谅。有两名警卫正在值班，他向他们走过去时拿出一包香烟，当他们视线交汇，他微笑着示意他们两个走到他这边来。来自另一个仓库的尖叫声穿透了冷灰色的天空。

"嘿，伙计们，我们今天情况怎么样？"他和他们说话的时候，递给他们一人一支烟，两人都接了过去，"很好，很高兴听到你们这么说，有一个小问题，"他看着他们说，吐出的烟雾在他们的头上盘旋，"这里发生了什么？"

"我们抓住了一个婊子，她的手伸在盒子里。"第一个警卫，施莱辛格说。克里斯托弗认识他，他来自汉堡。另一个卫兵，豪瑟，是他的表亲。

"哦，好吧，听上去很有趣。"

"中尉先生，这有什么有趣的？"豪瑟说。

"她们想偷用过的眼镜，这很有趣，因为她们在这房间能分类的只有这些。"仓库里有八个女人，比那天早上少一个，在分类一堆眼镜。深红色的血水在地板的污秽中凝结。两个警卫都没有说话，只是目光没有从他身上移开，"你们喜欢在经济区工作，不是吗？"

"当然，席勒先生。"豪瑟回答。

"当然喜欢，伙计们，现在让人去把这些血洗干净，真恶心。"

当他走出仓库，冰冷的空气刺痛了他的皮肤。他血液中的肾上腺素让他向前走的时候每一步都比之前更快，所以他差点突然慢跑。仓库里的气氛发生了变化，当他向仓库看过去时，没有人回头看他。到处都是恐惧，他扔下香烟，听到一声尖叫和弗兰克尔用警棍敲击着一个年轻女孩头骨发出的砰砰声。他感到心脏紧缩，看着她爬出仓库到雪地里，她的手拼命地伸出去向克里斯托弗寻求帮助，但他再也不能给了。弗兰克尔又打了她，她倒下，他一次一次地打她，她的头在不断击打下碎裂了。克里斯托弗除了

Finding Rebecca

走开没有什么可做的。

当他把手伸进保险柜去拿他一直放着的酒瓶时，他发现手在颤抖。他拿出一瓶伏特加，给自己倒了满满一杯。他拿起电话，听筒在手里很冷。

弗里茨·埃霍夫是仅次于整个营地新指挥官的二把手。自从亚瑟·利贝恩谢尔，这位新的指挥官11月抵达以来，克里斯托弗已经明白自己是见不到他的，因此埃霍夫是克里斯托弗在上面唯一能见到的人。埃霍夫把他领进了自己的办公室，他们以前只有几次会面。埃霍夫是个身材高大，肌肉发达的人，长着黑色的胡茬，握手的时候很有力。克里斯托弗向他微笑时他并没有回应。

"怎么了，席勒，经济区的情况不太好？"

"不，埃霍夫先生，事情进展得很顺利。我们似乎每个月都会创下新的记录，这样我们就可以在下个月再打破它们。"

"很高兴听到你这么说。如果生产下滑，你肯定会收到我的消息。现在你有什么事？"

"我看得出您很忙，所以我长话短说。我想在经济区换一个囚犯头目。"

"你下面有多少囚犯头目？"

"嗯，我们有好几个，但有一个比其他的更有力量，但不得不说他有点过分了。如果他被降职，对其他人来说会是一个很好的教训。他在滥用我们给他的权力，已经成了生产的威胁。"

"这个人是谁？"

"拉尔夫·弗兰克尔，埃霍夫先生。"

"你为什么来找我，而不是弗里德里希？"

"弗里德里希是一位优秀的领导，经济区的成果不言而喻，但他不够接近现场，没有看到我看到的。他有那么多的责任、那么多的压力需要承担，几乎和您一样多。我觉得他太依赖这个囚犯头目了，所以应该由我来斩除这些枯木。"

"乌韦·弗里德里希和囚犯头目有关系，是吗？现在我明白了，你打算怎么做？"

"把他降回普通等级，让其他人代替他。"

"好吧，随便你。"

"谢谢您，埃霍夫先生，早就该这么做了。"克里斯托弗站起来，再次和埃霍夫握了握手。克里斯托弗转身离开之前，埃霍夫叫住了他。

"你知道这个弗兰克尔被降回普通等级会发生什么事吧？他活不过一个小时。"

"哦，是这样吗？"克里斯托弗说，然后走了出去。

第三十七章

　　第二天一早传来敲门声，克里斯托弗在他的办公桌前，还没来得及回答，门就开了。弗里德里希带着轻蔑的神情回了克里斯托弗的敬礼，径自坐了下来。

　　"您有什么事吗，主管助理先生？"

　　"调动命令今天上午发出了，席勒先生。"

　　"哦，我正想和您谈谈这件事，但是，由于您现在额外的职责，我找不到您空闲的时间。"

　　"你为什么把弗兰克尔送走？是不是因为对囚犯的感情放错地方了？如果是的话，我会很快把你送到东部前线的一个惩罚部门，到周末你的尸体就会被拖走。"

　　"因为他在这里待得太久了。"克里斯托弗停了下来，回忆着一直在练习的台词，"您为什么这么关心弗兰克尔的情况？"

"他善于管教。"

"在'加拿大'没有需要管教的事。自从反腐败委员会实行新的制度以来，我们几乎没有任何损失。没有必要在这里处决工人，他们越有经验，就做得越好，对我们也更有利，尤其是对您。"

"你为什么去找埃霍夫？只要钱不停地流转，他就对这一部分没有兴趣。"

"这正是我要去见他的原因，"他举起一个空杯子，"您要喝一杯吗，主管助理先生？"克里斯托弗倒出两杯伏特加，弗里德里希拿起杯子，把清澈的液体在杯子里晃了几圈，然后一口喝掉。

"不管什么原因，这些决定都得我来做。"

"我同意，但我不确定您是否有看到弗兰克尔变得多懒。"

"我没有发现他有任何懒惰的样子。"

"我见过很多次了。我说过了，您不能同时出现在所有地方。这就是为什么有下级存在，来帮助像您这样的决策者。"

"非常有说服力，席勒。"弗里德里希把杯子放在桌子上，"你总是有故事，不是吗？我想你会成为一个很棒的演员。让我们看看当你去东方前线的时候你的表演能力能帮到你什么。"

"主管助理先生，会计在东方前线有什么用？"

"我相信他们会为你找到一些用处的，中尉先生。就像你今天早上调走的两个警卫一样，施莱辛格和豪瑟，如果我没记错的话？我相信他们会很高兴再次见到你。"

不可能这样结束，还有太多事情要做。订单还没有从赫兹那儿得到回复，还有一卡车的孩子们，有太多的事情要做，不能让这个人自以为是的专横冷血阻碍他的道路："我相信我们能做些什么来解决这个问题，主管助理先生，指挥官认为我在这里做得很好。"

"不，席勒，那位前任指挥官认为你在这里做得很好。我承认我曾经也这样认为，但你这次又超出了我的认知。"很难判断弗里德里希这样做是不是为了个人的快乐。不管怎样，他的傻笑现在都快被固定在脸上了。

"我可以向您保证，主管助理先生，我对您和您所做的每一个决定都是非常尊敬的。"

他在东方前线什么也做不了，没有理由让他活着。

"我为你准备了一个现成的替代品，一个会服从我命令的人，一个了解经济区组织的内部人士。"

"所以，看起来您已经做好了决定。"克里斯托弗听到他的声音变得生硬，他给自己倒了一杯伏特加。他想到保险箱里的钱，买这个人要花多少？

"是的，我可以向你保证的确是这样。我会在明天早上提出调任申请，移交只需要几天时间，然后你将在前线为帝国服务。你知道，如果我年轻一点，我会自己去的。我真的非常嫉妒你，席勒。"

"我能说些什么让您改变主意呢，弗里德里希先生？让我向您保证，我最能为帝国服务的地方就是这里，就在这张椅子上。这场战争中有两种类型的人：像您这样的战士和像我这样的文职人员。我不能开枪，但我比我之前的任何人都更好地组织了经济区的运转，当然比布雷特内先生能做得更好。"

弗里德里希显然很享受这种状态。他在座位上摇晃了一下，先前的愤怒已经平息了。他没有说话，但示意克里斯托弗再一次替他满上杯子。克里斯托弗感觉到他脑袋里的热气，好像快要爆炸了。一想到要为纳粹而战，他就忍无可忍。

"谢谢你，席勒先生。我们一定会想念你的。"

"一两天根本不足以完成交接。我需要更长的时间，至少一周。我两天后要去柏林，那里的联系人认识我。我得把整个系统情况和布雷特内介绍一遍，还要为他介绍工作组长，营房管理和新的囚犯头目，有太多的工作要做。别这样，不要因为要把我踢出去结果连累整个经济区。"

"我想这可能会适得其反。你毕竟是个好会计，我不想落后。"

"埃霍夫说过，如果这里的生产放缓，不管出于什么原因，他都会非常不高兴。"

"你以为我不知道吗？"弗里德里希不耐烦地说，他拿起杯子又喝了一口伏特加，然后在嘴里含了一会，"好吧，席勒，我给你一个星期的时间，但如果你那时还没有整理好移交项目，我就亲自开枪打死你，这样俄国人就可以省几发子弹。"

一个星期可以让他有时间思考："这是营地的明智选择，主管助理先生。"

弗里德里希站起来，向克里斯托弗伸出手："谢谢你在这里所做的宝贵工作，中尉先生。你将会有一个光辉的前程，只是不在这里。"

"给我几天时间，您下达命令之前，至少在我星期四去柏林之后。"

"你的时间到星期五早上，调任令传达的时候。"

等到弗里德里希离开后，他再倒了一杯伏特加。克里斯托弗想到了尤里，他在东方的阵线上已经两年多了。也许他们也有同样的命运，死在白俄罗斯一些无名的沼泽地里。再也没有时间浪费了。他拿起电话。

"赫兹？是我，克里斯托弗·席勒。"

"席勒先生，很高兴接到您的电话。"

"你做好决定了吗？"

"是的，我找不到我们不能一起做生意的任何原因。"

手提箱里的东西一定有所帮助。"很好，我很高兴你做出了正确的决定，但是，情况发生了一些变化。"

"有什么情况？"

"这件事需要这周内办妥。"

"为什么这么着急？"

"事态超出了我的控制范围。你能在这个星期，也许在星期五办完吗？"对面没有回答，只有沉默，"赫兹，你还在吗？能还是不能？"

"是的，我们应该能够做到。"

"我明天上午十点去你的办公室见你，确认最后的细节。"

　　没有时间给他父亲写信。下一个电话会有更大的风险，但他们现在会对他做什么？干掉他？让他去东方前线，没有区别，那是一回事。他又拿起听筒，对接线员说，这是紧急情况——他父亲快死了。撒谎变得如此容易。接线员替他接通电话，电话响了几声，表亲哈拉德接起了电话，接到他的电话哈拉德很惊讶。克里斯托弗尽可能礼貌地要求和他父亲说话。他听到了背景的回声，他知道政治部来监听了。

　　"今天不上班？"克里斯托弗在他父亲接起电话时说。

　　"不，我很忙，我正在努力完成我们之前的约定。"

　　"你的身体怎么样，父亲？"

　　"老样子，我还在坚持。"

　　"我想给你打个电话，谈谈我们的约定，事情有些改变。我得到了一个很好的机会，可以直接去东方前线为帝国服务。"他停了下来，"我很可能下周就要出发了。"

　　"那么，我们的约定取消了吗？"

　　"不，但必须提前到这个星期的星期五。"

　　"星期五？今天是星期二。"

　　"是的，我知道今天是什么日子。必须这样。你能做到吗？"

"好吧，我想我必须这么做，不是吗？"

"是的，这是唯一的办法，和我们讨论过的一样，但就在这个星期五。"

"我明白。别担心，儿子，我们一直会想念你。"

"祝你好运，父亲。"他挂断了电话。

从许多方面来说，移交肯定不容易。一定有办法阻止它。如果他不来保护"加拿大"的女士们……这么多事要做，今天有三趟火车要来，他还有昨天的工作没完成。他站起来，打开了通往总办公室的门。布雷特内和弗里克在办公桌前。

"布雷特内先生，我能和你谈一会儿吗？"

布雷特内抬起头，他的皮肤比平时更加灰色苍白，他站起来走进办公室。

"坐下，沃尔夫冈，"克里斯托弗说，布雷特内关上了他身后的门，"我们从来没有真正互相了解过，对吗？"

"您是什么意思，中尉先生？"

"在社交上，我是说。天黑后你从来不和我们打牌。你去了哪里？做了些什么？"

他从桌子上拿起一支钢笔，开始在左手右手换着把玩："我在营地的另一边，离你们相当远。"

"相当远，是的，当然可以这么说。"克里斯托弗享受布雷特内瘦削的五官因为不适扭曲着，"你喜欢在这里工作吗，布雷特内？"

"是的。"

"但不是特别喜欢，不是吗？如果可以的话，你是不是觉得接近行动现场会更高兴？我想的是你会不会对去前线更满意，和我们其他勇敢的小伙子在一起？不是每个人都喜欢这样。也许你不是。"

"你凭什么认为我做不到？"

"我从来没有说过。只是你不是一个真正的好会计，我必须提交一份报告和指挥官这么说。有太多的错误，太多粗糙的工作，沃尔夫冈，我相信你能明白。"

"那是你的意见，这里没有人比我更努力工作。也许我不是政治家就像……有些人，但我是一个勤劳的工人。"

"是的，但有时工作效率更重要。这项工作需要技巧和耐心。我刚和主管助理弗里德里希见面。他说了同样的话，很不幸，我们对即将需要发生在你身上的事达成了一致。"克里斯托弗尽量把声音中的咒骂去除，尽管它在他的体内冒泡。

"是吗？弗里德里希先生说过，是吗？"

"沃尔夫冈，你知道什么我不知道的事吗？"

"不，当然没有。"

"那就这样吧，布雷特内。"克里斯托弗说，布雷特内离开了。对他的阴谋必须在星期五早上之前被打破。但是怎么做？皮埃尔·卡辛呢？他和其他人一起在焚烧室工作，剃掉尸体的头发，让它们变成毯子和尼龙。他能做什么？即使克里斯托弗能以某种方式说服他或另一个囚犯杀死弗里德里希，并以某种方式逃脱惩罚，这几乎是不可能的，会引来可怕的报复。一定有别的办法。

第三十八章

　　星期五的早晨伴随着丽贝卡的梦境到来，或者他梦到了安卡？她们像分开的溪流一样汇流到同一条河里，在他的脑海中混合成一条。当他穿上衣服，剃须，做这些事的时候，她们和他在一起。拉姆在睡梦中翻身，朝克里斯托弗看一眼，然后又闭上了。现在对拉姆没有什么可做的，但那一天会到来。这场战争总有一天会结束，拉姆和他那样的人所产生的恶势力将被粉碎。所有这些都会结束，所有这一切。谁会知道他，克里斯托弗·席勒，和拉姆还有其他人有什么不同？谁会知道他在这里想做什么？他从口袋里拿出安卡的画，褶皱深深地印在薄薄的白纸上。他又把整幅画看了一遍，柠檬色的太阳高高地挂在长方形农舍上，田野里有三头棕色的母牛。这也许是她的家，是她意识深处的自然流露，也许不是，他永远不会知道了。他希望他能带着一张丽贝卡的照片，为他记录她的美丽。这样他就不用看着镜子，试图在自己的眼睛里寻找她。

当他向自行车棚走去时，地上的雪很厚。道路已经疏通了。党卫军喜欢雪，喜欢让囚犯铲雪。克里斯托弗看到营区管理员和囚犯头目强迫囚犯用他们刚刚铲下的雪盖住这条路，这样他们就不得不再重新把它们清理干净。他骑着自行车从瘦骨嶙峋的囚犯旁经过，他们赤着脚站在雪堆里，挣扎着举起铲子跳进雪地里。他听到囚犯头目的怒吼声，因为一个囚犯的动作似乎太慢了，然后响起更多的尖叫声，一个党卫军士兵走过来。他加速离开，试图逃避他知道的即将到来的声音，但他不能。枪声响起，他想把它从脑海中抹去，就像他一直做的那样，就像他不得不做的那样。他看着手表，现在等得不会太久，今天的第一批货就要到了。孩子们和舒尔茨一样，来自捷克斯洛伐克，这是克里斯托弗对他的敬意。

他和往常一样先到办公室。他拿起躺在桌子上的信封，打开它，又读了一遍里面的内容。这就足够了。他把它放回信封里，装进口袋，走到外面的一个仓库，那里有十五位女士在翻找冬天的外套、围巾和帽子。他朝值班的警卫看了过去，他们在角落里抽烟。房间里很冷，并没有比外面更暖和，每个工人都瑟缩在自己的外套和围巾里，他们的呼吸在他们面前结成冰冷的白色雾气。佩特拉·科西亚诺娃在离门最近的桌子旁工作，她的妹妹玛蒂娜在她身边。他觉得自己被她坐的地方吸引住了，等他发现时，他已经走到她的身边。她抬头看着他，他想向她道歉，因为他没能救她的孩子，让她活了下来却让她的孩子死去。他把身体转开，把手放在桌子上。他感到有手指缠绕在他的手上，佩特拉抬头看着他，她的手放在他的手上，她透过眼泪微笑着，直视着他的眼睛。

当火车到达时，他已经在车站了，囚犯被从火车上倾倒在车站的砾石上。喊叫声、狗吠声，甄别开始了。他等待管理员发出命令。他终于做到了。克虏伯工厂需要四十五个孩子，七岁以下的幼儿，他们开始被挑选出来。党卫军士兵在队伍里走来走去甄选克里斯托弗买下的孩子。他们聚集在一起瑟瑟发抖，许多人哭着，伸出手向他们的母亲求助，还有些静静地站着，好像他们知道发生了什么。然后，他们被装进卡车带走。卡车里几乎没有空间，但党卫军把他们塞进去，甚至有些叠到了其他人身上。他们不知道前面有一段漫长的旅程，首先是去工厂，然后是和在莱比锡的克里斯托弗的父亲以及亚莉珊德拉见面，接着他们会被带到修道院的孤儿院。克里斯托弗的父亲购买并装修了孤儿院以前闲置的厢房，供他们居住。他们会有食物和睡觉的地方，战争永远找不到他们。他们将被当作战争孤儿，文件已经全部准备妥当。孩子们挥手，向留下的父母叫喊着道别。然后他们离开了。

雪又开始下，小片白色的斑点飘落在囚犯的肩膀上，他们排队等候挑选。克里斯托弗站得很近，可以听到医生宣布他们死刑，或余生作为奴隶，每一个决定都在五秒钟或更短的时间内作出。弗里德里希在和布雷特内谈话，他朝他们走去。

"早上好，主管助理先生，早上好，布雷特内先生。"

"早上好，席勒，你昨天去柏林的最后一次旅行愉快吗？我会在你离开时扮演这个特殊的角色。下周的这个时候，你将成为我们前线勇敢的战士之一。一定很令人兴奋，嗯？"

布雷特内插嘴说："您一定几乎无法控制自己的激动之情。"

"那正是我想要说的，"克里斯托弗说，"您已经下达

　　　　Finding Rebecca

过调任命令了吗？"

"不，还没有，你不用担心，席勒，这只是几个小时的问题。"

"很好，我很高兴您不用浪费时间。我知道您的时间有多宝贵。"

"你在说什么？"

克里斯托弗把手伸进口袋，把信封递给弗里德里希，弗里德里希在打开信封之前看了布雷特内一眼。克里斯托弗看着他的眼睛，随着阅读信纸移动，等了一会的克里斯托弗说话了："如您所见，关于我被调离营地的传言被夸大了，看来最后我还是得待在这儿。"

"这不是真的，"弗里德里希把信拿在面前说，布雷特内挣扎着把他的头挤到那边去读它，"这不可能是真的。"

"检查签名和印章。您会发现它货真价实。布雷特内，我们之前谈到的调任将在今天晚些时候进行。"他转向弗里德里希，"我期待您的会签，主管助理先生，我们真的不想用这种方式来打扰埃霍夫先生。而且，我将在'加拿大'重新制定关于处决囚犯的规则，并恢复我反腐败委员会主席的身份。"弗里德里希没有说话，只是把信还给克里斯托弗。克里斯托弗看了看党卫军全国总指挥海因里希·希姆莱在信底部的签名和印章，然后把它折叠放回信封。不错。用三千马克你可以买到的东西可能是惊人的。希姆莱的秘书应该收取更多的费用，特别是因为他保证，如果有人打电话来检查这封信的真伪，希姆莱的秘书会替他圆谎。克里斯托弗会为此付两倍的钱。他转身行礼，然后走开。

克里斯托弗完成了布雷特内调任去前线的文件，坐回了他的座位。弗里德里希还得等，但防护营负责人不会再打扰他了，至少在这之后不会。他花了十分钟说服希姆莱的秘书写这封信。他为那些有钱的军官们做了多少次这样的事来解决他们的问题？一切很快就会结束，秘书知道。克里斯托弗拿起电话。赫兹的秘书假装不认识他，即使他在前一周给她送了花。她做得很好。赫兹咳嗽了一声回答。

"我相信今天早上一切顺利。"克里斯托弗问。

"是的，是的，卡车准时到了。司机带他们去了他们的新宿舍。"

"太好了，我很高兴一切顺利。"

"这些足够了吗？"

"现在来说，赫兹先生。不过我想我会再联系你，不会很久。"克里斯托弗挂断了电话。

他在一天工作结束的时候来了。他是一个高大的人，比舒尔茨还高大，宽宽的肩膀上有着褐色肌肉的阴影。他的名字叫马库斯·克拉茨科。他是新的犹太人突击队负责人，舒尔茨的继任者。克拉茨科在克里斯托弗对面坐下。

"您叫我来，中尉先生？"

"是的，我叫你来。"克里斯托弗坐回椅子上，看着窗外的雪和电线，还有更远的树木，"告诉其他囚犯当场处决将停止。如果囚犯头目、警卫甚至军官有任何问题，来找我。"克拉茨科点头，缓慢地，小心翼翼地，"我会尽我所能保护你们。我听到情况会警告你们，但我只能为你们做这么多。我希望我能做得更多。"

"我知道。"

第三十九章

纽约　1954 年 9 月

"接下来，我想和你谈谈那天在达豪集中营，来自'加拿大'的女士们救了你的命。"克里斯托弗调整耳机，把麦克风压得离脸更近些，"你对那天美国士兵在达豪的所作所为有什么想法——在 1945 年 4 月解放集中营时大约行刑了 50 至 100 名党卫军士兵？"

主持人示意他继续说："或许，如果那些士兵看到几年间集中营所发生的所有杀戮，他们可能不会那么快地认定杀更多的人可以解决问题。我明白他们为什么这么做，这是囚犯在多年的酷刑、饥饿和死亡中所看到的唯一正义。我想如果我处在他们的位置，我也会做同样的事。但我不在他们的位置上。"克里斯托弗环顾四周寻找汉娜，尽管他知道她不在那里。

"为什么士兵围捕党卫军士兵时你不为自己说话？你为什么不告诉他们你和其他人不同？"

"我只是一个不敢站出来说话的警卫。"他微笑了起来。

"但是，没有别的卫兵做你所做的事，把三百四十二个孩子从毒气室里救了出来，还保护了六百多名妇女的生命。"

"你怎么能够知道呢？我不知道他们的故事，就像他们也不知道我的。事实是我累了，丽贝卡死了。即使她父亲告诉我她被处决了，我仍然在寻找她，但从来没有她的任何线索。谁能说我不应该为我的所作所为付出代价，和其他警卫一起去死？我交付了数十万美元、英镑、马克，和各种其他货币，做了任何可以被命名为党卫军的事。"

"那些救了你的囚犯似乎并不认为你应该死。"

"是的，他们救了我。"克里斯托弗坐在椅子上，向后靠了靠，回想起那一天。他看到年轻的美国士兵，他棕色的眼睛发红，嘴唇抿紧，在他脸上就像一个刀疤，他来到他面前，用颤抖的手举起步枪，瞄准克里斯托弗的胸口。

他闭上眼睛时，没有指望能睁开。枪响了，这是一种有趣的感觉，接受死亡，让生命回归。玛蒂娜·科西亚诺娃救了他。他再次睁开眼睛，她正抓着那个士兵的脸，狠狠地撞在他的肩上。本来应该穿过他胸膛的子弹擦着他的头皮飞走了，其他一些来自"加拿大"的女士把他拉走，用她们的身体保护他。有更多步枪射击的声音响起，他回头看去，其他所有的党卫军都死了。

"那为什么你和你照顾的女士们在奥斯威辛的其余人员被带到贝尔根-贝尔森的时候，却去了达豪？"

"我听说过贝尔根-贝尔森爆发的斑疹伤寒。从东部营地转移来的庞大的囚犯人数可以看出那里已经成了一个死亡陷阱。我用保险柜里取出的最后一笔钱贿赂了官员，让'加拿大'的女士们，以及剩下的几个犹太人特遣队队员，通过火车转移到达豪。"

"你就用这些钱来贿赂官员，让孩子们从火车上下来，移交到你父亲见到他们的工厂？"

"是的。"克里斯托弗觉得寒冷而孤单，他又想起了汉娜。

"这笔钱后来去哪儿了？"

"一切都过去了。如果你想暗示我把什么东西藏起来留给了自己，那你就错了，那笔钱只用于一个目的。"

"你怎么看这样一个事实：你给这些纳粹战犯的钱，可能帮助了他们中很多人逃跑？"

"那是我当时不得不做出的选择，我得根据我每天看到的情况来处理这些事。如果我什么都不做，我监管的人很有可能会死，而那些火车上下来的孩子没有一个能活下来。很遗憾一些战犯逃脱了。"

"那我们现在来说说 1946 年，你在波兰接受战争罪审判时，有 20 名曾经的囚犯为你作证，你的辩护律师说，还有 200 多人希望有机会为你说话。有些人想从法国、美国甚至以色列赶过来。"

"你们已经调查过了。"

"然后，1947 年，你在波兰的审判中替检方作证指控几名前奥斯威辛高级军官，其中包括前营地负责人亚瑟·利贝恩谢尔和你自己的顶头上司军官乌韦·弗里德里希两人，最后他们为所犯下的战争罪行被判处死刑。指控以前的同事是什么感受？"

主持人又一次朝他挥手，向他示意说些他们在采访开始前提到过的沉重话题。"指控某些军官比指控其他人容易些。我以为，某些事情，某些愿景和梦想，会在那之后得到安息。"克里斯托弗抬起头，看了一圈录音室灰色的墙。制片人在角落里，戴着耳机，克里斯托弗看到磁带记录了他说的每一个字。他又感觉自己是在受审了。他想到了他的家人和泽西，想知道他为什么会同意来接受采访。美国犹太委员会的大卫·阿德勒正在演播室的窗口抽烟，"那些营地里发生的事情，那些我亲眼看到的事情，都是可怕的，我……很高兴把一些肇事者绳之以法。"

"有没有与你共事的其他警卫还逍遥法外？"

"在奥斯威辛集中营工作的数千名警卫今天仍然逍遥法外，但是和我一起工作的人？是的，我相信我的室友弗兰兹·拉姆还没有被绳之以法，尽管我从未亲眼见过他的犯罪行为。"窗户边有一个女人在和大卫说话。她向克里斯托弗示意，直视着他，他全身发凉。不可能。他做过很多次这样的梦。她站在大卫的身边，手捂住嘴，笑了起来。这是不可能的。怎么会这样？大卫在和她说话，她的棕色长发从肩上滑落到她的印花裙上，她的美貌使他目瞪口呆，使所有的感官都变得无用。他站着，虽然他记不起他是怎么站起来的，他把耳机扯掉，他的手指在他的喉咙上来回挠着。他感到又湿又冷，但内心却在燃烧，他冲向门口。

"好吧，女士们，先生们，和我们在一起的是被称为'奥斯威辛天使'的前党卫军警卫克里斯托弗·席勒，但现在我们必须休息一下，马上回来。"记者瞪了克里斯托弗一眼，"你到底怎么了？"

克里斯托弗走出门，在走廊里，她转身面对他。

"丽贝卡？"克里斯托弗说。

"克里斯托弗？"泪水从她的脸颊上滑落，他把她抱在怀里，她还给他的拥抱要比他想象中快得多。她变得成熟，他有十一年没见过她了，"我不敢相信是你！已经很久了。"她哭着说。

"已经十一年了，丽贝卡，差不多十一年半了。"他喘着气，这几句话几乎是吐出来的。她脸容瘦削，和他以前在泽西最后一次见到她的时候一样，但仍然美丽，非常美丽，"你看起来很漂亮。过去九年你去哪儿了？我以为你死了。"

"我以为你成了纳粹，我听说你是奥斯威辛的警卫。我回到泽西去找你，但房子是空的。没人知道你在哪里，直到我在报纸上看到了你的事迹，才明白是怎么回事。"

"但你父亲说你死了。"

"他以为我死了，但我被转移到了另一个营地。"她用

寻找丽贝卡

手腕擦干眼泪，克里斯托弗看到了结婚戒指。

"你想去什么地方吗？我不太了解这个城市，我以前从没来过这里。"他转过身来对大卫说，"大卫，这是丽贝卡，我以前和你说起过她。"

"真是令人高兴，这真的令人高兴。"

"我现在得走了，大卫。丽贝卡，你住在这里吗？"

"不，我明天早上要飞回以色列。"她的言谈举止和记忆中的一样。

"大卫，你听到了。我得走了。"现在刚过六点，"我们时间不多了。"主持人透过窗户瞪着他，指着他的手表。

"克里斯托弗，我理解，但这次采访是我们带你来这里的主要原因。快结束了，我们只剩下半个小时了，这很重要。我们结束后剩下的时间你都可以和这位年轻女士在一起，你们有一整晚的时间，这是一场直播。"

"我可以等，"丽贝卡说，"我的意思是，我明天一早就得走，但我今晚可以等。去做你需要做的事。"

"我不知道。"

"拜托了，克里斯托弗，完成采访。我们待会儿可以一起，在你结束采访之后。"

"好吧，我会完成采访的，但我们至少能在一起待一会儿吗？一个小时，然后我来完成采访。"

"我看看我能做些什么。"大卫说，走进演播室。

"所以，你最近怎么样。"丽贝卡问道。她转向他，然后他向她走去，但突然靠得太近，她向后退了一步。

"我很好。我不敢相信你在这里。你看起来太好了，太好了。"

"谢谢。你看起来也很棒。"

大卫把头从工作室里探了出来："他们设法找到了一个旧节目来播出，你有一个小时，但记得准时回这里来完成采访。"

"谢谢，大卫，"克里斯托弗说，转向丽贝卡。他指着电梯，"走吗？"

第四十章

克里斯托弗说："好久没有见到你了，我现在觉得我说的每一句话都得精彩，要么重要。"

"生活并不是那样的，对吧？"

"不，当然不是，"他按下了电梯的按钮，"你今天是怎么找到我的，你来纽约干什么？"

"我来出差。"

"哦，你现在做什么工作？"

"我在特拉维夫的一家公司做市场营销，我现在住在那里。星期一我在报纸上读到你的事迹，打电话给报纸，和采访你的记者谈了，他告诉我你今天在这个电台做采访，我就来了。"她耸耸肩，"真不敢相信我竟然从来没有听说过你的事，毕竟你做了这么多。"

"我以前从未接受过采访，在这周之前我没上过报纸。我没想到美国犹太人协会会邀请我到这儿来。"

"他们是怎么知道你的？"

"我从营地里带出来的一个孩子给他们写信。"克里斯托弗停下来，看着她，眼神贪婪地汲取着她，"我很高兴你活了下来，"电梯到了，"太好了，你还活着，我以为你已经死了，真不敢相信。"

电梯服务员问他们要去哪一层。

"到大厅，谢谢。"克里斯托弗说，"公园就在几个街区外，我们可以到那里走走。"

"好吧。"她看上去有些闷闷不乐。

"怎么了？"

她摇了摇头："自从战争以来，这些年我一直恨你。然后我才发现你做了什么，而这么多年我不去找你的全部理由都是谎言。"

"你怎么能知道呢？你只能相信别人告诉你的，或者证据告诉你的。你是怎么知道我在党卫军的？"克里斯托弗问。电梯服务员扬了扬眉，侧目看了一眼他们两人。

"我从布痕瓦尔德出来后，在一个难民营地遇见了我的父亲。他告诉我你的事，他说你在奥斯威辛工作。"

"当然。"他苦笑了下，"我应该知道的，你父亲现在在哪里？"

"据我所知，他现在住在萨里，但1951年后我就没见过他。战后他曾试图寻找我的母亲，但她在伦敦的闪电战中被杀了。"

"听到这个消息我很遗憾。"克里斯托弗向她伸出手。

丽贝卡对他笑了笑，但没有握住他的手："谢谢你，你真好。他在发现她……离开以后，找了另外一个女人。"

"他从来不喜欢我，对吗？我想他终于如愿以偿了。"

"我还记得他告诉我关于你的事的时候，我不敢相信，一开始我也没有相信。我哭了好几天。我当时很虚弱，我那时候体重可能才七十磅，我以为我知道这一切之后会死。"她停下来，"很难谈论这件事，即使是和你，特别是和你。"

"你什么都不用告诉我……"

"不，要说。我必须要说。"

"好吧，我在听。"

"营地很艰苦，比我想象的艰难。"

"我知道，那些日子一定很苦。"

"你没有经历过我们作为囚犯所经历的一切。"

"是的，我没有经历过。"

"你，以及总有一天我们会再在一起的信念是让我在营地坚持下去的全部理由。而当我终于出来的时候，我没想到你从我内心里认识的那个男人变成了他们中的一个。我回泽西找你，1946 年的 4 月，但你们的房子是空的。"

"我当时在拘留营。我的家人还在德国，就连汤姆也来德国和亚莉珊德拉在一起。我不敢相信你回去了，而我却不在那里。"

"没有人知道你在哪里。我应该一直找下去，但我没有钱，没有你，住在泽西太痛苦了。我尝试过了，四处打听，有人说你是共犯。我花了很长时间才接受这个事实，现在我才知道这不是真相，当时我不得不这么做，这是我向前的唯一方法。"

"我父亲是第一个回去的，但那也已经是你回到泽西的几个月后了。"克里斯托弗靠在墙上，沮丧使他筋疲力尽，"你现在知道我的真实情况了。花了九年时间，但你现在知道了。"

电梯到达大厅，克里斯托弗站直身子，让丽贝卡出去。电梯服务员盯着他们，直到他们走出大楼来到百老汇大街上。

"我想应该是往这边走的。"丽贝卡向公园走去。这是一个温暖的傍晚，街道上挤满了人。

"那么到底发生了什么，丽贝卡？你去了哪里？你父亲告诉我你被杀了，因为你打了一个警卫。"

"打警卫的那部分是真的。我们已经谈过我的家人了，你的家人呢？这些年来，我一直很想他们。"

"他们很好。丽贝卡，我们之后会聊到的。拜托，这么多年以来关于你的问题一直在我脑海里，快要烧出一个洞来了。"

"你不想谈谈今天这好天气吗？"他转过头看着她，几乎撞到了一个大个子中年女人，她从他身边走过时瞪了他一眼。丽贝卡伸手，拉住他的胳膊肘，然后她又继续说了下去："我打了警卫后，被带到营地的指挥官面前。我以前为了代表一些女囚犯发言和他谈过一次。我确信他会处决我，但他没有。可能出于某种原因，他决定把我转移到其他营地，而不是杀了我。"

"我能猜到他为什么喜欢你。"克里斯托弗觉得他的声音很粗，试图掩饰语言背后的感情，做出善解人意的样子。但她根本没有看他，只是不停地说话，这让他很高兴。

"我被调到荷兰的韦斯特博克。韦斯特博克是一个集合点，聚集了犹太人、吉卜赛人和政治犯，之后分批被送往集中营杀死。我在韦斯特伯克看到很多人都会被送往奥斯威辛集中营。"克里斯托弗记得曾经有荷兰犹太人被送进来，经济区有两位女士是荷兰人，"我在那里待了几个月，然后才被运到布痕瓦尔德，那是1944年2月。我一直在那儿直到1945年3月，我和数千名囚犯被一起送上了火车，他们想趁他们还能杀我们的时候把我们关进毒气室，但几天后，我设法在中途逃跑了。我躲在树林里直到1945年4月一些英国士兵找到我。"

他想到了当时他在达豪，尽管囚犯们提出抗议，他还是被捕。囚犯们派出代表替他与美国军方谈判。五十八街的标志映入眼帘，哥伦布圆环和公园就在前面："布痕瓦尔德是什么样子？有多糟？"他问的时候他们正在过马路。

"在街上很难谈论这件事。我想告诉你，克里斯托弗，我想告诉你一切，但这很难。"

"我明白。"他们穿过哥伦布圆环广场走到公园的入口处，默默继续往前走，"为什么我没有找到你？我相信帮我找你的人核查了你所在营地的名单。"

"比伯拉赫的指挥官让我改了名字，这样我就无法被他的上司追踪。"

"所以他真的喜欢你？"他曾亲眼看到过很多军官对营地里的女囚犯非常有好感。

"我想是的。"

"你把名字改成什么了？"

"丽贝卡·克莱因。"她说，"我是随便选的，之后我在集中营一直都是用这个名字，囚犯叫什么并不重要。"

"所以当我把你父亲调到奥斯威辛的时候，他真的以为你死了？"

"是的，我想当时他是这么想的。那天晚上，比伯拉赫的指挥官把我调走了。他想让警卫也以为我被处决了，我再没见过那里的囚犯，直到战争结束。"他们现在放缓了脚步，在周围人流的映衬下格格不入，"克里斯托弗，你在奥斯威辛所做的一切，释放儿童，贿赂官员，把孩子们偷运走，你害怕吗？"

"我一直很害怕，从早上醒来到晚上入睡，我一直在害怕。"树影落在他们头上，"最糟糕的是，没有盟友，没有人可以交谈，我不能告诉别人我在那里的真正原因。一段时间后，犹太人特遣队和'加拿大'的女士们意识到我是怎样的人，但我永远不可能真正让他们参与进来，太危险了。我不得不让他们保持距离。我害怕吗？是的，我害怕。我每两周可以见一次家人，这拯救了我。没有他们的支持，我没法渡过难关。"

"是的，你的家人怎么样了？我一直在想他们。"

"没有想我吗？"

"党卫军军官？"她微笑起来，"不，我想把你从我的心中赶出去。我不知道该怎么想。"

"但你现在知道，你现在知道我是为了什么。我不敢相信我的计划，我为找到你所做的事最后却让我们分开。"

"你怎么能知道呢？当时你做了你认为正确的事。"

"你现在知道了，不是吗？我要听你再说一遍。"

"是的，我知道，但快回答关于你家人的问题。"她的眼里有旧时的恶作剧，或者至少有一个他曾经熟悉的眼神。

"很高兴看到年龄没有改变你，那……每一件发生的事情都没有改变你。"

"我从没说过我的经历没有改变我。"他们沉默了几秒钟，"不管怎样，你的家人怎么样了？"

"哦，我的家人。他们都生活得很好，都回到泽西了。"

"所有人？"

"是的，他们最终都回去了，有些稍晚一些。嗯，他们现在都在泽西。亚莉珊德拉战后回到汤姆身边。他们住在圣赫利尔郊外，现在有六个孩子了。"

"六个孩子？"

"是的，六个。你可以说他们是在弥补失去的时间，就好像这段时间每次亚莉克丝转过身，她就又怀孕了。我想汤姆只需要看着她就能让她怀孕，他们经历了那么多，这一切都是应得的。"

"他们是最好的人。我很想再见到他们。你父亲呢？这些年来我一直很想他，因为他和你分手变得更难。一想到再也见不到他，就更加痛苦。"

"我从来没有意识到我们分手了。我以为这些年我们还在一起。"他转向她，等待她的回应，"我知道，你以为我是纳粹。"她的微笑是他继续说下去的信号，"我父亲他很好，上周我才见过他。现在我们和我女儿还有我堂弟斯蒂芬住在一起。"

"等等，你有个女儿？报纸上的文章从来没有提到过这点。"

"我不想让她上报纸。我不想让她卷入这些事。"

"她几岁了？她叫什么名字？"

"她叫汉娜，十一岁了。她和我父亲还有她的表兄在泽西，我昨晚还和她打过长途电话。"他又听到汉娜的声音出现他的脑海里，温暖了他。

"她十一岁了？"

"是的，她是我收养的，是我从营地带走的孩子之一。当时犹太人特遣队的首领克拉茨科在我要去柏林的前一天晚上把她带到我身边。他把她从焚烧室偷偷带出来，藏在一件旧外套里。"想起外套里的婴儿时他做了个鬼脸，这是他当时从未批准过的，克拉茨科却带她来找他，他对这种不可取的勇气摇了摇头，"第二天早上，我开车带她离开营地，送到柏林的父亲那里。"

　　"你开车出去的时候，她是怎么保持安静的？"

　　"汉娜当时只是个婴儿，差不多只有一岁。我给了她一些伏特加，非常好的东西。她没发出一点声音。"

　　"好主意。"

　　"她太小了，不能去我们组织的安全屋或孤儿院，所以我的家人把她收留了，最初的几个月由他们抚养她。那是在 1944 年 10 月，汉娜是我最后一个送出比克瑙的孩子，在那之后整个营地都崩溃了。"

　　"你对她了解多少？你知道她从哪里来吗？"

　　"她是匈牙利人。我们在战争后试着寻找她还活着的家人，但这几乎是不可能的。我知道得不多。"他把他的女儿想象成一个婴儿，和一个本该抚养她的家庭在一起，"没有关于她家人是谁的记录，甚至没有她的名字。亚莉克丝过去常带她来看我，在我在达豪被捕之后，当时我在拘留营。我出来之后，亚莉克丝回到泽西，她把汉娜留给我离开了。我收养她作为我的女儿。她是我的一切，我的救世主。如果不是因为她我可能坚持不到现在。"

"那囚犯怎么了，克拉茨科？"

"他死了，被党卫军谋杀了。"他以及和他一起工作的犹太人特遣队队员都死了，提到克拉茨科仍然一阵疼痛。

"我很想有一天能见到汉娜。"

"我相信她也很乐意见到你，她听说了你的故事。我想她可能会认为你是个鬼魂。"

"谁说我不是？"

克里斯托弗用手指戳了戳她的肩膀："你不是鬼。"

丽贝卡拦住了一个穿蓝色西装的年轻人："对不起，先生，您知道现在几点吗？"现在是 6:45，丽贝卡向他道了谢，又转向克里斯托弗，"我们应该往回走了，你还要继续去接受采访。"

"我们必须得回去吗？"

"是的，我们得回去。"她转身往回走，他站着不动，看着她的背影，在走动时她的衣服在温暖的空气中摇曳，穿过一条由树木组成的隧道，树枝缠绕在头顶上，黄昏的阳光透过层层的树叶洒下光晕碎片，她转过身来，"要我把你拖回去吗？"

"我想是的。"虽然这么说着他还是跟上她，她静静地站着等他。

"我不敢相信你有个女儿。"

"你有孩子吗？我看到了你的结婚戒指。"

"不，我们没有孩子。"她加快脚步走向公园的出口，"我想念泽西，我一直在想。特拉维夫很棒，就在地中海上，有海滩、大海，就像泽西一样，但有些东西不见了，你知道吗？"

"我？"

"你是说纳粹战犯？不，不是的。"

"我是为你做的，丽贝卡。"

"我知道，我现在知道了。"她说，伸手拉住他的手。这种感觉很棒。她捏了捏他的手掌，松开，让他的手继续在他身边晃来晃去，"那么这些年你过得很好，克里斯托弗，这里有些白头发了，"她指着他鬓边说道，"但你看起来不错，我看起来怎么样？"

"好极了。"

"在营地时，我经常想起那天你在我父母家的篱笆后发现我的情景。多有趣，不是吗？除了你和泽西，我在营地的时候真的没怎么想其他的事情。除此之外我唯一想过的就是食物。不是战争，不是我之后要做的事，不是我要如何把那些营地的怪物绳之以法，只有那三件事。但即便如此，我也没有像想要一块面包或一个土豆一样想你。"

"在我，没有什么事可以和你相比。"

"总是饿，总是冷，这是一件奇怪又可怕的事情。我的一个朋友艾米丽·罗森菲尔德死了，她把她的勺子留给了我，说这能救我一命。我过去总是随身带着那把勺子，走到哪里都带着，随时准备着。"他想说些什么，但觉得什么话都不适合，"我全都吃了，木头，树叶，草。我学会了如何鉴别草，那些上面有最多的'肉'的草。现在回想起来似乎不太真实。"

她说话时的声音很空洞，好像不是她在说话，只是一个他曾经了解的人的苍白的反射："这很有趣，如果我有一对人们眼中的'正常'的父母，那我可能渡不过这难关。他们糟糕的养育方式给了我最好的训练，让我在营地里逃过一劫。"丽贝卡靠近他，挽住他的手臂，低声说："我还没有感谢过你，为曾经试图为我做和你做了的事。谢谢你，克里斯托弗。"

克里斯托弗感觉到来自她的暖意："我没有选择。我怎么能把你留在那里？我不得不做这些事，我别无选择。"

第四十一章

　　傍晚的阳光反射在车窗上，克里斯托弗感到一滴冷汗从他的背部滴落。他解开衬衫最上面的扣子，点燃一支烟，他递给丽贝卡一支，她摇了摇头。他们继续往前走，穿过车水马龙，直到回到百老汇。沉默持续了一分钟或更长时间，有太多的问题想问又有太多话要说。

　　"那么，你结婚了？乔纳森·达雷尔他怎么样？"

　　"1947 年的时候他在岛上一次摩托车车祸中丧生。自从我离开后就再没见过他，我们不要谈论他，都是过去的事了。"她抬手撩过她的头发，让它落到一边。克里斯托弗觉得他的心在胸腔里转了个弯，"你没结过婚？什么情况，克里斯托弗？一定有一队漂亮女士从圣马丁的房子排到圣赫利尔，她们中没有一个人抓住你吗？"

"没有。你知道，这对她们来说是个艰巨的任务。"他吸了一口烟，两人间沉默的分量突然加重，他打破了这种沉默，"当然我也和一些女士交往过，但从来没有遇到真正特别的人。我在抚养一个小女儿，家里还有个小斯蒂芬，我和我父亲一起抚养两个孩子。我想要替汉娜找一个母亲，我现在还是想，但我不希望感情是虚假的，我做不到。"他希望她能重新掌握对话的主动权，"我花了很长时间才克服，去接受你已经死了的事实。我想我可能从来没有真的接受。"

"我没有死，克里斯托弗。"

"我看得出来，但我们还没有完全确定你是不是鬼。"离采访的时间不到十分钟了，他把香烟掐灭。

"我今天不应该来这里。"

"你说什么？"

"最近我好多了，我以为我的生活有了突破，变得快乐多了，直到我在报纸上读到了你的故事。我过去九年一直赖以生存的那部分都是错误的。我在营地里活了下来，但我把我很大一部分留在了那里。当我终于开始相信你是党卫军的时候，我最后的那部分天真就死了。关于你的记忆，是这世界上还存在爱情的唯一证明，让我相信继续活下去，才是对所有死去的人的真正敬意。"豆大的泪珠从她脸颊上滚落，他们在街上停了下来。他把胳膊搭在她的肩膀上，吻了吻她的头顶，"为了那些逝去的人，我努力生活。这就是为什么我一直像以前那样生活，都是为了他们。现在我来这里见你，这一切都改变了。就知道我不该来，我应该把这些东西留在它们应该在的地方。"

"不，丽贝卡，你错了，知道你还活着是我最大的快乐。"

"你知道我还活着并且已经结婚了吗？我结婚了，克里斯托弗。"

"我知道，但只要一想到你快乐，你还活着，对我来说这就足够了。"

"是吗？想到我拥有完美的婚姻，到你老死，想起让你成为奥斯威辛党卫军军官的女孩在特拉维夫是如何与她丈夫一起度过的，这就足以让你幸福？"

"不，当然不是，但要由我自己来创造幸福。我不能再依赖你了。也许我可以去以色列，现在有些孩子住在那里。他们一直写信给我，邀请我去……"

"是的，听起来很完美。你可以看着阿里和我组成幸

寻找丽贝卡

福的家庭。如果幸运的话，你们有时间可以在一起谈谈。"

"他知道我是谁吗？"

"不，如果阿里发现我和一个党卫军军官在一起……我不知道，也许他根本不在乎。"她转身说，"我们得回去让你继续你的采访。"

"我不在乎。"他说。

"我在乎，你该回去了。"她大步离开，往演播室走去。

克里斯托弗站着不动，感觉到她的话从他身体里奔流而过，在短短几秒内，他考虑让她走，再也不见她。我知道她还活着，这就够了吗？他跟在她身后，必须慢跑才能追上："我并不是想把我所经历的一切和你的一切相比，我从来没这么想过。但在战争结束后，我也必须开始新的生活。在那之前我的所有重心都在找你，以及未来和你在一起的幸福生活上。但当我发现你死了，其他的一切也都死了。之后，我做这些事是因为我觉得你会希望我这么做。"

"这不是我的错，战后发生的事情不是我的错。"

"我知道，我从没有认为那是你的错。我并不是在向你索取任何东西，我怎么会这么做？一小时前我还以为你已经死了。我不知道是不是会冒着冷汗惊醒，发现这一切都是梦。"

"这不是梦，相信我，这是真的。"

"所以，和我说说你丈夫的事，你们什么时候结婚的？"这个话题是他的缓冲，是他希望自己达到的限度，最好还是划下界限。

"我们在 1950 年 4 月 9 日结婚，不过，我真的不想谈这个。"

"跟我谈你的丈夫并不是什么不忠。"

"好吧，你想知道什么？他也是个营地的幸存者？"他很了解她的举止，就像又回到圣赫利尔的公寓一样。

"这是一个不错的开头，你在哪里认识他的？"

"我们一起工作，我在 1947 年见过他。"

"战后你们怎么了？最后怎么会去以色列的？"他说得很快，不知怎么的，这让他更容易把话说出来。

"我们没有时间谈论这件事，你的采访五分钟后就开始了。"

"我不在乎。这对我来说更重要。"

"不，这样不好。我今天不应该来这里，所有这些都是在扒开旧伤口。"他们在演播室大楼外面，"没有我你很好，没有你我也很好，我们都活下来了。"

"丽贝卡，知道你在营地坚持下来，活了下来，让我很高兴。这些年来，我一直认为我是一个失败者，我去那里唯一要做的事却没有做到。"

"你，失败者？多亏了你，那么多人今天都活着。"

"这并没有减轻我失去你的痛苦，没有变得更轻松，没有减轻我的罪恶感。"

"哦，克里斯托弗，不。"

"如果不是我，你永远不会被遣送安置，你在英国会很安全。你留在泽西的唯一原因就是为了和我在一起。"

"如果世界上有一件事我可以确定，如果只有一件——上帝知道现在很难确定任何事情——那就是我不后悔和你住在泽西，那是我经历过的最美好的时光。你给了我一切，我从来没这么开心过。你现在得回楼上去了。"她说着眼泪又在她的眼眶里打转。

"如果你留下，我就回去。否则我不回去。"

"不，克里斯托弗，我不能。"她摇了摇头，"我结婚了。"

"我不是想要你做什么。快进来吧，如果你不和我一起来我就不去，这次我不会让你走的。"

"好吧，我上楼去，但只是因为你为了找我加入了党卫军。"她微笑起来。

"这足够了。"他们走进大楼。电梯在几秒钟内就来了，同一个操作员在他们走进电梯时看着他们，"你得待在我能看见你的地方。我要你站在玻璃旁边。"

　　"是，长官。"

　　当电梯到达时，大卫见到了他们："我知道你会回来的。这里的其他人不怎么相信，但我对你有信心。"

　　"谢谢，大卫。我什么时候开始？"

　　大卫看着他的手表："哦，大约十五秒后。"主持人朝克里斯托弗挥了挥手，克里斯托弗慢慢地走进演播室，再次戴上耳机。他靠近麦克风，抬头看着玻璃窗边的丽贝卡，等待下一个问题。

第四十二章

看到她让他兴奋，几乎使他头晕目眩。在他保存的照片里，没有一张能捕捉到她蓝眼睛里的火花或他在她身边时所感受到的能量。她把头发抓在手里，一边看着他，一边绑起来。在演播室里度过的时间对他是一种煎熬，他不断看自己的手表，乞求早点结束，但他还是完成了美国犹太人委员会请他来需要他完成的事。采访还剩五分钟，当他再次抬头看的时候，她已经不在那里了。大卫还站在玻璃隔断边，看上去很平静。他试图从大卫的表情中获得安慰，但随着时间的推移，她仍然没有回来。采访结束了，主持人似乎很高兴。

"你做的事情太了不起了。"他和克里斯托弗握手。

"是的，谢谢你，"他说，又从演播室抬头看向玻璃隔断外，大卫看上去有些担心，他走了出去，"她在哪儿，大卫？"

"我不知道，她说她要去洗手间，那是五分钟前的事。"

克里斯托弗知道她走了。他们请女士检查了洗手间，但她不在那里。他们跑去乘电梯追到街上，渺无踪影，大卫再次道歉。

"这不是你的错，大卫，真的，没关系。"大卫将手放在他的肩膀上。克里斯托弗点燃一支烟，夕阳正低悬在城市上空，时代广场的建筑沐浴在橙色、红色和金色的光中，每扇窗户都倒映着色彩，就像金条堆在一起。失去她的悲伤又涌上来。大卫回去了。克里斯托弗看着眼前匆匆的行人，没有人回头看他，好像他根本不在那里。烟抽完了，他把烟蒂扔掉，站在那里，一动不动。

"对不起，克里斯托弗，我觉得不能再见你了。我想这对我们俩都是最好的，对你的家人，对你的女儿……"她的声音从他身后传来。

他转身将她抱在怀里："我以为我失去你了——再一次。"她动了动嘴想说些什么，却只是摇了摇头，靠在他身上。他们一起回到大楼里，向大卫和电台里的其他人道别。

几分钟后，他们一起回到街上："太阳要下山了，我们去哪儿？"她问。

"你吃过晚饭了吗？"

"不，但我想喝一杯。我想我们都应该喝一点。"她说。

"是的，我们俩都可以喝一点，我知道我们该去哪里了。"他们穿过街道，开始沿着五十二街向东穿过城镇，"有些话题我们还没谈到，有些事我想问你，"她说，"我不是很确定我是不是真的想听到答案。"

与大街相比，十字街几乎是安静的，他们不必像之前那样避开人群："什么？你想问什么就问什么。"

"是关于尤里的，尤里怎么样了？"

"尤里死于 1944 年 6 月，他在俄国的某个地方被杀了。"

"我们不用再谈论这个了。"

"不，没关系，已经是十年前的事了。我已经习惯了，我是说，如果我现在还没能调整好，我什么时候能？最后一次见到他是在 1944 年 1 月底，我去柏林的时候。"

"他知道你在干什么吗？"

"是的，他知道，他很高兴。他见过太多杀戮。那天我和他只谈了一个钟头，但很明显他变了，我们都变了。"

　　　　　　　　　　　　　　　Finding Rebecca

尤里好像从他曾经亲近的人变成了一个影子，似乎不适合记住 44 年遇到尤里时的样子，他的灰色胡须覆盖着凹陷的脸颊，眼神迟钝毫无生气，"他心中的灯已经熄灭，他不关心战争也不关心战争的输赢，更不关心希特勒或他的任何目标。他只想回到妻儿身边，只想让他的战友们安全地回来。但他没有达成心愿。如果我知道那是我最后一次见到他，也许我应该和他聊更多。"

"太多的死亡，太少的告别。"

克里斯托弗停了下来，走到一个流浪汉身边，他的脚挡在两人要走的路上。那人抬起头来，用浑浊的棕色眼睛看着他们，咬着他手中的瓶子吸吮，喃喃地胡言乱语。有那么一瞬间，克里斯托弗想把手伸进口袋掏钱，但他改变了主意，继续往前走："在战争最后几个月，德国一片混乱，每个人都在想办法逃离。我设法把孩子们，从奥斯威辛偷运出来的孩子们，带到法兰克福的一些安全屋，远离苏联。亚莉珊德拉和他们一起去了，还有一些修道院的修女。我父亲和卡洛琳娜还有小斯蒂芬一起住在柏林，因为他已经被征召入人民冲锋队。"

"什么？"

"人民冲锋队——纳粹为保护自己而成立的民兵队，

孩子们和老人被召集起来。我父亲指挥着一支由十六岁孩子组成的中队。"

"苏联人来的时候他在吗?"

"是的,他在柏林,五十岁,在苏联坦克碾进街道时与他们作战。他知道如果自己想逃跑,他们会绞死他。卡洛琳娜试图带着斯蒂芬离开,在苏联坦克到达前逃跑。盖世太保抓住她,把她挂在街边的灯柱上。"他们走到第五大道,开始向前走,走向公园,"盖世太保把小斯蒂芬带回了哈拉德的房子。他们绞死了他的母亲,但让小斯蒂芬安全回了家。"

"对不起,那太可怕了。"

"不知怎么做到的,我父亲活了下来,回到了哈拉德的房子,回到了小斯蒂芬身边。战斗结束后,柏林被占领,他用我给他的最后一笔钱,贿赂一些苏联军人,放他们离开城市进入农村。他跟着美军的步伐朝法兰克福进发,之后把小斯蒂芬带回泽西,就在你来找我们的几个月后,1946 年 10 月底。我永远不知道这位老爹是怎么活下来的,人民冲锋队的大部分被消灭了。"

"尤里的事我很抱歉,克里斯托弗,还有卡洛琳娜,还有其他的事。"

阳光渐渐睡去，街灯渐渐苏醒："斯蒂芬是个好孩子。他现在十四岁了，很像他父亲。很有个性。"

一对年轻夫妇手挽着手与他们擦肩而过，那个女人在她爱人的耳边低声说了些什么。丽贝卡沉默了几秒钟："我很难把尤里当成德国士兵。"

"他不是党卫军。我是党卫军。我们都是犯下暴行的人。"

"你没有犯下任何暴行，你不是他们中的一员，克里斯托弗。"

"我是个党卫军，我可以给你看他们给我们的文身。它还在我身上，它永远在。"

她抓住他的手臂，他们停下脚步，在面包店外面。在她说话的时候，橱窗里的新鲜蛋糕被彩色的灯光装饰在她的眼睛里，透过敞开的门，烘焙的香气萦绕在他们鼻尖："你不是他们的一员，克里斯托弗。我知道，你在我身边。你为我加入了党卫军。"

"我们快到了。你说你饿了，不是吗？"

他想继续走，但她的手紧紧地握在他的手臂上："你不是他们的一员，你穿着制服，你有文身，但你不是其中之一。"

他想起了安卡，看见她在他的办公室里，她小小的身体倒在雪中的舒尔茨旁边。"我知道你没有死，"他说，"说不上来，即使在我找不到你之后，即使所有迹象都表明你已经不在。不知怎么的，我知道我们会再见面的。我在哪里都能见到你。几个月前我在伦敦，我想我看到你了，撑着一把黑色的伞，和一个小女孩牵着手，我追着你跑。我把手放在那个女人的肩膀上。当她转向我，我道歉后，我感到恶心，一种深深的由内而外的恶心。我每天都见到你，大部分时间都在想你，我有时觉得我会发疯。我觉得好像一直在和孩子们说你的事，我的确会和汉娜谈起你，她觉得自己好像认识你。但现在我该怎么跟她说？我在纽约见过你，我们一起吃过晚饭，你还活着，结了婚，住在以色列，过得很幸福？"丽贝卡没有说话，"我觉得我们不应该这样做，好像这样是不对的，好像我们现在开始了一些不会有结局的事情。"

　　"所有的结局不都是死亡吗？为了我们俩，我们都很努力地活着。如果我再也见不到你，如果你现在走开，不让我回到你的生活中，事情不会就这么结束，什么都不会。我会继续我的生活，你也会，但这不是我想要的，我回来找你不是为了这个。"

"你为什么回来找我？"

"我不知道。我真的不知道，我只能告诉你，当我听说你是谁，你真实的样子，你为什么加入党卫军，我不得不来。我只想这么做。"

"你什么都不欠我，你不必感到有任何义务去做任何事情。"

"我知道，相信我，我并没有那么觉得。你曾经是我生命的中心，是我经历过最幸福时光的支点，我不得不回来，别无选择。"

"你说你饿了，是吗？好吧，我们可以在晚饭的时候聊这些。胃里有点东西谈论这些话题可能会容易得多。"

"是的，我们走吧。"他们转身走回街上，朝广场饭店走去，大卫和美国犹太人委员会的其他成员在他到达纽约的第一晚带他去了那里。街边有个酒吧，克里斯托弗路过的时候往里面瞥，店里几乎满座，现场爵士音乐平稳的旋律从酒吧里滑向街上，并跟随他们的脚步往前走。

"那么，结婚是什么感觉？你还没怎么提到你丈夫。"

"你想知道什么？阿里是个好人。"她言辞很尖锐，好像他冒险进入了私人领地。

"我想有机会能见见他。"他回答，试图在他的脑海中想象他的模样。

"你真的这么想?"她恼怒的语气没有要继续这一话题的意思,克里斯托弗也不想再谈论他。

"你还会想起在泽西度过的时光吗?"

"这似乎是前世的一个梦,好像我看到它发生在我身上,但我自己从来没有直接参与过。"两人穿过马路,她继续说了下去,"每个人都会随着年龄的增长而改变,即便不是营地的幸存者也能意识到随着年龄的增长,经历会改变我们。"

"你现在不同了吗?"

"因为营地?"

"或者因为别的?"

"我们都是,和在泽西一起生活的我们比起来,现在的我们已经不是同一个人。营地的经历不过加重了这一点。这么多年,我感到伤痕累累,仿佛再也不能去爱。也许我是对的,我不知道,我对那些死在那里的人感到亏欠,仿佛当我死后再次遇到他们时,他们会问我为他们做了什么,他们为了什么而死。在我的余生中,我都对他们负有责任。"

"我以为梦想,我所拥有的幻觉,会随着时间的推移而消失，但它们并没有。孩子们现在已经习惯了，几乎可以说是期待在晚上听到我房间里发出尖叫声。汉娜听到我的声音就进来，到我身边来，抱着我直到我睡着。但我不后悔，即使我知道找不到你，我还是会去比克瑙。如果我没去，汉娜不会活着，这就够了。"他感觉到她牵着他的手，"还有其他孩子，还有当时'加拿大'的女士们，我每个月收到五、六封信，有时十五封信。他们现在遍布世界各地，甚至还有一些在特拉维夫。我在纽约的这段时间，见到了他们中的一些人和他们的家人。所以我不能后悔我所做的选择，但是，尽管如此，我做的还是太少了。"

"他们知道你的真实样子，而我不知道，这不公平。他们就在特拉维夫，就在我住的城市。"

他们默默地走了一分钟或更长时间。"你还没有回答我的问题。"他说。

"什么问题？"

"关于你的婚姻。"

"为什么，你订婚了吗？要向过来人取经？"克里斯托弗没有迎合她，"阿里是个好人，忠诚于他的信念。他是以色列需要的人，正直、诚实、坚定。"她的声音就像微风中闪烁的蜡烛。

"你对他满意吗？"

"你是说我和你在一起会更快乐吗？"

"不，我根本不是那个意思。"

"我总是把他和你比较。这就好像我只能有这么多的爱，我已经把它彻底给了你，所以拿不回来了。我想我能给的爱都给了你，营地改变了我让我失去了爱的能力，好像营地里的经历以某种方式侵蚀了它。"

"那不是真的，丽贝卡，你仍然是一个温暖、充满爱心的人。你当然变了，每个人也都会变，即使营地从未存在，每个人都会变。你的生活不能停滞不前，你必须付出全部。"

"我付出了全部，我把自己给了你。"

"那么就这样了，是吗？你就这么放弃自己的一生？因为我和我们的过去？"

他们在八点五十分时穿过街道，朝广场饭店走去。克里斯托弗没有说话，还在等待他问题的答案，但丽贝卡在他们走进去的时候一直沉默着。

第四十三章

　　服务生似乎认出了克里斯托弗前一天晚上来过，并带领他们穿过喧闹餐厅到角落较为安静的桌子就座。克里斯托弗在坐下时向他表示感谢。他们几分钟都没说话，面对面坐着，她坐下时没有看他，他要了葡萄酒。

　　"这太棒了。"那么一瞬间，她的声音听上去又像小女孩了。

　　整个餐厅可能有四十张桌子，每张桌子上都铺着白色的桌布，摆放着闪闪发光的银色餐具。窗帘是棕色的，脚下的地毯也是棕色的。许多客人都穿着晚礼服。在他们走向他们的桌子时，他已经扣好了衬衫最上面的纽扣，但她甚至没有提到他们俩可能穿得不够考究这一点。

"我总是带你去最好的地方。"

"我想这不包括圣赫利尔的红狮酒吧，我不会说他们那里有太多渔民了。"

"不，我也不会这么想。"他停了一下，等待合适的时机再次开口，"战后你怎样呢，丽贝卡？你还没告诉我，还有那么多我不知道的事。"

"你什么都要知道吗？有些事不说出来不是更好吗？"

"这些年来，我几乎每天都在想你，而你却在我想象之外。你在做什么呢？"

"尝试把我的生活重新拼凑起来。"

"怎么做？你在哪里？"克里斯托弗把杯子拿到嘴边，感觉到红酒从喉咙里滑下去。他们旁边的桌子上有一对上了年纪的夫妇，老先生留着白色的大胡子，在用餐间隙瞥了两人一眼，他面前崭新的瓷盘子上放着一大块牛排。

丽贝卡喝了一口酒："我在医院住了一段时间。那些英国士兵发现我时，我可能已经撑不了几天了。他们试图用他们带的干粮救活我，但是我吃不下去。他们给我的食物让我病得更厉害，差点杀了我。"丽贝卡正看着她杯中摇晃的葡萄酒，"从医院出来后，我被送进了难民营地。营地里有成千上万的人，无处可去，也没有办法去任何地方。我在那里见到我父亲。有些囚犯曾跟他聊过，记得他来自泽西，他们就把我带到了他身边。"

"他怎么跟你说我的？"

"他说你是党卫军。他说他对你的看法一直是对的。一开始我不相信他，直到我看到名单。即便如此……我也花了很长时间才接受它。他从来没有告诉我你为囚犯做了什么，即使你可能也为他做了很多。"丽贝卡继续说，盯着他，"你帮助他了吗？"

"我把他误调到我的营地去了，我要了一个卡辛，他们把他送了过来。真是个玩笑，嗯？"

"也许吧。"

"是的，我帮助了他，尽我最大的努力。给了他额外的食物，为他安排了一份工作，这样他可以活着。"他们都沉默了几秒钟，因为他们在看摆在面前桌子上的菜单，又沉默了几分钟。当克里斯托弗试图说话时，服务员回来了。他很年轻，也许二十二岁，而且很高，身高超过六英尺，留了胡子。

服务员离开，丽贝卡说了下去："我们在难民营住了几个星期。当局不知道该怎么处理我们，我也不知道该怎么处理自己。没有你，我就没有什么可活的了。"她的话好像在他身上割了一刀，"我充当了管理营地的英国当局和那里的其他难民的中间人。我见到了几位收集战争罪证词的警官，并开始帮助他们。我写了一份名单，列出了我曾经遇到过的所有党卫军军官，向营地里的其他人询问他们记得什么。不知为什么，我从中获得了力量。我把其他的事都抛在了脑后。这不是报复，我从来没有想过报复，这只是正义。"

"你和奥斯威辛的囚犯谈过吗？"

"不，从来没有。我只关注了我知道的营地，我曾待过的那些。如果我和奥斯威辛营地的囚犯聊过，我想我们的生活会有很大的不同。"

"我想是的。"

"我收集了名单和证词，将它们交给当局。但这还不够，我和其他一些我认识的前囚犯取得了联系，然后搬到维也纳继续工作。"

"为什么是维也纳？"克里斯托弗的思绪飘去了维也纳，想象着自己在一个他从未去过的城市的某个地方遇见她。但丽贝卡说话的时候，画面就褪色了。

"那里是阿里的家乡。他也是幸存者，我是通过另外一些以前的囚犯遇见他的。"服务员来到桌边，问他们是否需要什么，但他似乎立刻后悔了，并转身离开，"我们取得了成功，我们遇到了西蒙·维森塔尔，很快开始跟他合作。你知道他是谁吗？"

"纳粹猎人？作为前党卫军军官，得知道像维森塔尔先生这样的人。或许他总有一天会来找我。"

"在我们搬到以色列之前，我们和他一起住了一段时间。"

"然后你们在那里结婚？"

"是的。"

"你似乎不太想谈论他。"克里斯托弗尝试描画出阿里的形象，他差点问她要照片。

"阿里？"

"是的，你丈夫。每次我问起他，你都会转移话题。"

"你真的想听他的事吗？"丽贝卡拿着杯脚，把酒杯举到唇边。一位钢琴家开始演奏，音乐的声音像风中的纸屑一样飘过餐厅，"早些时候，你和我说起不希望有虚假的婚姻，或者突然发现自己和不适合的人结婚，"她喝了一口酒，"阿里和我婚姻……并没有那么重要。"

"什么意思？"

"阿里是一个优秀的人，很擅长自己的工作，也擅长为国效力。但我觉得比起夫妇我们更像是生意伙伴。他敬业善良……"她的声音渐渐消失了，"他有点难以捉摸，你知道吗？我现在想这可能是你的原因。也许我没有力量独处，正好阿里和我有同样的决心，同样的使命，婚姻似乎是合乎逻辑的一步，但你从未离开过我。即便我白天没有想过你，你也会来梦中找我，我们会在泽西的海滩上。我会伸手去触碰你，但你消失了，阿里会问我为什么从梦中惊醒。"

"我几乎做了一样的梦。"

"但是，我觉得对国家和人民的奉献对我来说比任何事都重要，我必须留在那里。我们中的许多人，还有很多工作要做，还有很多重建工作要做。我现在不能离开我的国家，不能在它最需要我的时候离开，嫁给阿里是一种为我的国家和人民服务的方式。在我看来，你现在有了完美的生活。你有你的女儿，你的父亲和尤里的儿子。亚莉珊德拉和汤姆以及他们的孩子也在，还有那些被你拯救的人，无论他们在哪里都牵挂着你。"

"完美？这是个很大的词，丽贝卡。你说的是真的。我父亲和妹妹在战争中幸存下来我感到很幸运，抚养小斯蒂芬也很快乐，但有时我对汉娜感到抱歉。在她这个年纪承担了太多。我以为，随着时间的推移，她必须陪我一起睡的夜晚应该变得更少，但事实上并没有。昨晚我尖叫着在酒店地板上醒来，我企望她会在那里，但她不在，所以我只能自己回到床上，一个人打着寒战，直到今天早上闹钟响起。"餐厅的每张桌子边都坐了人，但是没有人关注他们，"我做了一个梦，在梦里我射杀囚犯，把他们送进焚烧室，做实验和甄别。"

"不，克里斯托弗，那不是你，你什么都没做。数百人因为你而获救并活了下来。"这句话让他感觉好些，但杯水车薪。

"每个人都这么说。我还是经常见到安卡，她是我在营地里第一个想救的小女孩，我看到她在我面前被枪杀，我现在仍然看到她的身体倒在雪地里，她变成十几岁——如果她活着就有这个年纪——来到我身边，我救不了她，我尝试去救她，但我救不了她。"他试图忍住眼泪。他不想在这里和她一起哭，但太痛苦了。丽贝卡站起来，绕着桌子走到他身边，他把头靠在她身上。

"哦，克里斯托弗，你做了很多，很多。你救不了所有人，你救不了的。"

他伸出胳膊搂住她的腰，但突然意识到他们在哪里，站了起来。他吻了吻她的脸颊，朝盥洗室走去，他想起了汉娜和他在泽西的家人，感觉到冷静重新回到了他的身体里，当他走到盥洗室时，他的心跳已经平复。水从水龙头里流出，他把手放在冷水里冲洗，然后用手擦脸。他想起了丽贝卡说的关于阿里的事。他看着镜子里的自己，认为可以回到桌上了。他回去的时候，食物已经摆放在桌子上。

"你感觉好些了吗，克里斯托弗？"她问，"你所做的很重要，你不应该觉得自己是个失败者，以色列也承认你的作为。你没有理由感到内疚或羞愧。你应该像我一样为自己感到骄傲。"她的手从桌子另一头伸过来握住他的，这本来应该感觉很棒。

他深吸了一口气，张嘴想说什么，但没有说出来。他盯着她看了几秒钟："你到底来纽约做什么？为什么你一个人在这里，你丈夫没来？"

"我已经告诉过你了，我在这里出差。"

"你在做市场营销，对吗？你什么时候停止猎杀纳粹的？你怎么知道以色列人对我的看法？"

"你在说什么？"她低声说。

"是我吗？你是来调查我的吗？你知道多久了，知道我真正做了什么?"

"我不知道你在说什么,请别再谈这个了。"

"以色列情报人员告诉你我的情况?如果你知道,你为什么不联系我?"他感到他的声音在喉咙里颤抖,"你并没有从事市场营销,是吗?"

"不要再说了。"

"回答我。"

"不是那样的,克里斯托弗,不是那样的。我几天前才知道你的事。我想来这里,看看你。"她把手伸到桌子对面,握住他的手,"我在这不是……以这种身份,我在这里是因为我希望……以色列人……"

"摩萨德。"他纠正了她。

"我在这儿不是作为摩萨德的特工。我在这里只是我,为了你。我想见你,想和你谈谈,只要我还记得。在我的生活中,似乎几乎没有一段时间不为你而憔悴,我们在一起的时间似乎只是一个梦。"

"摩萨德想要什么?"

"他们认为我可以从你这里得到信息,以为你可能有关于党卫军的信息。因为你的经历,他们认为你是一个有价值的、能提供帮助的人。但我的上级不相信你不是战犯，所以必须有人来调查你。我也不知道，对不起，当我发现你在党卫军里时，我不知道该怎么想。"

"所以你是来监视我的。接近我，看看我是不是摩萨德能用的人？"

"他们知道我们都是从泽西来的，我可以接近你。"

"你呢？你知道什么？"

"我知道我爱过你，你曾经是我生活中最重要的人，但你是个党卫军。我看了你的档案，知道上面写的是真的，你没有犯罪的嫌疑。我知道如果我见到你，我可以自己找出真相。我得自己找出真相。"

"那么，我想就这样了。"他把餐巾扔到桌上。我怎么能直接一走了之？这可是丽贝卡。

"不，不。我知道你以前是谁，你现在是谁，我知道你在那个营地做了什么。你是个很棒、出色的人。我知道你为我做了这一切，即使你以为我死了。"她的眼睛里有眼泪，它们看起来很真诚，"你得相信我。你的任何嫌疑在数小时前就消失了，可能是我们见面之前就消失了。你所做的事情是非凡的。"

"你是怎么知道任务的？你自己调查的吗？"

"阿里把你的档案交给了我，因为他发现你来自泽西。"

"你从没告诉过他我的事？"

"告诉阿里，我一生的挚爱是奥斯威辛集中营的一名党卫军军官？不，我从来没有告诉过他。"她说话的时候声音很干，向旁边看去。

"你怎么会这么多年都不知道我呢？你在调查纳粹战犯。我的名字怎么没有出现？二十多人在庭审中为我作证。"

"我只调查我待过的营地。我从未收集或通过分享了解来自奥斯威辛任何人的信息，那部分有其他特工负责，直到上周我才听说你。有成千上万的党卫军，还有成千上万的文件，我从没见过你的。我真希望我有，我真希望我听说过你，如果有，我相信这一切都会不一样。"

她的话在他心里横冲乱撞，却同样地温暖着他。丽贝卡拿起杯子喝了一口红酒，她站起来，说了声抱歉，走向盥洗室。她是去打电话给她丈夫，或者甚至是她的指挥官？这件事有什么意义，谁知道她现在说的就是事实呢？但是摩萨德要从他这里得到什么？他没有什么能告诉他们，多年前在法庭上他把能说的都说了，他们的档案上肯定也会有那些在审判时替他作证的人的证词。她在纽约广场酒店和他在一起不会有其他原因，他必须相信她。这可能是他们最后一次见面。他拿起刀叉，强迫自己吃饭。他想到了汉娜和小斯蒂芬，还有他的父亲，他又想到了丽贝卡。她和当年他在泽西沙滩边遇到的女孩还是同一个人吗？

餐厅角落里的钢琴家很年轻，也许还不到二十岁。音乐轻快地穿过餐厅，三角钢琴前有一个小舞池，几对情侣在跳舞。丽贝卡向他走来，脸上微微露出些许笑意。她向他伸出手："能跳支舞吗，先生？"

"应该由我来邀请你的，你知道。"

"你到底要不要和我跳舞？"

他举起自己的手，她牵住他，带他绕过桌子，走向舞池。抱着她感觉真好，仿佛一股暖意从她身上流进了他身体里："那么你是个间谍？"

"这似乎不是一个很好的话题。"她回答，"不，我不是间谍。我只是继续我之前的工作，协助以色列政府找到纳粹。"有几张桌子的人看着他们，但他确信他们听不到他们在说什么。

"所以你在这里，跟一个公认的前党卫军成员一起在大庭广众前跳舞。"

一曲结束，舞池里的其他情侣分开为这位钢琴家鼓掌，但他把她紧紧地抱在他身边，盯着她，看着她的蓝眼睛。音乐再次响起，他们又开始跳舞了。抚在她臀部的手感受着她身体的每一个轻微律动，两人对视着。之前的困惑在他内心消散了，一切感觉又好了起来。

　　他们默不作声地又跳了大约十多分钟后回到餐桌前，丽贝卡发现晚餐已经变冷了。她还是吃了："我再也不能拒绝任何一餐了。"她把叉子放进嘴里说。这时已经是九点以后。

　　"你明天几点的飞机？"他问道。

　　"第一班是明天早上六点。"她放下刀叉，"我不在乎，我现在只想在这里。"

　　"你住哪里？"

　　"和朋友一起住在布鲁克林，你呢？"

　　"曼哈顿的一家旅馆。"他已经开始感到对她的渴望，他已经感觉到了失去她的怅然，尽管他现在可以伸出手，隔着桌子触碰到她。

　　他们吃完饭后，他看着她吃甜点。他点燃了一支烟。现在快十一点了，看来他们在一起的时间已经结束，好像他是在把这一切当作某种记忆来看待，而不是当下正在度过的时间。她开始说话时，他身体向她靠过去。

"最近我内心的回忆和感觉好多了。"

"什么感觉？"

"我以前像你一样受伤。"她说，"我做过你做的那些梦。前两年我在巴黎，听到一些人说德语，立刻就浑身发冷，寸步难移。听到他们说话，我感到恐惧，好像我又回到营地，听到警卫的声音，我不得不离开街道，躲进小巷里。"她把她面前已经空了的盘子推开，"我理解你的恐惧和内疚。这种感觉并不是我开始做现在这个工作的原因。我以为把这些野兽绳之以法会让我感觉好些，至少可以在晚上睡个好觉。"

"是吗？"

"不完全是。我仍然有同样的情绪波动，依旧害怕狗和德语。看到杀人犯被监禁或处决的确令人满意，但是总有更多要抓，还有那么多人逍遥在外。我想我已经准备好把它抛在脑后，我不能再这样下去，我不能总是不断回忆我生命中最糟糕的时刻。"她的声音扬了起来，"我见到了你，知道我们在一起的时光并不是一个梦，即使这是一个会出现布痕瓦尔德、贝尔森和奥斯威辛的世界，这里仍然有真正的幸福。"

"是的，或许是有的。"

"去憎恨很容易，他们就是这么做的，我试着清除心中的仇恨，原谅纳粹对我所做的一切。"

"你原谅他们了？"

"哪怕只是一天，我也不会再成为受害者了。作为受害者我无能为力，党卫军的警卫和他们的狗，还有穿着白大褂的医生，尽管我是那个把他们送进监狱的人，他们仍然控制着我。我发现，通过原谅他们，我握有了最强的力量，痛苦停止了。现在我知道他们对我和我认识的人所做的那些事再也不能伤害我。而我的生活，我幸福的生活，会是对我所看到的所有死去的人的最高敬意。"他再次感受到了心中的温暖，"忘记发生在他们身上的事情，是值得内疚的。但过自己的生活，过自己真正的生活，并不值得内疚。"

"所以你想离开摩萨德？"

"我想了很久。我跟阿里提过，但是……他是个好人，他值得更好的。"她又喝了一口酒，"还有那么多的痛苦留了下来。我知道你感觉到了，唯一可以对抗痛苦的是治愈，唯一可以治愈的方法就是放下仇恨，去原谅……当我放下那些一直在我心中燃烧的仇恨，我感觉到那些难以置信的负重被从我的肩膀上卸除。我现在可以诚实地说，我可怜那些在营地杀了我们的人，不再是仇恨，不再是了，那已经消失了。"

"我真为你骄傲。"他停了一下，低声说，"你能原谅我吗？"

"谈不上我原谅你。我看到你和我一样痛苦，对那些不得不被我们抛下的人也一样愧疚。你得放手，我们都应该过最美好的生活。"

他们离开饭店走上大街，城市里午夜的灯光围绕着他们。自从他们离开餐桌后，两人都没有说话，好像他们都不敢提到接下来要发生什么。他看着她，渴求着她的目光，因为他知道这个场景他将在自己的脑海中回忆重播很多年。城市的灯光照亮了她晒黑的皮肤，也在她的眼睛里闪烁。他们在街上闲逛时，又谈论了一会泽西和他们的家人，既没有提到任何目的地，也没有提到她的航班还有不到六个小时。他一边走着，一边伸长脖子看着围绕着他们的雄伟建筑。他们走了四、五、六、七个街区，然后他问她："那么，你打算怎么回家，或者至少回到你暂住的地方去？"

"你知道吗？我甚至都没想过。"

Finding Rebecca

"也许，如果我们不讨论你如何回住处，我们就不用分开。这一夜可以持续一生，也许永远不会结束。"

"也许吧。"他们穿过街道来到下一个街区，"如果我现在离开，或者再等几个小时离开，这会更好些吗？"

"几个小时后再问我。"他们继续走着，有些问题正在他的舌头上燃烧，最后他还是问了出来，"你会来泽西看我吗？也许你可以待一段时间，至少几年。"他知道她能看到他脸上那悲伤的微笑，"上一次我们见面，是在十一年前泽西的码头上，你说下次我们再见的时候，我们下次再见的时候就会结婚。"

"这听起来确实不错，但你知道我现在嫁给了别人。"

"为什么要让这阻止你？"

"我……我不知道，克里斯托弗，谁知道我们命中注定会不会在一起？"

"命中注定？那是什么意思，我以为你不相信命运。我几年前问过你。"

"我记得，那似乎是上辈子的事了。"

"我不会强迫你的。你知道我现在是怎样的，你知道你想要什么。只有你才能选择你要做的事。我不能强迫你，我当然不会想要强迫你。"

"我不能就这么回到泽西，做你的妻子，做你女儿的母亲。"

"结婚是你的事，丽贝卡，不是我的。我们不一定要结婚。"他微笑着，看到她也在微笑，但很快笑容就褪去了。

他们默不作声地向前走了他有记忆以来最长的一分钟。

"我现在得走了，现在一定已经很晚了。"她说着，一辆出租车呼啸而过。

他看了看手表，现在差不多是凌晨一点，他把手伸进口袋，什么也没说。她抬起手臂准备打车，他知道他们在一起的时间只剩最后几秒了。

她转向他："再次离开你是我最不想做的事，但我必须这样做，我得走了。"他走到她跟前，把她抱在怀里。他感觉到她依靠着他，好像他可以在他身上留下她的印记，"我爱你，克里斯托弗，我一直爱你。我从未停止过，也永远不会停止。"他的手放在她脖子的两边。她挣脱开，伸出胳膊去叫一辆出租车，车停了下来。

她又一次拥抱了他，他忍住了想要去吻她的冲动。她正盯着他，出租车的门打开了。他们互相凝视了几秒钟，

Finding Rebecca

她握住他的手，然后松开，坐上出租车。他抓住门，弯腰亲了亲她的脸颊："我会等你的，丽贝卡。"他说，然后关上车门。出租车驶离了他，她在后窗的脸消失在夜色中。

天空是银色的，克里斯托弗独自在他的床上醒来时，11 月昏沉的光从窗帘的缝隙里漏进来。汉娜和两个斯蒂芬在楼下一起用早餐的声音从木制的地板里透过来，与窗外风哨声混合在一起，穿过外面的树木。星期六早上九点，他是最后一个起床的人。他把自己从床上拖起来，自从他见到丽贝卡之后，这几个月他好多了，做噩梦的时候变少了。他走进浴室，看着自己。灰色的斑点出现在他的胡茬里，他笑着摇了摇头。他每天看起来都更像他父亲。十分钟后，他来到楼下，他的父亲、他的堂弟还有他女儿都在厨房，汉娜在他走进厨房的时候告诉他："今天早上有你的信，亲手送交。"那封信躺在厨房桌子中间，"我想替你打开，但祖父不让。"

克里斯托弗把信撕开，取出一张折叠成两半的纸条，上面只写了七个字。

"这是谁的信？"汉娜问。克里斯托弗的父亲在角落里泡茶，小斯蒂芬坐在桌边吃早餐。克里斯托弗透过后窗看着老树屋，他的心是一片汹涌的大海。

"那封信是谁写的？"他父亲问。

他把那张纸递给他父亲："我要你们和我一起去，我希望大家都在那里。"他父亲读了这封信，他读完后任由这封信落在桌子上。汉娜拿了起来。

"这是什么意思？"她问，"贡德签证箱子蝴蝶矶纽恩？这是什么语言？这句话有什么意思吗？"

"这意味着她在这里，她回家了。"克里斯托弗说。

他们转过一个拐角来到海滩，海水翻腾着拍打岸边，海浪退下时沙滩露出了鹅卵石，蝴蝶矶的岩石映入眼帘，她站在那里，天空映衬着她，她转向他，脸上带着深深的笑意。

风拂起她的长发。

作者后记

　　写作《寻找丽贝卡》是引人入胜、而常常令人警醒的经历。这是一段令人惊喜的旅程，从我刚移民到美国开始，直到今天，我从世界各地的读者那里收到了热情的电子邮件、评论和其他信件。在这里，我要感谢一些人，那些一路上帮助我的人，他们相信我，鼓励我，或者容忍我。首先是我的妻子吉儿，她给了我所需要的所有爱和支持；还有我亲爱的姻亲卡罗尔和埃德·麦克杜尔，他们对我一如既往的支持，是无价的，特别是当我失业和他们住在一起写作初稿时。非常感谢宾州安布勒市写作俱乐部的谢丹·加拉格尔、凯文·斯特伦克、苏珊·罗宾斯、布雷特·卡蒂、切特·祖拉达、弗洛伊德·约翰逊和詹森·菲舍尔，陪我每周一起看克里斯托弗和丽贝卡的故事，历时近十八个月。感谢我的经纪人伯德·莱维尔，感谢他所做的一切工作，感谢威廉·卡拉汉发现了我。非常感谢乔迪·沃肖，我在湖联的出色编辑，找到我并有了非常愉快的合作经历，以及汤姆·凯法特，帮助我把这本书带给你们。切尔西、巴里什、贝齐和 DJ 弗里默、杰基·科斯博和凯特·布兰登总是给予我巨大的支持，帮助我渡过我遇到的任何难关。非常感谢有勇气阅读我的一份最初草稿的艾美·斯庞塞勒和圣克罗伊图书俱乐部的成员。我同样要对奥拉和安妮·登普西、艾琳和布兰登·巴尔夫、米克·邓菲、尼古拉·霍根、谢恩·米切尔、杰克·莱登、伊冯娜·卡伦、伊冯娜·卡西迪、格里·米切尔以及自 1999 年以来一直在都柏林读我书的其他人表达爱和感激之情。你们多年来的支持是无价的，并在我成为理想中的作家的路上提供了巨大的帮助。

图书在版编目(CIP)数据

寻找丽贝卡/(爱尔兰)欧文·邓普西
(Eoin Dempsey)著;舒及译.—上海:上海人民出版
社,2020
书名原文:Finding Rebecca
ISBN 978 - 7 - 208 - 16710 - 0

Ⅰ.①寻… Ⅱ.①欧… ②舒… Ⅲ.①长篇小说-爱
尔兰-现代 Ⅳ.①I562.45

中国版本图书馆 CIP 数据核字(2020)第 185762 号

责任编辑 陈佳妮
特约编辑 屠毅力
封面插画 大大黑
装帧设计 胡 斌 刘健敏

寻找丽贝卡
[爱尔兰]欧文·邓普西 著
舒 及 译

出 版 上海人民出版社
 (200001 上海福建中路 193 号)
发 行 上海人民出版社发行中心
印 刷 上海商务联西印刷有限公司
开 本 889×1194 1/32
印 张 12.75
插 页 2
字 数 201,000
版 次 2020 年 12 月第 1 版
印 次 2020 年 12 月第 1 次印刷
ISBN 978 - 7 - 208 - 16710 - 0/I·1924
定 价 48.00 元